⑩

어서 오세요 실력지상주의교실에　키누가사 쇼고 지음
토모세 슌사쿠 일러스트

조민정 옮김

마시마 토모나리

A반 담임. 차바시라.
호시노미야와 오랜
친구.

키토 하야토

A반 최고의 무투파.
1학년답지 않은 풍모.

사카야나기 아리스

A반의 정상에 군림한 소녀.
승리하기 위해서라면 수단과
방법을 가리지 않는다.

"오늘 오빠한테
하고 싶은 말,
그건……
저한테—
용기를 주세요."

"나한테 할 말
있다고 했지.
해 봐."

여기서 오빠와 화해하기
위해서라는 말 따위를 입에 담는다면
그 즉시 대화는 종료될 것이다.
마나부는 망설임 없이
자리를 뜰 작정이었다.
예전의 스즈네라면
그렇게 대답해도 이상하지 않았다.

10

어서 오세요 실력지상주의교실에

어서 오세요
실력지상주의 교실에
10

키누가사 쇼고 지음 ㅣ **토모세 슌사쿠** 일러스트 ㅣ **조민정** 옮김

SNOVEL

어서 오세요 실력지상주의교실에 ⑩

c o n t e n t s

○히라타 요스케의 독백

나는 반 친구들이 무척 소중하다.
……아니, 그건 좀 다른가.
정말 소중한 건 반이다.
모순이라는 것쯤은 나도 알고 있다.
나는 소중한 친구들을 지키기 위해, 반을 지키는 것이다.
반을 지키면 친구들을 지킬 수 있으니까.

반이란, 수십 명에 달하는 학생들이 모인 하나의 팀이다.
사람의 수만큼 다른 생각들이 모여 있으며, 그 탓에 사소
한 일로 다툼이 일어난다.
그렇기에 내가 지켜야 한다.
언젠가부터 내게 '반을 지키는 것'이 중요한 과제가 되었다.
하지만── 그건 진정한, 본래의 내가 아니다.

나는 원래 반의 중심인물이 아니었다.
굳이 따지자면 음지에 있는 존재였다.
C반에서 예를 들면 아야노코지와 비슷한 위치가 아닐까.
그래서 나는, 이따금 그에게서 옛날의 내 모습을 엿보곤
했다.
하지만 이제 나는 변했다.

그 사건 이후로, 변하지 않을 수 없었다…….

어릴 때부터 무척 친했던 친구가 하나 있었다.
유치원부터 중학교까지 반도 줄곧 같았다.
그런데 친구가 내가 모르는 곳에서 괴롭힘당하고 사살 미
수 사건을 일으켰다.
미수라고 했지만, 그가 살아난 건 단순한 우연.
죽어도 이상하지 않았다.

그날.
그날부터 내 운명이 바뀌기 시작했다.

어떻게 하면 학교폭력을 없앨 수 있을까 생각하기 시작
했다.

하지만 결국 나는 실패했다.
잘못된 방법으로 반을 억압했다.
반 애들끼리 싸우는 일은 없어졌지만, 동시에 미소도 사
라졌다.
그리고 지금, 내 눈앞에 다시 같은 일이 일어나고 있다.
같은 과오를 범할 수는 없다.
내가 도달한 하나의 답.
반을 지킬 유일한 방법.

그것은——

깜짝 놀란 얼굴인 반 친구들.

"호리키타…… 좀 닥쳐."

지성이라고는 찾아볼 수 없는 말.

몰상식하고 난폭한 말.

내 입에서 나온 목소리는, 분노나 슬픔이 아니었다.

호리키타는 물론, 다들 나를 이상한 눈으로 쳐다보았다.

상관없다.

이렇게 된 이상 아무 상관도 없는 거다.

최악의 특별시험이 끝나갈 무렵.

나는, 나는——

○폭풍 전야

학년말 시험이 끝나고 며칠이 지나, 오늘부터 마침내 3월에 들어갔다.

모두가 궁금해하는 학년말 시험 결과가 나오는 월요일.

만에 하나 낙제점을 받으면 퇴학은 피할 수 없다.

"선생님, 성적 발표 오늘 맞죠?"

기운이 넘치는 이케가 가만히 앉아 있지 못하고 앞으로 몸을 내밀며 담임 차바시라에게 물었다.

"너무 급하게 굴지 마라. 곧 알게 될 거니까."

차바시라는 늘 그렇듯이 커다란 종이를 펼쳤다.

고지 대부분을 스마트폰이나 인터넷 게시판을 통해 발표하지만, 퇴학이 걸려 있는 필기시험의 결과 발표만은 이렇게 항상 아날로그 방식을 이어가고 있었다.

"느낌이 오나? 이케."

"그, 글쎄요. 열심히 하긴 했는데⋯⋯."

"열심히 했는데도 불안한 거냐."

어이없다기보다는 좀 이상하게 느껴졌는지 차바시라가 살짝 웃었다.

평소 성적이 좋지 않은 이케의 입장에서 보면 아무리 공부해도 당연히 불안하겠지.

"매회 꼴찌 경합을 벌이는 스도, 넌 어떠냐."

사실 지금 제일 불안에 떨고 있어야 할 학생.

지금까지 치른 시험의 거의 모든 과목에서 꼴찌를 차지했다고 해도 과언이 아니다. 그러나 이케와 같은 대답이 돌아오리라 생각했던 차바시라에게 그는 뜻밖의 대답을 돌려주었다.

"……전 자신 있습니다. 적어도 낙제점이 아닌 건 확실하니까."

"호오?"

운동 말고는 잘하는 게 없던 스도에게서 모종의 자신감이 엿보였다.

물론, 불안한 건 그도 마찬가지일 거다

다만 불안보다 더 큰 노력과 경험이 스도에게 자신감을 불어넣고 있을 뿐.

호리키타와 함께 공부해서 얻은 지식. 그건 하룻밤 벼락치기와는 다르다. 느리지만 차곡차곡, 머리에 심은 지식이다.

스도의 공부 스승인 호리키타의 표정에도 그늘은 없었다.

뭐, 호리키타는 의기양양한 스도의 태도가 다소 마음에 들지 않는 모양이지만.

"훗…… 어린애의 성장이란 꽤 흥미롭지. 누가 얼마나 성장했는지 파악할 수가 없거든. 내 예상을 보란 듯이 배반하지. 자, 그럼 기다리던 학년말 시험 결과를 발표하마."

칠판에 붙은 모두의 시험 결과.

곧, 차바시라가 결과표에 낙제점 커트라인 선을 그을 것이다.

그 선 아래에 있는 학생은 강제 퇴학이다.

"이번 결과는——."

차바시라가 손에 쥔 빨간 펜이 종이에 닿은 직후, 가로로 붉은 선을 그렸다.

운명의 빨간 줄.

그 아래에 이름이 있는 학생은—— 아무도 없었다.

즉…….

"훌륭하게 전원 합격이다. 지금까지 중에 가장 트집 잡을 데 없는 결과였다."

차바시라의 입을 통해 우리 C반의 전원 합격이 발표되었다.

"예스!"

제일 먼저 소리친 사람은 이케였다.

그럴 법도 했다. 총점 부분에서 이케가 최하위였으니까.

"이야, 별것 아니었네. 하하하하…… 위험했다아!"

그가 자기 이름 바로 밑에 그어진 빨간 줄을 수차례 확인하면서 말했다.

"나는 전날 살짝 공부한 게 전부인데?"

야마우치도 이케의 뒤를 이어 어필했다.

"거짓말하지 마, 하루키. 매일 필사적으로 공부해놓고선."

"내가 그랬나? 하하하하!"

어쨌든 이케도 야마우치도, 둘 다 합격했으니 딱히 불만은 없으리라.

그 광경을 차바시라는 어딘지 따뜻한 눈빛으로 쳐다보았다.

그나저나 의외의 결과군.

꼴찌는 이케, 그다음은 야마우치, 그리고 혼도, 사토, 이노카시라 순이다.

스도의 학기초 성적을 생각하면, 정말 놀라운 발전이라 하지 않을 수 없었다.

"지난 1년간 치른 시험 중 성장 가능성에서는 네가 1등이었다, 스도. 큰소리칠 만도 하구나. 앞으로도 더 정진하길 기대한다."

차바시라도 나와 같은 감상을 전했다.

"헷. 자랑할 정도는 아닌데."

그렇게 말하면서도 싫지 않은 눈치인 스도.

한편 상위를 차지한 학생들은 기본적으로 평소와 다르지 않았다.

1위는 케세이. 2위는 코엔지. 케세이는 원래 학력이 높은 데다가 늘 공부를 게을리하지 않기 때문에 1등을 유지해도 이상하지 않은데, 코엔지는 정말 미스터리하다. 평소에 공부하는 모습을 본 적도 없고 누군가와 의견을 나누지도 않았다. 원래 머리가 좋은 거라면 그의 잠재능력은 케세이를 능가할지도 모른다. 순위가 살짝 오락가락하는 것을 보면 시험에 따라 힘을 일부러 빼고 있을 가능성도 있다. 3위는 호리키타. 저번에 영어에 다소 약한 모습을 보였는데, 이번에는 높은 점수를 받았다. 스도와 공부하면서 자신의 학력 향상에도 성공한 것일까.

"다른 반은 어때요, 선생님."

"너희처럼 무난하게 통과했다. 반별 평균은 너희가 3위야."

어느 반이 1위와 2위고, 어느 반이 꼴찌인지는 물을 필요도 없었다.

"역시 A반이랑 B반을 이기려면 반 전체 점수를 올려야 해."

호리키타는 당연하다는 듯 순위와 점수를 기록했다.

우수자들은 거의 만점에 가까운 점수를 받았으니 전체 점수를 올리려면 이 반의 바닥, 그러니까 최하점을 끌어올리는 수밖에 없다.

"스도를 용케 이만큼 끌어올렸네. 대단하군."

"걔가 스스로 노력한 결과야. 이번에는 약점을 철저히 공략한 게 효과를 본 거겠지."

스도도 호리키타처럼 영어에 약했는데, 점수가 비약적으로 상승했다.

둘이서 영어를 중점적으로 공부했다는 의미였다.

"다음 시험에서는 좀 더 올릴 수 있지 않을까? 물론 그 애의 집중력이 남아 있을 때 이야기지만."

그건 걱정할 필요 없겠지. 호리키타가 있는 한 스도는 계속 열심히 할 테니.

아마 스도도 슬슬 공부를 어떻게 하는 건지 감을 잡기 시작했을 것이다.

어쩌면 머지않아 절반을 넘어설지도.

"이케랑 야마우치도 낙제점보다 조금 여유가 있어. 정기적으로 스터디를 한 게 정답이었던 것 같아. 이제 옆에 있는 누구 씨가 진지하게만 임해주면, 조금 더 평균점이 올라가지 싶은데?"

"지금 이게 내 한계야."

나도 평소처럼 좋지도 나쁘지도 않은 성적. 이번에는 18위였다.

"그걸 믿으라고? 언젠가 반드시 너도 진짜 실력을 발휘하게 할 거야."

"기대에 부응하도록 노력은 해보지."

어쨌든 이번 시험을 무사히 넘긴 건 꽤 호재였다.

이케와 야마우치 무리, 아슬아슬하게 안정권에 든 학생들이 가슴을 쓸어내리며 농담을 주고받았다. 그런 모습을 C반 담임인 차바시라는 조용히 지켜보고 있었다.

"일단, 잘했다고 칭찬해주마."

도통 자기 반을 칭찬하지 않던 차바시라도 최근 들어서 변하기 시작했다. 어쩌면 이 학년말 시험도 모두 무사히 극복할 것이라는 예감이 들었는지도 모른다.

"해냈다!"

"하지만 이케, 너무 들뜨지 마라. 특별시험이라면 모를까, 단순한 평가인 필기시험은 낙제점을 안 받는 게 당연한 거다. 전국적으로 놓고 보면 최고 수준의 시험은 아니었으니까."

그래도 지금까지 1년간 치른 필기시험에 비하면 확실히 어렵게 나왔다. 그런데도 학생들이 이를 극복했다는 건 이 학교의 체제가 유효하다는 뜻으로도 볼 수도 있지 않을까.

"자, 이번에 잘 봤다고 언제까지고 떠들 수는 없다."

밝은 공기에 휩싸여 있던 교실의 분위기가 차바시라의 말에 단숨에 무겁게 변했다.

늘 있는 전개다.

"너희도 어렴풋이 예상했겠지만, 필기시험을 끝냈다고 끝이 아니야. 이후에 대형 특별시험이 기다리고 있다. 예년대로 3월 8일에 치를 예정이지."

차바시라가 설명했다.

3월 8일이라면 다음 주 월요일인가.

필기시험이 이제 막 끝난 참이지만, 학년도 일정도 얼마 남지 않았으니 학교도 어쩔 수 없으리라.

3학년은 그 특별시험 말고도 더 있는 모양이지만.

"다음 특별시험이 마지막이야. 다 함께 힘을 합쳐서 힘내보자. 그렇게 하면 아무도 퇴학당하지 않고 이 반으로 A반을 노릴 수 있을 거야."

히라타의 격려에 많은 학생이 동시에 고개를 끄덕였다.

그 모습을 왠지 흐뭇하게 바라본 차바시라.

"어쩌면 정말 이대로 3년 동안 아무도 퇴학당하지 않고 졸업할 수 있을지도 모르겠군. 그렇게 기대하고 있으마."

홈룸 시간이 끝나려면 아직 시간이 조금 남았지만 차바시라는 그 말을 끝으로 마무리 지었다.

"왠지 선생님께 최고의 칭찬을 받은 것 같은데요?"

이케와 야마우치가 기쁜 듯 웃었다.

"하지만 방심하지는 말아라. 다음 주 최종 시험도 절대 쉽지는 않으니."

가벼운 주의를 주고 차바시라는 다시 종료를 알렸다.

1

얼마 남지 않은 1학년 생활.

오전 중 쉬는 시간에 나는 화장실로 향했다.

그리고 돌아오는 길, 낯익은 2학년과 3학년이 대화 나누는 모습을 우연히 목격했다.

현 학생회장인 나구모와 전 학생회장인 호리키타 마나부였다.

우연히 마주친 거겠지만, 나구모는 곧 나를 발견하고는 손을 까닥였다.

못 본 척하고 교실로 돌아가기는 어렵겠군.

"여어, 아야노코지. 학년말 시험은 통과했나?"

나구모가 거리낌 없이 물었다. 호리키타 마나부는 조용히 나를 쳐다보기만 할 뿐이었다.

"그럭저럭."

의미도 없이 대화가 시작되고 말았다.

"학생회장을 상대하는 것 치고는 퉁명하군."

"……그런가요."

살짝 자세를 바로 고쳤다. 이걸로 납득할지는 모르겠지만, 그나마 낫겠지.

"뭐, 좋아. 그것보다 마침 잘됐어. 너한테 한 가지 물어볼게 있었거든."

마치 주위에 사람이 없는 게 다행이라는 듯, 나구모가 기쁜 표정으로 입을 열었다.

"이치노세 호나미에 대한 중상모략 건이다만, 그 사건을 마치 덮으려는 듯이 여러 학생의 소문이 게시판에 올라왔었잖아? 그거 도대체 누가 한 걸까?"

나를 떠보려는 건가. 아니 어쩌면 이미 다 간파했다고 말하고 싶은 건지도.

나구모가 정보를 얼마나 쥐고 있든, 내 대답은 달라지지 않는다.

"글쎄요. 저는 잘 모르겠는데요. 일단 저도 피해를 본 사람이긴 합니다만."

"그러고 보니 너도 피해자였지. 내용이 뭐였더라……."

"학교에서 소문을 이 이상 쓸데없이 퍼트리지 말라고 통보하지 않았던가요. 학생회장이라도 예외는 아니라고 생각하는데요."

이렇게 캐묻는 짓도 원래는 피해야 할 행동이다.

"아야노코지의 말이 맞아, 나구모. 불필요한 말은 삼가야 한다."

호리키타의 지원사격에 나구모가 바로 물러났다. 딱히 중요한 화제도 아니었던 모양이다.

"그보다 유명인인 두 분은 여기서 무슨 이야기를 하고 계신 겁니까?"

"호리키타 선배에게 상담할 게 있어서 말이지. 그렇죠?"

의미심장한 시선을 보내는 나구모에게 호리키타의 오빠가 조용히 고개를 끄덕였다.

그나저나 장소가 마음에 걸리는군. 이곳은 1학년 층이다. 2, 3학년이 모이기에는 다소 부자연스럽다.

"1, 2학년의 시험보다 먼저, 호리키타 선배가 무사히 A반으로 졸업할 수 있을지 말지가 달린 중요한 전초전이 내일 시작하거든. 그래서 직접 이야기를 들어보려고. 너도 관심 있잖아?"

3학년은 우리와 달리 하나 이상의 특별시험이 더 기다리고 있다. 남은 등교일수를 생각하면 언제 시작해도 이상하지 않다.

나구모가 나한테 무슨 대답을 원하는지는 모르겠지만, 지금은 솔직하게 답해두기로 했다.

"별로 관심 없는데요. 남 걱정하고 있을 여유도 없고."

내가 흥미를 드러내지 않자 나구모가 살짝 불만스러운 표정을 지었다.

"냉정하네. 너도 호리키타 선배한테 귀여움받는 사람 중 하나잖아."

딱히 귀여움받은 기억은 없는데.

실제로 지난 1년간 호리키타의 오빠와 얽힌 일은 손에 꼽을 정도로 적었다.

"아니, 너는 특별 취급을 받고 있어, 아야노코지. 그런데 그건 네가 특별한 학생이어서가 아니야. 어쩌다 상황이 특별했을 뿐이지. 그래, 때마침 저기서 우리를 걱정스럽게 쳐다보는 후배가 너랑 같은 반인 것처럼."

후배?

뒤돌아보니 멀찍이 떨어진 곳에서 호리키타가 이쪽을 보고 있었다.

우연치고는 지나치게 완벽한 조합이군.

"네가 불렀나, 나구모."

"선배 여동생한테 말하는 거야 당연하잖아요. 내년이면 제가 학생회장으로서 후배들을 이끌어야 하니까요."

아무래도 여기에 호리키타의 오빠가 있는 것도 여동생이 있는 것도 나구모의 의도인 모양이다.

즉, 우연히 마주친 건 나뿐이란 뜻이다.

"이리로 와."

나구모는 호리키타에게 거리낌 없이 말을 걸었다.

"……저한테 문자를 보낸 사람이 나구모 학생회장인가요?"

"정확하게 말하면 조금 다르지만, 대충은 그래. 네가 호리키타 선배의 여동생이지?"

"네…… 호리키타 스즈네입니다."

오빠 앞이라 그런지 위축된 모습으로 호리키타가 대답했다.

"설마 호리키타 선배의 여동생이 D반으로 입학할 줄이야, 정말 의외였어."

"무슨 속셈이냐, 나구모."

여동생에게는 눈길 한 번 주지 않고, 호리키타의 오빠가 이야기를 재촉했다.

이 자리를 일부러 만들었다면 그만한 의도가 있었을 터.

하지만 나구모는 고개를 가로저었다.

"그냥 만나고 싶었을 뿐이에요. 선배와 선배의 여동생을."

그냥 호리키타 여동생을 눈으로 재둘 요량이었을 지도 모르겠다.

그도 같은 생각이었는지, 호리키타의 오빠가 선수를 쳤다.

"미리 말해두는데, 여동생을 이용해 내가 양보하게 할 생각이라면 접는 게 좋을 거다."

"양보? 설마요. 제가 선배의 여동생이자 귀여운 후배를 건들 리가 없잖습니까?"

"이기기 위해서라면 수단과 방법을 가리지 않는 게 네 방식이잖나."

호리키타의 오빠의 냉정한 말에 나구모는 긍정도 부정도
하지 않았다.

"그나저나 참 섭섭합니다. 여동생이 있다고 더 빨리 말했
으면 일찌감치 학생회에 넣었을 텐데."

"뭐?"

그의 말이 의외였는지 호리키타 남매는 놀란 표정을 감추
지 못했다.

"선배 여동생이면 제가 졸업한 후에 학생회장 자리도 노
릴 수 있지 않겠어요? 이 학교에서 수많은 영예를 얻은 남
자의 여동생이니 신분도 충분하고."

"혈연만 가지고 실력을 짐작하지 마라. 내가 어땠는지는
동생과 아무 상관도 없다."

"……네. 전 학생회를 감당할만한 사람이 아니에요."

오빠의 말에 뒤따르듯 호리키타도 학생회 이야기를 거부
했다.

내가 전에 물었을 때도 비슷한 반응을 돌려주었었다.

다만, 나구모는 그녀의 대답만으로 무언가를 찾아낸 눈치
였다.

"그래 뭐, 오늘은 일단 얼굴을 익히는 정도만 하고 다음에
다시 이야기하자."

호리키타가 학생회에 들어가고 싶은지 어떤지 상관없이,
나구모는 사실상 앞으로도 호리키타에게 적극적으로 권할
거라고 공언한 셈이었다. 그런 식으로 흔들어서 호리키타

마나부의 약점을 찾아내려고 하는 건지도 모른다.

"……그럼, 저기, 저는——."

나구모가 아니라 오빠에게서 도망치듯이 호리키타는 자리를 뜨려고 했다.

"선배의 학교생활도 이제 얼마 남지 않았어. 좀 더 오빠 덕을 봐도 괜찮지 않을까?"

"죄송합니다. 이만 실례하겠습니다."

더 있어 봐야 오빠에게 불쾌감만 준다고 생각했는지 호리키타는 교실을 향해 빠르게 걷기 시작했다. 여동생의 모습을 보면 남매 사이가 얼마나 안 좋은지 누가 봐도 뻔히 알 수 있었다.

"꽤나 『양호』한 사이 같군요. 호리키타 선배."

"이제 만족했나? 나구모."

나구모가 뭘 꾀하든 호리키타의 오빠는 상관없는 듯했다.

"저라면 좀 더 여동생과 남은 시간을 소중히 보내고 싶을 것 같은데 말이죠."

사실상 나구모의 부추김 같은 것이었지만, 오빠를 따라 이 학교에 온 호리키타가 지금까지 오빠와 보낸 시간이 거의 없었던 것도 사실이었다.

"어쨌든 선배. 어떻게든 A반으로 졸업해서 재학생에게 선배의 존재감을 보여주세요. 만에 하나라도 B반으로 떨어져서 졸업했다가는 웃을 수 없을 테니까."

만약 그렇게 된다면 학교의 기대는 물론, 학생들의 기대도 배신하는 셈이다.

부담감이 상당…… 아니, 그런 걸 느낄 남자가 아닌가.

호리키타의 오빠는 이야기가 끝나자, 쓸데없는 말을 내뱉지 않고 그대로 가버렸다.

"저런 저런. 역시 이 정도로는 상대해주지 않는 건가."

호리키타 마나부에게 끝까지 집착할 모양이군, 나구모는.

"전 학생회장과의 승부가 그렇게 중요한가요?"

얼마 전에 있었던 합숙 때 나구모는 자신과 상관없는 3학년 전체를 휘말리게 만들며, 수단을 가리지 않고 호리키타의 오빠를 공격했었다.

"당연하잖아. 호리키타 선배를 쓰러트리는 것이 내가 이 학교에서 남겨둔 유일한 목표니까."

이 학교에 2학년과 3학년이 직접 대결할 수 있는 상황은 거의 없다.

나구모는 다소 강제적 수단을 써서라도 대결을 실현할 작정이리라.

"뭐, 어떻게 할지는 시험 내용과 호리키타 선배가 하기 나름이지만."

아무리 적을 만들게 된다고 하더라도 나구모는 졸업 때까지 호리키타의 오빠와 담판을 지으려는 모양이다. 내용에 따라서라고 말했지만, 어떤 내용이든 나구모는 덤벼들겠지.

호리키타 마나부와 직접 겨룰 시간이 이제 거의 남지 않았으니까 말이다.

"나구모 학생회장이야말로 다음 주에 있는 특별시험 준비는 끝난 건가요? 2학년쯤 되면 그리 쉽지 않을 것 같은데."

"글쎄? 어차피 넌 내가 넘어지기를 기대하고 있잖아?"

쉬는 시간이 끝나자, 나구모는 이야기를 매듭지었다.

잠시 후 교실로 돌아오자 옆자리의 주인 호리키타가 나를 쳐다보았다.

"나구모 학생회장이랑 오빠…… 무슨 이야기 했어?"

"궁금하면 끝까지 있지 그랬냐."

"그건……."

그럴 수 있을 리 없겠지만. 이 녀석은 오빠 앞에서는 꾸어다 놓은 보릿자루처럼 얌전해진다.

"애당초 그 두 사람 사이에서 이야기를 듣고 있던 네가 이상한 거야. 꽤 여러 사람 눈에 든 것 같은데. 체육대회 때 오빠랑 릴레이 한 덕분인가?"

깔끔한 비아냥거림이 돌아왔다. 그렇지만 나라고 미래 예지 능력이 있는 건 아니다.

늘 100점으로 완벽하게 일을 처리할 수는 없다.

"그러는 넌 지난 1년 동안 너희 오빠랑 얽힐 기회가 거의 없었던 것 같은데."

"……그게 뭐, 나빠?"

내가 호리키타 마나부의 이야기를 꺼내자 호리키타가 바로 언짢은 티를 냈다.

그렇게 나올 거면 오빠 이야기를 먼저 꺼내지 말던가…….

아무래도 나구모와의 대화에 호리키타 마나부의 화제가 있었는지 궁금한 모양이다.

"졸업해서 나가기 전에 한 번쯤 제대로 마주하는 게 좋지 않을까?"

"넌 아무것도 몰라. 오빠가 나를 상대해줄 리가 없는걸. 매정하게 나올 거 뻔히 알면서 내가 먼저 오빠한테 다가가다니, 어리석은 짓이야."

그래서 같은 학교에 입학한 것만으로 만족하고, 가까이서 지켜보기만 하겠다고?

"오빠가 흥미를 보이는 사람은…… 맘에 안 들지만 너밖에 없어."

그건 아니다.

하지만 나는 굳이 말을 삼켰다.

지금 여기서 떠들어봐야 호리키타는 믿지 않을 테니까.

어차피 자기가 먼저 다가갈 용기가 없는 이상 아무 의미도 없다.

"그래. 그럴지도 모르지."

나는 떼어내듯 이 이야기를 끝냈다.

호리키타는 여전히 불만이 남아있겠지만 더는 아무 말도 하지 않았다.

○반 내부 투표

다음 날인 3월 2일 화요일.

아침 홈룸 시간.

종이 울리고 잠시 후 차바시라가 들어왔다.

여느 때와 다름없는 광경.

반 아이들은 약간 풀어진 분위기 속에 있었다.

어제 있었던 학년말 시험 결과 발표도 무사히 지나간 데다가, 1학년의 마지막 행사가 될 특별시험이 시작하는 3월 8일까지는 아직 시간이 있었다. 그 어디에도 긴장할 만한 요소가 없으니 당연했다.

하지만 교단에 선 차바시라의 분위기는 평소보다 훨씬 험악했다.

그리고 그녀가 내뿜는 압박감을 학생들도 눈치채기 시작했다.

"저기, 무슨 일 있으신가요?"

언제나 반의 평화를 제일로 생각하는 히라타가 가장 먼저 차바시라에게 물었다.

차바시라는 바로 대답하지 않고 침묵을 지켰다.

아니, 침묵이라기보다 마치 말로 내뱉기가 싫어 보였다.

차바시라는 지금까지 어떤 엄한 말이라도 가차 없이 내던져왔으므로, 뭔가 상황이 이상하다는 것을 학생들이 깨닫는 데는 그리 오래 걸리지 않았다.

"──너희에게, 전해야 할 이야기가 있다."

겨우 무거운 입이 열렸다.

표정은 평소와 같이 냉정했지만, 목소리는 마치 목구멍 안 깊은 곳에서 겨우 끌어내고 있는 것만 같은 느낌이었다.

"매년 치르는 마지막 특별시험이, 3월 8일에 있을 예정이라는 건 어제 알렸지. 이 특별시험을 마치면 2학년으로 올라가게 된다. 늘 그랬듯이."

차바시라는 등을 돌려 분필을 쥐고는 칠판으로 손을 뻗었다.

"하지만 올해는 상황이 조금 달라졌다."

"달라졌다고요?"

안좋은 예감이 들었는지 히라타가 즉각 물었다.

"학년말 시험이 끝난 후에도 올해는 퇴학생이 하나도 없었지. 그런데 문제는 학교 역사 이래 이맘때까지 퇴학생이 나오지 않은 적이 단 한 번도 없었다는 거다."

"그렇다면 저희가 우수하단 얘기네요."

이케가 끼어들며 말했다.

평소 차바시라라면 우쭐대지 말라고 일침을 가했겠지만.

"그래. 그건 학교 측도 같은 생각이다. 보통은 기뻐할 만한 일이지. 학교도 더 많은 학생이 졸업하길 바라고 있어. 하지만 그렇더라도『예정과 다르다』는 문제가 있다."

기묘한 표현. 히라타와 내 옆의 호리키타가 그 말에 위화감을 품었다.

"마치 곤란하다는 얘기처럼 들리는데요. 퇴학생이 없다
는 게."

"그렇지는 않아. 하지만 때로는 내 예측을 뛰어넘는 사태
가 일어나기도 한다."

기쁜 일이라는 말을 하고 있는데도, 차바시라의 말은 어
딘지 무거웠다.

결국 참다못한 호리키타가 직접 물었다.

"하시고 싶은 말씀이 뭐죠? 저희에게 무슨 문제라도 있나
요?"

하지만 무슨 말을 한다고 해도 차바시라가 앞으로 말할 내
용은 달라지지 않으리라. 그녀는 자유로운 존재가 아니다.
학교 쪽 사람이고, 그저 지시를 전달하는 역할일 뿐이다.

"학교 측은 너희 1학년에서 퇴학생이 나오지 않았다는 것
을 고려해──."

차바시라가 다시 말을 멈추었다.

목구멍 안으로 도로 내려가려는 말을, 쥐어짜내고 있었다.

"그『특례 조치』로, 추가 특별시험을 오늘부터 급히 진행
하기로 하였다."

칠판에 오늘, 3월 2일 화요일이라는 날짜와 추가 특별시험이라는 글씨를 써넣었다.

"허억?! 그게 뭐예요! 추가 특별시험이라니 최악이잖아요! 아니 퇴학생이 한 명도 안 나왔다고 해서 추가 시험을 만들다니, 무슨 애들도 아니고!"

이케가 소리쳤지만, 차바시라는 눈빛만으로 모든 것을 흘려넘겼다. 학생들에게 거부권 따위는 없었다.

아니, 흘려넘길 수밖에 없었는지도 모른다. 오늘의 차바시라는 평소보다 여유가 없었다. 으름장을 놓기 위함이 아니라 정말 갑자기 나온 시험일지도 모른다.

"아무래도 상황이 조금 변한 것 같네."

지금 떠들어봐야 의미가 없음을 깨달은 호리키타가 조용히 중얼거렸다.

"그 특별시험을 클리어한 사람만 3월 8일에 있을 특별시험을 치를 수 있다."

간단히 설명하고 잠시 뜸 들이는 차바시라.

"이런 게 어디 있어요! 우리 때만 추가 시험이라니!"

"너희가 불만을 느끼는 것도 당연하다. 예정에 없었던 특별시험이니까. 시험이 하나라도 늘어나면 너희 부담이 늘어난다는 것도 잘 안다. 나나 다른 선생님들도 무겁게 받아들이고 있어."

선생님들도 무겁게 받아들이고 있다는 건, 학교는 그렇게 생각하지 않는다는 뜻인가.

당연히 어느 학생이든 추가 특별시험은 부담스러울 것이다.

필기시험이라 해도 학생들은 다시 공부해야 하고, 체력시험이라 할지라도 역시 대책을 세울 필요가 있다.

어느 쪽이든, 학생에게 부담을 주는 건 변하지 않는다.

그렇다 해서 학생들이 아무리 불만을 토한들 특별시험이 취소될 리도 없었다. 차바시라는 계속해서 말을 이었다.

"특별시험 내용은 아주 간단하다. 그리고 퇴학률도 반별로 3% 미만으로 높지는 않아."

퇴학률 3% 미만.

숫자만 보면 별거 아니라고 생각할 수도 있다.

하지만 이 추가 특별시험은 지금까지 치른 필기시험과는 상황이 다르다.

애초에 굳이 퇴학률을 미리 언급할 필요도 없다.

오히려 이제껏 시험을 치러오며 단 한 번도 퇴학률을 말해준 적이 없었다.

그 사실을 깨달은 학생들은 불신감을 더욱 키워갔다.

옆자리의 주인에게 시선을 보내자, 때마침 그녀도 내 쪽을 쳐다보는 바람에 우연히 눈이 마주쳤다.

"왜, 아야노코지."

"아니. 아무것도 아니야."

"아무것도 아닌데 나를 봤다니, 좀 기분 나쁜데?"

"……그렇겠지."

나는 그녀의 시선을 피해 창밖으로 눈을 돌렸다.

좁은 교실 안이니, 시선이 어딜 향하든 이야기의 내용은 전부 귀에 들어온다.

"도대체 어떤 시험인데요, 우리의 어떤 능력을 시험하는 거죠?"

"그건 걱정할 필요 없다. 추가 특별시험은 지식이나 체력 따위와는 전혀 무관하다. 시험 당일에 누구나 간단히 치를 수 있는, 아주 간단한 시험이지. 그래, 시험용지에 자기 이름 써넣는 것만큼이나 간단하다. 그리고 그 결과 퇴학당할 가능성이 3%야. 꽤 낮지?"

차바시라는 시험의 본질, 시험 내용을 다루려고는 하지 않았다.

"……시험이 쉽고 어렵고는 중요하지 않아요. 저희는 그 3%가 무서운 겁니다."

"물론 네 말이 옳다, 히라타. 3%에 겁이 나는 마음은 모르는 바도 아니지. 그렇지만 그 3%를 낮출 수 있을지 어떨지는, 시험 전까지 남은 시간을 어떻게 쓰느냐에 따라 달라진다. 쉽게 상상할 수 있겠지만."

"대체 어디서 3% 미만이라는 숫자를 도출한 겁니까? 선생님 말씀을 들어선, 단순한 제비뽑기 같은 건 아닌 것 같은데요?"

반에서 퇴학생 한 명 정도는 나올 수 있는 확률이다.

3%라고 말은 쉽지만, 학생들이 느낀 부담은 생각보다 더

컸다.

그것을 가장 먼저 이해한 히라타가 그 점을 짚었다.

"알려주세요. 도대체 어떤 특별시험인가요?"

"특별시험의 명칭은——『반 내부 투표』다."

"투표……요?"

칠판에 쓰인 특별시험의 명칭.

"특별시험의 규칙을 설명하마. 너희는 오늘부터 나흘간, 같은 반 친구를 평가해서 칭찬할만한 학생을 세 명, 비판받아도 싸다고 생각하는 학생을 세 명 선택해라. 그리고 토요일 시험 당일에 그 여섯 명을 투표한다. 그게 전부야."

학생들끼리 서로를 평가하라는 건가. 간단히 생각하면 히라타나 쿠시다 같은 학생은 많은 표를 받아 상위를 차지할 것이다. 반대로 반에 피해를 주거나 발목을 잡았다는 생각이 드는 학생은 비판표를 많이 받아서 하위로 떨어진다.

쉬는 날인 토요일을 써가면서까지 치르는 시험이니, 얼마나 긴급한지 미루어 짐작할 수 있었다.

하지만 차바시라의 말로 보건대, 상위와 하위에는——.

"그, 그게 끝? 그게 시험이라고요?"

"그래. 그게 다야. 내가 말했잖아? 간단한 시험이라고."

"그걸로 어떻게 시험을 잘 쳤는지 못 쳤는지, 어떻게 판단하죠?"

"그건 지금부터 설명하마."

차바시라는 분필을 꽉 움켜쥐고 다시 글자를 써 내려갔다.

"이 특별시험의 핵심은 투표 결과, 받은 칭찬표와 비판표에 있다. 상위…… 그러니까 칭찬표를 많이 받은 1위 학생에게는 특별 보수가 지급된다. 이 특별 보수란 프라이빗 포인트가 아니라『프로텍트 포인트』라고 하는 새로운 제도, 그 특전을 하나 준다."

지금까지 들은 적 없는 포인트.

당연히 다들 흥미를 보였다.

"프로텍트 포인트란 만에 하나 퇴학 처분을 받았더라도 무효로 돌릴 수 있는 권리를 말한다. 시험에서 낙제점을 받았어도 이 프로텍트 포인트를 가지고 있으면 포인트 분만큼 무효로 만들 수 있어. 단, 이 포인트는 남에게 양도할 수 없다."

그 말을 들은 순간, 놀라움이 교실을 휩쓸었다.

"이 포인트가 얼마나 굉장한지는 너희도 잘 알겠지. 사실상 2,000만 포인트와 맞먹는 거다. 물론 퇴학 위험이 없는 우수한 학생들에게는 그만한 가치가 있을지 모르겠지만".

그렇지는 않으리라. 누구나 확실히 퇴학 처분을 무효로 만들 수 있는 권리는 갖고 싶은 법. 환영하지 않을 학생 따위는 존재하지 않는다.

너무나 호화로운 보수. 아니, 지나치게 호화롭다.

이 프로텍트 포인트는 어떻게 쓰느냐에 따라 어마어마한 흉기도 될 수 있을 것 같다.

그리고 호화로운 만큼, 하위에 부여되는 페널티도 커진다는 증명이기도 했다.

"하위 세 사람에게는 어떤 불이익이 생기는 건가요……?"

그게 불안했던 히라타가 물었다.

"아니. 이번 페널티 대상이 되는 건 반에서 비판표를 제일 많이 받은 한 사람뿐. 다른 학생은 비판표를 얼마나 받든 불이익을 당하지 않는다. 이번 추가 특별시험의 과제는 「1등을 뽑는 것, 그리고 꼴찌 1명을 정하는 것」이니까."

"어떤 페널티, 인데요?"

"이번 추가 특별시험은 지금까지와는 요점이 다르다. 그건 바로 추가 시험을 치르게 된 원인인 『퇴학생의 부재』를 해소하기 위해 실시된다는 거지."

그렇다. 학생들이 걱정해야 할 것은 이 추가 특별시험이 등장한 이유다.

그리고 지금까지 퇴학생이 나오지 않았기 때문에 치르는 시험이라면——.

"특별시험의 난도 자체는 설명한 대로 간단하다. 학력이 낮은 사람도, 운동이 서투른 사람도, 그 어느 쪽에도 불리하지 않은 시험. 그런데 왜 학교가 프로텍트 포인트라고 부르는 파격적인 보수를 준비했을까. 그건 단 한 사람도 퇴학생을 내지 않고 2학년으로 올라가는 게 '아마도' 불가능한 시험이기 때문이다."

차바시라의 시선이 학생 한 사람 한 사람에게로 향했다.

"그래, 꼴찌가 된 학생은…… 이 학교를 나가게 된다."

투표를 하면 반드시 결과가 나온다.

일등과 꼴찌라는 결과가.

그리고 꼴찌는 퇴학.

그리고 이제 이 흐름은 피할 수 없다는 것.

아무리 우수한 반이든 아니든 결과는 똑같다.

'누가'라는 부분의 차이만 있을 뿐이다.

역시 그런 시험인 건가.

이번 추가 시험은 퇴학생이 나오지 않은 것에 속이 탄 학교 측에서 정한 것. 추가로 시험을 치르고도 퇴학생이 나오지 않는다면 시험의 의미가 없다.

다만 이 학교 이사장인 사카야나기의 아버지는 딱 한 번 만났을 뿐이라 인간성을 전부 알지는 못하지만, 이렇게 불합리한 시험을 진행할 스타일로는 보이지 않았다.

"의, 의미를 모르겠어요, 선생님. 마, 만약 꼴찌가 되면, 그러니까…… 그 꼴찌가 퇴학당한다는 거예요?"

"그래. 단두대에 오르게 되는 거지. 하지만 안심해라, 이번에 퇴학생이 나와도 반 자체에 페널티를 주진 않아. 그런 시험이다."

지금까지 쳤던 특별시험과는 너무나 달랐다. 그동안은 각자 퇴학당할 확률에 차이는 있어도 퇴학을 면할 수단은 모두에게 똑같이 주어졌었다. 하지만 이번에는 반드시 누구 한 사람이 희생당하는 시스템.

이게 학교 측이 준비한 '특례'인 셈이다.

퇴학을 면할 수 없기에 '프로텍트 포인트'를 내걸었다.

하지만 그렇다 해도 균형이 맞지 않을 만큼 큰 리스크였다.

"부당하다고 생각하겠지. 그건 교사인 나도 동감한다. 하지만 그렇게 결정된 이상 거부할 순 없어. 규칙에 따라 특별시험에 임할 수밖에."

"이게 말이 되냐고요……."

학년말 시험을 막 극복한 차에 자욱이 낀 먹구름.

주말이면 이 반에서 누군가가 사라진다.

"투표일까지 남은 시간은 정해져 있으니, 규칙 설명을 계속하마. 반에서 칭찬 및 비판 대상이 된 학생의 이름은 시험 종료 직후 한꺼번에 공개된다. 즉, 반 전원의 결과가 발표된다는 얘기야. 다만, 누가 누구에게 투표했는지는 영원히 공개되지 않는 익명 방식이다."

하긴, 이런 식으로 시험을 치른다면 익명제는 필수 조건이다.

칭찬표는 둘째 치고, 누가 누구에게 비판표를 던졌는지 공개되면 앞으로 계속 응어리가 풀리지 않을 테니까.

"그리고 칭찬 1표와 비판 1표는 서로 상쇄된다. 가령 10명에게 비판표를 받는데 30명에게서 칭찬표를 받는다면 결과적으로 20표 플러스가 되는 거야. 단, 칭찬, 비판 표와 상관없이 자기 자신한테는 투표할 수 없다. 또 같은 사람을 여러 번 쓰는 것도 금지야."

"기권…… 예를 들어서 칭찬표만 작성하는 건 가능한가요?"

"당연히 불가능해. 반드시 칭찬표, 비판표 모두 각각 세 명을 전부 써야 한다. 설령 아파서 시험 당일에 학교를 빠지더라도 투표는 해야 한다."

요컨대 아무것도 쓰지 않거나 기권하는 건 금지라는 얘기다.

몇몇 학생이 머리를 감싸 안았다.

비판표를 받을 자신 있는 학생에게는 무척 위협적인 시험.

당연하다는 듯 무임승차로 시험을 치러온 학생일수록 압박감을 느끼리라.

"……아니, 절망하기에는 아직 일러."

히라타가 진정시키려는 듯 이케 무리를 다독였다.

"선생님은 『아마도』 불가능하다고 말씀하셨어. 그러니까 어딘가 분명 빠져나갈 구멍이 있을 거야."

그의 말대로, 지금까지는 그런 말장난을 통한 활로도 준비되어 있었다.

하지만 이번에는 어떤가.

'아마도'라고 한 건 극히 제한적인 수단을 말한 것뿐 아닐까.

"쉽진 않지만, 퇴학을 피할 방법이 없진 않아."

"그, 그게 뭐야, 호리키타."

"칭찬표를 세 명, 비판표를 세 명 고르라고 했으니, 반 전원이 단결해서 투표를 잘 컨트롤한다면 칭찬만 받는 학생도 비판만 받는 학생도 없게 할 수 있지. 그렇게 하면 꼴찌는 아무도 안 나올 거야. 내 말이 틀려?"

"그, 그런가, 그러네! 역시 스즈네!"

하지만 그건 반 모두가 지시에 따라줬을 때나 가능한 이야기다. 단 한 사람이라도 배신자가 나온다면 배신당한 학생은 '퇴학'의 길을 걷게 된다.

1위에게는 프로텍트 포인트라는 매력적인 보수도 기다리고 있으니.

호리키타를 싫어하는 쿠시다가 배신할 가능성도 있지만, 그것도 잘 조정하면 해결할 수 있다. 호리키타에게 비판표를 던지는 역할을 쿠시다에게 주면 되니까. 끝에 가서 득표 결과가 나오면 누가 배신했는지도 장차 드러난다.

즉 배신자가 노출되어 버린다. 그러니 함부로 배신할 수는 없으리라.

"방금 호리키타가 말한 투표 컨트롤 말인데, 그건 무의미하다."

"어째서요, 선생님?"

"이번 특별시험은 『일등과 꼴찌』를 한 명씩 뽑지 않으면 성립하지 않으니까. 의도적이든 우연이든, 투표 결과로 전원이 0표를 받는 결과가 나온다면 재투표를 실시한다. 즉 퇴학생이 나올 때까지 시험은 끝나지 않아."

허둥지둥 활로를 찾는 학생들의 도피로를 차단했다.

"그건── 규칙이 이상하지 않나요? 그리고 무엇보다도 칭찬, 비판받을 학생을 선택한 결과 우연히 0표가 되었다면 재투표해도 결과는 똑같을 거예요. 억지로 왜곡시키면 정당한 평가로 선택된 학생이 아니라고 생각합니다만."

"그래, 틀린 말은 아니지. 우연히 0표가 되었다면 재투표하는 것 자체가 모순이라는 점은 인정하마. 다만 현실적으로 생각해봐라. 일등과 꼴찌를 고르게 하는 시험에서 우연이라도 전원이 0표라는 결과가 되는 것부터가 일단 『말이 안 돼』. 안 그러냐?"

차바시라의 날카로운 지적도 옳았다.

의도적으로 조정하지 않는다면 0표라는 결과가 되기란 불가능하다.

"……그럼 일등과 꼴찌가 2명 이상 같은 득표수를 얻었을 때는 어떻게 되나요?"

그 경우는 충분히 일어날 수 있다.

"어떤 경우든 간에 결전투표를 실시한다. 하지만 그렇게 해도 또 표수가 똑같이 갈릴 수도 있겠지. 그럴 때는 학교에서 마련한 특수한 방법으로 우열을 가린다. 그 방법은 지금 단계에서는 설명해줄 수 없어."

어디까지나 결전투표 끝에 득표수가 같을 때만 알려줄 수 있다는 건가.

거기까지 갈 가능성은 상당히 낮아 보이지만.

"걱정할 필요는 없어. 실제로 결전투표가 될 가능성은 한없이 제로에 가까울 테니."

차바시라 역시 덧붙여 말했다.

"왜요? 가능성은 충분히 있을 텐데요."

"그 이유는…… 칭찬표를 다른 반 학생에게도 투표할 수 있기 때문이다."

"다른 반이라니요?"

"너희에게는 자기 반 이외에 다른 세 반 중에서 한 명, 칭찬할 만한 가치가 있다고 판단한 학생 한 명을 투표할 수 있다. 당연히 그것도 칭찬표로 계산한다. 요컨대 만에 하나 자기 반 내부에서만 미움받고, 다른 반 애들 모두에게는 호감을 산 학생이 있다면, 비판표를 빼도 80표 정도의 칭찬표를 받는 것 또한 가능하다는 얘기지."

허공에 뜬 100표 이상의 칭찬표가 존재한다는 건가.

그렇다면 동수를 얻어 결전투표로 이어질 가능성은 쑥 내려간다.

이렇게 해서 추가 시험의 전모가 전부 드러났다.

추가 시험: 반 내부 투표

시험 내용
칭찬표, 비판표를 각각 3표씩 던질 수 있으며 반 내부에서 투표하여 결과를 얻는 시험.

규칙 1
칭찬표와 비판표는 서로 상쇄된다.
칭찬표−비판표=결과.

규칙 2
칭찬, 비판 불문하고 자기 자신에게는 투표할 수 없다.

규칙 3
동일인물에게 복수 투표, 무기입, 기권 등의 행위도 절대
불가.

규칙 4
일등과 최하위가 정해질 때까지 시험은 무한 반복되며 최
하위 등수는 퇴학.

규칙 5
다른 반 학생에게 투표하기 위한 전용 칭찬표도 각자 한
표씩 가지며, 기입은 강제.

이상이 추가 시험의 내용이다.

이 시험이 몹시 간단하면서 단순하다는 사실은 의심할 여
지가 없다.

하지만 그 내용은 지금까지 치른 시험 가운데 가장 잔혹
하기도 했다.

주말이면 이 반에서, 그리고 다른 반에서도 '누군가'가 사
라질 것이다.

하지만——

"선생님. 그런데 왜 '아마도'라는 단어를 덧붙이신 거죠? 아무리 들어도 빠져나갈 길이 보이지 않는데요."

"맞아. 빠져나갈 길은 없다. 하지만 불확정 요소를 가지고 있는 건 사실이야. 너희도 내심 생각하고 있겠지만, 프라이빗 포인트를 쓰면 이야기는 달라진다."

"그렇다는 건, 퇴학 처분을 포인트로 해결할 수 있다는 건가요?"

"2,000만 포인트. 그 액수를 마련할 수 있다면 학교 측에서도 퇴학을 취소할 수밖에 없겠지."

그래서 '아마도'라는 단서를 붙였다는 말인가.

프라이빗 포인트의 이동을 제한하지 않는다는 건 그걸 쓴 교섭을 묵인하겠다는 뜻. 돈으로 칭찬표를 살 수 있으면 사라는 얘기다.

그것 또한 실력이라고 보고 있다.

자신이 1년 동안 주위에 보여준 '능력'.

시험을 통해 차곡차곡 쌓은 '자금력'.

혹은 우정을 매개로 한 '팀워크'라고도 말할 수 있을까.

그러한 요소를 잘 발휘해보라는 것이다.

"자, 잠시만요. 2,000만 포인트라니……."

"C반 전원의 프라이빗 포인트를 다 합쳐도 불가능하겠지. 하지만 다른 반에서 빌려오거나 혹은 상급생의 은혜를 받으면 전혀 불가능한 액수는 아니야."

하긴 반이나 학년을 뛰어넘으면 이론상으로는 가능하다.

하지만 C반 사람 한 명을 지키기 위해 모을 수 있는가라고 묻는다면, 아마도 불가능하겠지.

A반과 B반조차 반 아이들의 포인트를 다 모아도 모자랄 가능성이 크다. 아니, 가령 가능하다고 해도 학생 하나를 지키기 위해 쓸 수 있을지는 미지수. 지금까지 쌓아온 재산 전부를 내던지는 것은 상당한 리스크가 있다.

"이게 학교의 규칙에 맞설 수 있는 유일한 방어책이야. 그 것 말고 학교 측이 만든 규칙의 허점을 뚫기란 절대 무리라고 단언할 수 있다. 남은 건 너희가 판단하고 결단을 내려야 한다."

차바시라는 홈룸이 끝나는 시간에 맞춰 이야기를 전부 마쳤다.

교사가 사라지자마자 학생들은 불안감을 드러냈다.

"어떡해, 어떡하냐고, 진짜 최악의 시험이 시작되는 거잖아!"

"남자들, 시끄러워!"

"뭐가 시끄럽다는 건데! 너, 나한테 비판표 던질 생각은 아니겠지?!"

남학생과 여학생이 뒤섞여 서로를 경계하듯 소리쳤다.

"보기 흉하군."

남녀가 싸우는 모습을 보고 한 남자가 코웃음 쳤다.

우리 반에서 제일 특이한 존재, 코엔지 로쿠스케였다.

"여기서 바둥거려봐야 달라지는 것도 없지 않나?"

"네놈도 여유롭게 있을 상황은 아닌 것 같은데? 지금까지 우리 반에 얼마나 많은 민폐를 끼쳤는지 자각은 있나?"

스도가 그렇게 말하며 코엔지에게 바싹 다가갔다.

하긴 지금까지 코엔지는 자기 하고 싶은 대로 굴면서 반 분위기를 흐렸었다.

"무인도 시험 때도, 체육대회 때도, 네놈은 일방적으로 기권했잖아?"

아이들의 시선이 집중되었다.

지금, 마음 약한 학생이 바라고 있는 것.

그건 자기가 퇴학당하지 않기 위해서, 대신 제물이 되어 줄 존재다.

"뭘 모르는 건 바로 너야, 레드 헤어 군."

코엔지는 다리를 꼬고는 책상 위에 올렸다.

"넌 지난 일 년 동안 어떻게 행동했는지가 이 특별시험의 열쇠라고 생각하는 모양인데."

"사실이 그렇잖아!"

"아니야. 이건 앞으로 남은 2년을 내다보는 특별시험이야."

코엔지는 스도의 발언, 아니 반 아이들 모두의 의견을 정면으로 부정했다.

"뭐? 무슨 소릴 하는 거야, 너……."

이해하지 못한 스도는 코엔지가 늘 그렇듯 장난치듯 한

말이라고 여겼으리라.

"잘 보라고. 이 시험은 말 그대로 특례인 거야. 퇴학생이 나온 반은 큰 페널티를 받는 게 통례. 하지만 이번엔 그게 일절 없어. 즉『필요 없는 학생』을 제거하기에 적합한 기회라는 거지."

"그래서 그 대상이 너라고 말하잖아, 이 애물단지야!"

"아니야. 잘못 생각했어."

"뭐? ……그렇게 단언할 수 있는 이유가 뭔데?"

"왜냐하면, 나는 우수하니까."

뭐라고 말할 수 없게 하는 압도적이고 대담한 태도로 코엔지가 말했다.

그 망설임이라고는 찾아볼 수 없는 태도에 스도의 기가 꺾였다.

"필기시험에서는 늘 반, 아니 학년에서도 상위에 오르고 있지. 이번 학년말 시험에서는 근소한 차이로 2위였어. 물론 내가 진짜 실력을 드러내면 1위쯤이야 식은 죽 먹기야. 그리고 신체 능력 면에서도 내가 너를 능가한다는 사실은 네가 더 잘 알겠지?"

자신의 잠재능력이 얼마나 뛰어난지 주장하는 코엔지.

"그, 그래서 뭐? 아무리 그래도 진지하게 임하지 않으면 의미가 없잖아!"

"그렇지. 그래서 지금부터『마음을 바꿔먹었어』. 이 시험을 기점으로, 앞으로 있을 다양한 시험에서 반에 공헌하고

도움이 되는 학생이 되기로 말이지. 그럼 반에는 큰 이득이 아닌가?"

"그, 그 말을, 누가 믿어줄 것 같아?! 너보다 내가 훨씬 더 도움 되거든!"

스도의 외침도 옳았다.

나를 포함해 어느 한 사람도, 코엔지의 말을 믿을 만한 요소가 없었다.

사실 이 남자가 이 시험을 기점으로 진지하게 임하리라고는 도저히 생각할 수 없었다.

아니, 실제로 뭔가가 변할 일은 없겠지.

이 시험을 잘 통과하기만 하면 또 자기 멋대로 굴 게 불 보듯 뻔하다.

"그럼 반대로 묻지. 네가 나보다 더 도움이 될 거라고 했지. 너희는 이 말을 믿을 수 있어?"

코엔지는 스도를 넘어서 반 아이들에게 질문했다.

"아니, 레드 헤어 군뿐만이 아니야. 지금까지 도움이 안 되던 학생이, 앞으로는 도움이 될 거라는 보장 따위 어디에도 없잖아? 나처럼 말로는 뭐든 다 할 수 있지. 하지만 정말로 필요한 건 숨겨진 실력이야. 그게 따라주지 않으면 아무런 설득력도 없다고."

실력 없는 학생이 마음을 고쳐먹고 열심히 하는 것과 실력 있는 학생이 마음을 고쳐먹고 열심히 하는 것.

언뜻 비슷해 보이지만 사실은 다르다고 코엔지는 말하고

있는 거다.

코엔지는 자신이 비판표를 받아 꼴찌가 될지도 모른다고 는 조금도 생각하지 않았다. 아니, 오히려 이 추가 시험 자체를 환영하는 듯했다.

그러나 코엔지에게 리스크가 전혀 없다고 할 수는 없다.

반의 방향성에 따라서는 충분히 비판표가 그에게 집중될 수도 있다.

좋든 나쁘든 지나치게 노골적이다.

사실 솔직한 감상을 말하자면 나는 코엔지의 생각에 동감 한다.

반을 생각한다면 이 추가 시험에 대해 명쾌하게 생각할 필요가 있다.

좋고 싫고가 아니라, 반을 위해 필요 없는 학생을 골라 제거할 기회가 찾아온 것이다.

지금까지 치른 시험은 다소의 단점과 큰 장점이 있는 학생이 퇴학을 당할 수도 있었다. 이해하기 쉬운 예를 들자면 바로 코엔지와 티격태격하던 스도가 그렇다. 뛰어난 신체 능력을 갖추었지만 학력은 반에서 꼴찌를 겨루는 수준. 실제로 그 학력이 발목을 잡아 한 번은 퇴학당할 뻔했었다. 하지만 스도는 그 후 호리키타의 도움을 얻어 서서히 단점을 보완하기 시작했다. 결과적으로 반에 득을 가져오고 있다.

스도처럼 인간 대부분은 장단점을 모두 갖고 있다.

한편 장점 없이 단점만 보이는 인간도 적지 않다. 인간은 누구나 성장 가능성을 가지고 있지만, 그 가능성의 개화 시기는 제각각이며 성장 폭 자체가 넓지 않은 자도 있다. 즉, 반의 발목을 잡는 학생을 제거할 이 기회를 놓칠 이유는 없다.

거기까지 생각이 미치는 사람은 안타깝게도 이 반에는 아직 코엔지밖에 없는 듯했다.

"좋알좋알 시끄럽게 구네, 코엔지. 난 네가 필요 없다고 생각해. 그건 달라지지 않아."

"네 친한 친구들이 아무리 무능하다고 해도?"

"무능…… 내 친구들이 무능하다고?! 까불지 마라!"

코엔지의 책상을 거칠게 치면서 스도가 무섭게 노려보았다.

"그런가. 역시 그 정도인가. 네가 그렇게 판단한다면 그것 역시 자유지만…… 그런 식이면 언제까지고 이 반은 도태된 채로 머물러 있겠지. 정말 불량품이야."

하지만 코엔지는 개의치 않고 여유롭게 머리카락을 쓸어 올렸다.

계속 이어지는 도발하는 듯한 말이 스도의 화에 불을 붙였다.

"적당히――."

"두 사람 다 진정해. 지금은 냉정하게 대화할 때가 아닐까?"

두 사람 사이에 히라타가 끼어들었다.

이런 식으로 히라타가 중재에 나서는 게 벌써 몇 번째일까.

이제는 익숙한 광경이지만, 스도는 흥분해서 그만둘 기색이 없었다.

"뭘 냉정하라는 거야, 히라타. 넌 참 좋겠다, 절대 꼴찌가
될 일은 없잖아."

"야──."

이케의 말이 히라타를 찔렀다.

히라타는 지난 일 년 동안 반에 큰 공헌을 했다. 이 시험
도 평소대로 치르면 제일 안전한 학생 중 한 사람이라고 말
해도 과언이 아니다. 누군가가 반드시 퇴학당하는 이번 시
험에서 안전권에 드는 학생이 하는 말은 크게 와닿지 않으
리라.

"난, 나도 어떻게 될지 알 수 없어."

그렇게 부정했지만, 그 말은 스도를 이해시키지 못했다.

"들었냐, 칸지. 히라타가 어떻게 될지 모른다는데."

"아니 아니, 히라타 님만은 세이프 아닌가."

짜증이 나기보다는 어이가 없는지 야마우치와 이케가 씁
쓸하게 웃었다.

그도 그럴 것이.

그 누구도 히라타가 퇴학당할 거라고는 생각하지 않을 테
니까.

비판표를 좀 받는다고 해도 반드시 그를 웃도는 칭찬표를
받을 것이다.

"윽……."

히라타도 몇 번인가 말을 내뱉으려고 했지만 결국 입을

닫고 말았다.

특별시험은 이제 막 발표된 참이다.

혼란이 극에 달한 이 상황에 히라타의 말을 냉정히 받아들일 수 있을 리 없었다.

"하던 얘기 계속하자고, 코엔지."

"너랑 더는 할 말이 없는데."

"난 아직 한참 남았거든."

화가 줄어들 줄 모르는 스도. 이 자리에서 유일하게 그를 멈추게 할 수 있는 사람은——.

"그만해, 스도."

"윽……."

절대 권력, 호리키타뿐이다.

"공부 좀 잘할 수 있게 됐다고 잘난 듯 굴지 마."

"아니, 그런 게 아니라……."

"조용히 해."

"……알았어."

말 몇 마디로 스도를 완전히 컨트롤했다.

호리키타는 스도에게 자리로 돌아가라고 지시해, 코엔지로부터 멀어지게 했다.

"호리키타, 덕분에 살았다."

"별거 아냐. 이 시험 내용에 비하면."

그렇게 말하고는 호리키타도 자기 자리로 돌아갔다.

"일하느라 수고가 많다."

"괜히 시간만 빼앗겼어."

그렇게 숨을 토하고는 자리에 앉았다.

"그나저나…… 정말 성가시게 됐네. 불안정하긴 했어도 지금까지 그럭저럭 단합해왔는데, 이제 누군가를 강제로 떨어뜨려야 한다니…… 정말 너무한 처사야."

이 혼란스러운 공간을 어떻게 하지 못하고 한탄하는 호리키타.

"처사, 라."

물론 그렇게 불평하고 싶은 심정도 이해하지만.

"넌 그렇게 생각하지 않아?"

"어차피 입학했을 때부터 아무 보장도 없었잖아."

"……그래, 아무것도 모르는 상태로 덤벼야 했던 것들뿐이었지. 하지만 그렇다고 해도 이번 일은 부당해."

"뭐, 퇴학생을 내지 않은 결과의 보복 같은 거니까 그렇겠지."

호리키타가 불만을 느끼는 것도 무리는 아니다.

하지만 이로써 나도 이번 시험에서는 완전히 손 놓고 있을 수 없게 되었다.

모두에게 퇴학 위험이 있다. 아니, 그대로 내버려 두면 이 카스트에서 아래 있는 나 역시 비판표의 표적이 될 위험이 있다.

미리 포석을 깔아두는 편이 좋을 것 같다.

"난 이번 시험을 순순히 받아들일 수 없어. 하지만……."

호리키타의 표정에서 강한 의지가 느껴졌다.

그 후에도 반에는 불온한 공기가 여전히 남은 채로 오전 수업에 들어가게 되었다.

1

점심시간, 아야노코지 그룹이 점심을 먹을 겸 카페에 모여 이야기꽃을 피우고 있었다.

"아, 진짜 최악의 전개 아냐? 강제로 퇴학생을 만들라니. 학교도 도대체 뭔 생각인 거냐고."

빨대를 입에 물며 하루카가 한숨을 푹 내쉬었다.

그 말에 제일 먼저 반응한 사람은 케세이였다.

"나도 같은 의견이야. 하지만 무엇보다도 내가 용납할 수 없는 건 반 애들끼리 싸워야 한다는 점이야. 지금까지 똘똘 뭉치게 만들었던 시험이랑 정반대라니, 도무지 이해할 수가 없다고."

"맞아. 지금까지 어떤 시험이었든 대결 상대는 다른 반이었는데."

아키토도 케세이의 발언에 수긍했다.

"퇴학생이 한 명도 안 나와서라니…… 너무 아이러니하지 않아?"

오늘 오전은 학생들 모두 차분하지 못하고 왠지 붕 뜬 상태로 보냈다.

추가 시험이 불합리하다고도 느끼는 학생이야 당연히 많으리라. 지금쯤 다른 그룹도 우리와 같은 이야기를 나누고 있을지도 모른다.

"정말 방법이 전혀 없을까? 유키무같이 머리가 좋으면 한두 개쯤은 생각나지 않아?"

"없……지 않을까? 호리키타가 내놓았던 표 조정이 아마 유일한 수단이었을 거야. 하지만 차바시라 선생님 말씀대로라면 그것도 불가능한 것 같고. 아무리 불합리한 추가 시험이라지만 규칙을 무시하는 건 아무래도 어렵겠지."

케세이가 답을 내놓지 못하는 것도 당연했다.

이번 시험은 아무리 봐도 달아날 길이 전부 막혀 있다.

"학교도 퇴학생이 나오지 않기를 바랄 거라 생각했는데, 그렇지도 않은가 봐."

"……학교는 정말 퇴학생이 나오길 바라는 건가."

아직 일말의 희망을 품고 있던 하루카의 표정도 어두워져 갔다.

"그러니 낙관론은 생각하지 않는 게 좋아. 이번엔 아마도 혹독한 결과가 기다리고 있을 테니."

혹독한 결과, 즉 그건 반에서 퇴학생이 나온다는 이야기.

피할 수 없는 미래가 기다리고 있다는 이야기.

"……주말이 되면 이 그룹에서 누군가가 사라질 수도 있다는 거네."

아까부터 한마디 말도 없이 불안한 표정으로 있는 아이리가 살짝 고개를 흔들었다.

그런 미래는 상상하고 싶지 않다는 게 몸짓으로 드러났다.

"군소리 없이 시험을 맞이하는 것 말고도 방법이 있겠지? 케세이."

불안을 해소해달라는 듯 아키토가 케세이에게 물었다.

그 말에 맞추듯 케세이가 고개를 한 번 끄덕이더니 멤버들을 둘러보았다.

"아키토의 말대로 우리끼리라면 퇴학당하지 않을 방법이 있어. 그래서 하는 말인데, 짜고 투표하지 않을래?"

"칭찬표에 서로의 이름을 써넣자고?"

"응, 딱히 우리 중에 누군가가 칭찬표를 많이 받아 일등이 될 것 같지도 않고. 만에 하나라도 꼴찌가 되는 걸 피하려면 서로 협력하는 게 좋지 않겠어?"

이 그룹의 다섯 명만 짜고 투표해도 각자 세 표씩 칭찬표를 얻을 수 있다.

중요한 건 비판표를 세 표 깎을 수 있다는 사실.

"하, 하지만 괜찮을까? 반에 공헌한 사람을 선택해야 하는 거 아니야……? 선생님도 그런 식으로 표를 조작해봐야 헛수고라고…….

성실한 아이리가 살짝 불안한 듯 말했다.

"어느 정도 조직적인 투표가 되는 건 어쩔 수 없어. 차바시라 선생님도 다른 학생들도 잘 알고 있을 거야. 그리고 우리가 안 해도 어차피 다른 애들은 할걸? 집중적으로 비판표를 한 명에게 몰아줄 수 있으니까. 실제로 우리가 각자 비판표 하나씩만 써도 다섯 표나 쓸 수 있다고."

"다섯 표…… 무시할 수 있는 숫자가 아닌데? 그룹 규모가 크면 10표, 20표도 어렵지 않을 거 아냐?"

"그래. 즉, 반에 끼치는 영향력이 큰 사람일수록 수월한 시험이라는 거지."

그렇다. 이 시험의 핵심 중 하나는 바로 거기에 있다.

반에서 잘나가는 학생일수록 유리한 게 사실이다. 발언력이 강한 학생이 그룹을 리드해서 특정 학생을 공격하기만 해도 상당히 유리한 고지에 오를 수 있다.

"난 그룹에서 서로 커버해주자는 의견에 찬성이야. 여기서 누군가가 빠지는 건 보고싶지 않으니까."

나는 케세이의 의견에 찬성했다.

"나, 나도."

아이리도 나를 뒤따라 의견에 동의했다.

"그럼 결정됐네."

찬성이 나오자 케세이가 고개를 끄덕였다.

"아니, 잠깐 기다려봐. 좀 물어보고 싶은 게 있어."

아키토는 아직 마음에 걸리는 부분이 있는 모양이었다.

"다른 애들이 우리 그룹보다 더 규모가 큰 그룹을 만들 수도 있지 않아?"

"물론 그럴 수도 있지. 아니, 오히려 그러려고 할걸?"

그 정도는 케세이도 예상했으리라.

다만 여기서 우리가 먼저 대형 그룹을 만들자는 이야기가 케세이의 입에서 나온다면 말려야 한다. 이 상황에 그건 결코 좋은 방책이 아니다.

"우리도 빨리 손을 써서 다른 애들한테 말해볼까?"

"아니…… 우리는 일단 시험이 끝날 때까지 일 만들지 말고 가만히 있자. 반에서 누굴 상대로 하든 갈등을 일으키는 것만은 피해야 해. 먼저 대형 그룹을 만드는 건 좋은 선택이 아냐."

"즉…… 최대한 튀지 말자고?"

괜히 주목을 받으면 스도나 코엔지처럼 표적이 되기 쉽다.

"그래, 거기다 애초에 우리 그룹은 그런 전략이랑 잘 맞지도 않잖아."

"뭐, 하긴 그래."

결국 케세이는 큰 그룹 만들기를 단념했다.

하루카도 수긍함으로써 전원 찬성을 얻을 수 있었다.

이로써 내 '전략'에 휘말려 손해 볼 일은 없으리라.

"다만, 개인적으로 다른 그룹에서 권유가 오면 받아들이는 것도 나쁘지 않다고 생각해. 그것도 자기한테 비판표가 집중되는 걸 피하기 위한 전략이 될 테니까."

아야노코지 그룹 내에서 칭찬표를 돌려봐야 고작 사람당 세 표.

다른 그룹과 사이좋게 지내서 비판표를 피할 수 있다면

더할 나위 없으리라.

"하지만 그건 좀 어렵지 않을까? 그런 게 불가능한 모임이잖아. 우리."

다른 그룹에 끼지 못했기에 이 그룹이 존재할 수 있었다고 말하고 싶은 모양이었다.

뭐, 케세이도 알고 말한 거겠지만.

만약 권유가 온다면 받아들이는 편이 좋다는 충고.

이것 또한 정답이기도 하지만, 다소 위험하기도 하다.

경솔하게 참가하는 그룹을 넓혔다간, 팔방미인이라는 이미지가 생겨 오히려 힘들어질 수도 있다.

그렇게 간단히 넣어줄 그룹을 찾기도 힘들겠지만.

"세 표로는 안전하지 않다는 거지……? 나, 반에 전혀 도움이 안 되니까…… 그러니까, 다들 나한테 비판표를 던질지도……."

아이리는 자신이 표적이 되는 게 아닐까 하고 불안해했다.

이 시험, 반에서 누군가 한 사람에게 비판표가 집중되면 그걸 막을 방법은 거의 없다. 히라타나 쿠시다라면 많은 비판표를 상쇄시킬 만큼 칭찬표를 받을 수 있을지도 모르지만…….

아니, 그것도 이상한가. 얼마나 많은 조직을 만들어 표를 확보할 수 있느냐가 본질. 정당한 평가를 받을 수 있는 학생, 그리고 그에 따른 득표는 지극히 제한적이라고 생각하는 게 맞을 거다.

"너무 걱정하지 않는 게 좋아, 아이리. 벌써 그러면 절대 못 버티니까."

"으, 으응……."

그래도 마음 쓰이는 것은 어쩔 수 없는지 아이리는 표정을 흐렸다.

심약한 성격은 이 시험에 마이너스로 작용할 수 있다.

"정~말 최악이야…… 같은 반 애들끼리 적대시하고 서로 경계해야 한다니."

"그렇지. 하지만 그게 시험으로 결정됐으니 어쩌겠어."

"키요뽕은 결론을 낸 느낌?"

"결론이 어쨌든 받아들일 수밖에 없겠지."

어른스럽네, 하고 하루카가 놀랐다는 듯 고개를 끄덕였다.

"그런데 말이야. 좀 전에 알았는데, 저기 좀 봐."

하루카가 나와 케세이의 뒤쪽을 손가락으로 가리켰다.

뒤돌아보니 D반 남학생이 있었다.

사람이 많은 카페 안에도 남들과 거리를 두고 혼자 있기에 눈에 확 들어왔다.

"뭔가 상황이 변한 후부터 분위기도 달라진 것 같아, 류엔."

"잘났다는 듯이 왕 행세를 하다가 가진 것 몽땅 털리고 벌거숭이가 된 것뿐이잖아."

케세이는 류엔 같은 타입을 특히 더 싫어하는지 말투가 거칠었다.

지금까지 다른 반을 대했던 태도와 전략을 생각하면 당연한 결과일지도 모르지만.

물론 류엔이 지금 이 상황을 후회하거나 괴로워하고 있을 리는 없다.

"그런데 이번 시험, 류엔한테 좀 빡세지 않아? 그렇지도 않은가?"

의문을 느낀 하루카의 질문에 케세이가 고개를 끄덕였다.

"빡센 정도가 아니지. 절망적이지 않나? 지금까지 자기 멋대로 했으니까 비판표가 모이는 건 피할 수 없을걸."

그 의견에 아키토도 동의했다.

"거참 허무하겠어. 자기가 이끌어온 반에 배제당하다니."

"하지만 그런 것치고는 너무 태연하지 않아? 혼자 당당하게 책 같은 거 읽고 있고…… 나라면 울 것 같은데……."

이상하다는 듯 하루카를 쳐다보며 말하는 아이리.

"그런 거 아냐? 체념의 경지 같은? 이번 시험은 고립된 왕따가 아무리 발버둥 쳐봐야 해결 방법이 없잖아. 남자로서 최후의 순간을 당당하게 맞이하려는 생각 아닐까?"

겉만 보면 그럴 법하게 보이기도 하는군.

하지만 실제로 류엔이 아무것도 하지 않고 있다면 퇴학당할 수도 있다.

"미얏치, 류엔한테 살짝 물어보고 와봐. 지금 어떤 심정인지."

"그걸 어떻게 묻냐……."

차분해 보이지만 속에는 날카로운 송곳니를 감추고 있을

게 뻔하다.

괜히 놀렸다가 어떤 대가가 돌아올지 알 수 없다.

"너무 빤히 쳐다보지 마."

"아, 네에~."

아키토가 주의를 주자, 하루카는 가볍게 손을 들어 대꾸했다.

"이야기를 C반으로 되돌려서, 코엔지는 어떻게 하지?"

아키토가 케세이에게 물었다.

케세이도 같은 생각을 하고 있었는지 바로 대답이 돌아왔다.

"실력이 있으면 남는다는 그 말? 뭐, 일리 있다고는 생각하지만 그래도 난 코엔지야말로 필요 없는 학생이 아닐까 싶어. 그 녀석은 우리 반 분위기를 어지럽히잖아. 솔직히 무섭다."

리스크를 싫어하는 케세이에게 코엔지는 계산할 수 없는 불편한 존재일 터다.

"그리고…… 좀 잔인한 표현일지도 모르지만, 코엔지라면 별로 마음이 안 아플 것 같아. 아무리 생각해도 비판표에 이름을 쓰는데 거리낌이 없을 것 같단 말이지. 너희는 어때?"

"그건, 뭐 그럴지도. 누군가 꼭 이름을 써야만 한다면 주저 없이 끝낼 수 있는 사람이 좋으니까."

"우우…… 그래도 코엔지 군은 좀 특이해도 시험 성적은 언제나 높았잖아? 반에는 나 따위보다 훨씬 공헌도가 클 거야."

자기 입장이 불안하다 느끼는 아이리는 코엔지 편을 드는 듯한 발언을 했다.

"시험 발표 때마다 늘 케세이 군이나 코엔지 군이 정말 대단하다고 생각했었어……."

"그러지 말라니까, 아이리. 이럴 때 단호히 굴지 않으면 나중에 너만 괴로워질 뿐이라니까?"

"그건 그렇지만……."

그래도 누군가를 희생하는데 아이리는 강한 거부감을 느꼈다.

"난 코엔지에 일단 찬성하는데?"

"나도 이의는 없어."

이 방침이면 되겠어? 하고 하루카가 케세이에게 물었다.

"일단은 그렇게 하자. 어쨌든 세 사람을 골라야 하니까, 상황에 따라 바꾸는 게 좋겠어."

비판표를 던질 잠정적 멤버로, 아야노코지 그룹에서는 코엔지를 후보에 넣었다.

코엔지가 필요할지 필요 없을지, 다양한 의견이 나와도 이상할 건 없다.

내가 봐도 코엔지라는 남자는 큰 리스크를 안고 있다.

코엔지가 변덕을 부리기에 따라서는 엄청난 마이너스로 작용할 수도 있기 때문이다.

하지만—— 그것을 감안하고도 남는 재능을 가진 것 또한 사실이다. 만약 코엔지가 진지하게 시련, 과제에 임한다면 웬만한 미션은 클리어할 수 있을 것이다. 그의 바닥이 보이지 않는 지금 상황에도 그렇게 생각하게 할 정도의 능력을 확실히 갖추고 있다.

"난 싫지 않지만 말이야……. 좋은 쪽으로도 나쁜 쪽으로도 미지수인 애지, 코엔지는."

아키토의 비판표에는 그런 이유가 있는 모양이다.

존재감만은 뛰어나다고 할까, 소문 속에서도 도저히 다 헤아리기 힘든 존재 같았다.

"그 밖에는…… 이케나 야마우치, 스도. 이 중에서 비판표가 나오는 게 유력하려나?"

"그렇겠지. 코엔지를 포함해서 그 네 사람이 퇴학생이 될 가능성이 농후해. 지금은 말이지. 하지만 그 녀석들도 가만히 있을 리는 없어. 큰 그룹을 만들어서 칭찬표를 모아 최대한 비판표를 늘리지 않도록 손을 쓸 거야."

"우리도 절대 안전권이 아니라는 거네."

그렇다, 이미 시험은 시작되었다. 같은 편을 짜고, 공통의 적을 만들어 싸우는 것.

"오늘 아침까지 반 애들 모두 같은 편이었다고는 도저히 생각하기 힘든 대화를 나누고 있네, 우리."

아키토가 앞일을 상상하더니 한숨을 토했다.

하루카는 무슨 생각을 했는지 다시 류엔을 쳐다보았다.

"그래도 아직 후보가 한 명으로 좁혀지지 않은 만큼 나은 걸지도 모르지."

C반의 현재 상황을 이해했기에 D반의 류엔이 얼마나 어려운 상황에 놓여 있는지 하루카는 알아차린 모양이었다.

만약 누구 하나가 저격당하면 누가 되었든 살아남기는 힘들 것이다.

"만일에 미얏치나 유키무가 류엔의 입장이 된다면 어떨 것 같아?"

"어쩌고 자시고, 반 전원을 적으로 돌리면 방법이 없어. 나라면 포기할걸."

아키토는 바로 포기를 선언했다.

질문을 받고 진지하게 생각한 케세이도 잠시 후 고개를 가로저었다.

"나도 무리야."

"무리인가. 이를테면 반 전원을 협박하거나 하면?"

"역효과만 날 뿐이야."

오히려 그걸 바라고 있는 학생도 있을지 모른다.

협박이라도 해주면 마음의 갈등 없이 편하게 류엔에게 비판표를 던질 수 있으리라.

"그럼 칭찬표를 받게 다른 반에 고개를 숙인다거나."

"너, 류엔이 부탁하면 칭찬표 줄 거야?"

"뭐~? 난 못 주지."

바로 그거야, 하고 케세이가 고개를 끄덕였다.

"대부분이 그럴 거야. 류엔의 평소 태도를 아니까. 그런 녀석을 도와주고 싶다고 생각하는 별종은 아주 드물걸."

"그럼 돈 꽂아 주고 반 애들한테 표를 사는 건?"

"류엔이 설령 꽤 많은 포인트를 모아놨다고 해도 그 많은 표를 다 살 수 있을 거란 생각은 안 들어."

"그래도 말이야, 다른 반의 칭찬표라면 기회가 있지 않을까?"

"아니, 꼭 그렇지도 않아. 우리만 놓고 봐도 류엔이 없는 편이 D반과 경쟁할 때 편할 것 같지 않아?"

"아…… 하긴 그럴지도 모르겠다. 무슨 짓 하러 올지 모르는 녀석이니."

류엔이 힘든 부분은 바로 거기에 있었다. 만약 그가 그저 단순히 D반의 발목을 잡을 뿐인 짐이었다면 일부러 칭찬표를 모아 퇴학을 막을 수도 있다. 하지만 류엔은 적에게도 귀찮고 성가신 인물이므로, 다른 반 애들도 대부분 퇴장해주었으면 좋겠다고 생각할 것이다. 굳이 위협이 될 법한 녀석을 남겨둬 봐야 안팎으로 얻을 이득이 별로 없다.

앞으로의 일을 생각하거나 류엔이야말로 반의 구세주가 되리라고 맹신하는 학생도 있을지 모르지만, 그게 한 줌이라는 건 지금 나와 있는 재료만 봐도 의심할 여지가 없다.

만약 서로 각서를 쓰고 칭찬표를 주기로 여러 사람과 계약한다고 해도, 실제로 투표했는지 증명하기는 어렵다. 익명 투표인 이상, 한 표라도 칭찬표를 받으면 다들 자기가 넣은 표라고 거짓말할 수도 있다. 만에 하나 다툼이 생겨 난

처한 일이 생기더라도 류엔이 퇴학당하면 끝이다.

그 이전에 누가 좋다고 류엔이랑 각서를 쓸지 의문이지만.

"완전히 막혀버린 건가."

"간신히 태연한 척하고 있는 거겠지. 퇴학당하고 싶지 않다고 필사적으로 발버둥 치는 건 꼴사나우니까."

"하긴…… 한때 왕이었던 사람에게는 한심한 모습이겠지."

어딘가 아쉬운 구석이 있지만 이제 류엔의 퇴학은 사실상 확정이다.

물론 본인에게 발버둥 칠 의사가 있다면 이야기도 조금은 달라지겠지만…….

여기서 아무리 의논해봤자 답은 나오지 않는다.

무슨 생각 중인지 본인 말고는 모르니.

"그럼 시험 삼아 해보는 건 어떨까?"

대뜸 내 옆에서 다른 목소리가 날아들었다. 호리키타였다.

손에는 비닐봉지가 들려 있었다. 점심으로 먹을 샌드위치가 언뜻 비쳤다.

"시험하자니, 뭘?"

뭔가를 느낀 아키토가 되물었다.

아니, 불온함을 알아차렸다고 말해야 할까.

"류엔이 지금 뭘 생각하는지, 무슨 속셈인지 알고 싶으면 직접 물어보면 되잖아?"

"그만둬. 긁어 부스럼 만들지 말고."

아무도 류엔에게 다가가려고 하지 않았다.

"그렇다면 그래도 되고."

"지금 류엔한테 신경 써봐야 아무런 의미도 없어. 이번 시험에는 무관하니까."

"맞아, 아무 상관도 없지. 하지만 나한테는 도움이 될지도 모르거든."

그렇게 말한 호리키타가 잠시 뜸을 들였다.

그리고는 곧 내가 움직일 생각이 없다는 걸 알았는지, 우리의 곁을 떠나 류엔에게 향했다.

"뭐야, 도움이 될지도 모른다니……"

이해할 수 없어 고개를 갸우뚱거리는 케세이와 아키토.

"저기, 저러다 큰일 나는 거 아니야? 호리키타, 좀 위험해 보이는데?"

"나도 그렇게 생각해…… 키요타카 군."

"……그러게. 내가 좀 보고 올게."

그래봤자 별일 없을 것 같지만, 일단 한 사람이 옆에 따라가는 편이 낫겠지.

호리키타는 어쨌든 직설적인 말투니까.

나는 일어서려는 아키토를 말리고 대신 호리키타의 뒤를 쫓았다.

"류엔이랑 무슨 얘기 하려고?"

"나한테 힌트를 줄지도 몰라."

힌트라고? 호리키타가 류엔에게 뭘 기대하고 있는지 모르겠다.

하지만 호리키타도 아무 생각 없이 움직이지는 않았겠지.

"애들이 날 좀 보고 오라고 했어?"

"그래."

"그렇겠지."

그런 짧은 대화를 주고받으면서도 호리키타의 걸음은 느려지지 않았다.

그리고 우리는 곧 류엔의 앞까지 닿았다.

류엔은 우리가 온 걸 알아차렸지만 반응은커녕 손에 든 책에서 눈조차 떼지 않았다. 책을 살짝 엿본 바로는 문학 소설인 듯했다.

"꽤 여유로워 보이네, 류엔."

"누군가 했더니 스즈네와 금붕어 똥이었나."

그가 책을 탁 덮었다. 책에 붙어있는 스티커를 보아, 도서관에서 빌린 책이라는 것을 알 수 있었다.

새삼 말할 것도 없지만 금붕어 똥이란 당연히 나를 가리킨다. 류엔은 날 슬쩍 보고는 호리키타에게 시선을 돌렸다.

"무슨 용건이냐?"

호리키타는 왜 위험을 무릅쓰면서까지 류엔과 접촉하려고 한 걸까.

"대놓고 물어볼게. 너, 이번 특별시험, 어쩔 셈이야?"

"아무것도 안 할 건데."

"그건…… 얌전히 퇴학당할 각오가 되어 있다는 거야?"

이대로 놔두면 류엔의 퇴학은 말할 것도 없이 필연이다.

"녀석들에게 나는 아주 좋은 타깃이니까. 반드시 누구 하나는 희생되는 이 시험에서 선뜻 제물에게 원한을 사려는 녀석은 없을 거다. 하지만 그 제물이 나라면 이야기는 다르지."

대화 내용이 별거 아니라고 판단했는지 류엔은 다시 책을 펼치고 읽기 시작했다.

"하긴. 너한테 비판표를 던진다고 죄책감이 없지는 않겠지만, 그래도 다른 애들에 비하면 정신적인 부담이 훨씬 적을 테니까."

아무래도 류엔은 진심으로 학교를 나가려는 모양이다.

"네가 나갈 생각이라면 나도 더 할 말은 없어. 나뿐만이 아니라 B반도 A반도, 네가 없어졌으면 좋겠다고 생각하는 사람이 많을 테니까. 너는 너무 멀리 갔어, 그 누구도 손을 내밀지 않을 거야."

호리키타는 진실을 그대로 들이밀었다.

진실은 때론 알고 있어도 큰 충격을 주기 마련이다.

하지만 류엔에게는 통하지 않는다.

자기 자신이 이미 잘 알고 있으며, 진심으로 받아들이고 있다.

"그렇겠지. 내가 없는 D반은 승산이 없어. 너희에게는 이번 기회에 나를 제거하는 게 가장 유리한 계책이다."

심지어 부정적인 방면이 아니라 플러스 방면으로.

"자기평가가 상당히 높구나. 너다운 대답이야, 류엔. 하지만 네 능력이 부족한 탓에 D반으로 떨어진 거잖아?"

"크큭. 그렇지."

D반은 류엔의 독재로 힘을 발휘하던 반이었다.

그게 무너지고 꼴찌로 전락한 지금은 다시 위로 오를 계기를 잃어버렸다.

하지만 류엔의 방침은 처음부터 반 순위에 매여 있지 않았다. D반이든 A반이든, 프라이빗 포인트만 쥐고 있으면 얼마든지 역전할 수 있으니까. 그렇기에 꼴찌라고 아무리 찔러본들 꿈쩍할 리 없었다.

A반에 있는 것이 우위지만 우위성 자체에는 가치가 없다.

멀리 내다본 류엔의 전략은 흥미로운 방식이었지만 결점도 적지 않았다. 힘으로 밀어붙였던 것이나 반 아이들에게 이해를 구하지 않았던 점, 앞을 너무 많이 내다보는 바람에 당장 자기 발밑을 보지 못했던 점. 그런 부분이 지금의 패인, 이 상황으로 이어진 것이다.

"아무리 이야기해도 서로를 이해할 수는 없을 것 같네."

"그렇겠지. 이제 만족했나?"

여기까지 호리키타의 말을 들어도 하고 싶은 게 뭔지 잘 모르겠는데…….

"오늘 여기서 나눈 대화가 마지막이 될지도 모르니까 한 가지만 말해줄래?"

아무래도 이제 나올 듯하다.

호리키타에게 도움이 되는 힌트가 될 가능성이 있는 이야기라는 게 무엇인가.

"누구보다도 절망적인 상황에 있는 네가 만약 진심으로 이 시험에 임하면…… 퇴학당하지 않고 살아남을 수 있어?"

류엔에게 예리한 눈빛을 던졌다. 내 눈을 보고 대답해, 하고 말하기라도 하듯이.

얽힐 필요 없는 류엔에게 굳이 말을 건 호리키타의 목적은 이것이었다.

99% 퇴학이 불가피한 상황을 타개할 수 있는지, 그 말을 듣고 싶었던 것.

"바보 같은 질문이네, 당연하잖아?"

류엔이 곧바로 대답했다. 살아남으려고 마음먹으면 얼마든지 살아남을 수 있다는 확신을 갖고 있었다.

그의 눈에는 아무런 망설임도 없었다.

"허세라고 하더라도 역시 대단하네. 자신감밖에 느껴지지 않을 정도라니."

"만족했냐? 아니면 살아남을 비책을 전수해주길 원하는 건가?"

"필요 없어. 너랑 난 놓인 처지가 다르니까."

"그야 그렇지."

"고마워. 네 덕분에 나도 조금은 각오를 다질 수 있을 것 같아."

"각오라고?"

호리키타가 고개를 끄덕였다.

"이번 추가 시험은 누군가 반드시 퇴학당해. 그건 피할 수 없는 운명이야. 그렇다면 누구를 퇴학시켜야 할지 정확한 판단과 결단이 필요하지. 내가 하는 말의 무게를 알겠니?"

류엔은 웃기만 할 뿐, 예스라고도 노라고도 대답하지 않았다.

"발버둥 친 결과 네가 반에서 튕겨 나갈지도 몰라."

"그렇게 된다면 내 실력은 거기까지였다는 거 아닐까?"

"쓸쓸한 대답이군. 허세로밖에 안 들리는데?"

"으……."

호리키타는 담담하게 말했지만, 류엔은 호리키타의 속까지 들여다보고 있었다.

아니, 들여다보고 있다기보다 손을 밀어 넣고 있다고 해야 할까.

"아무래도 날 건드려서 자신감을 얻고 싶은 모양인데, 그래봤자 네가 얻는 자신감은 껍데기뿐이다."

호리키타를 움찔하게 만드는 류엔의 말.

"누군가를 버린다는 건 그만큼 어려운 일이야."

"……할 수 있어. 난 입학했을 때부터 발목을 잡는 아이에게 가차 없었어."

"못 할걸."

"네가…… 나에 대해 뭘 알아."

"지난 일 년 동안 너를 충분히 관찰했으니 잘 알지. 네 바닥까지 말이야. 그리고 네 말 마디마디에 나약함이 배어있다고."

말싸움에서는 호리키타에게 승산이 없다.

'조금은 각오를 다질 수 있을 것 같다'라는 어중간한 말.

'할 수 있어'라는 말이 나오기 전에 있던 짧은 침묵.

다른 사람이라면 눈치채지 못하고 지나갈 법한 정보지만, 류엔은 놓치지 않았다.

무의식중에 흘러나온 호리키타의 나약함.

페이스는 이미 류엔에게 완전히 넘어갔다.

"넌 반이라는 현실에 완전히 안주해버렸어. 이미 냉철해지기란 불가능하지. 그런 게 가능한 건 처음부터 반에 미련이 없는 나나 반 아이들을 장기 말로밖에 보지 않는 사카야나기 정도일 거다."

친구 관계가 성립하기 전의 반과 관계가 생긴 후의 반은 비슷하면서도 전혀 다른 것.

실제로 입학 초기에 호리키타는 망설임이 없었다. 낙제점을 받은 스도를 버리는 것도 어렵지 않았다. 하지만 지금은 어떨까? 절대 불가능하다. 관계는 항상 변하는 법이다.

"꽤 잘난 듯이 떠들고 있는데, 사실은 너도 해결책 따위 없는 거 아니야?"

"왜 그렇게 생각하지?"

"네가 반 애들한테 진 건지, 아니면 다른 외부의 누군가에게 당한 건지……."

호리키타는 눈만 돌려 슬쩍 나를 쳐다보았다가 곧 시선을 되돌렸다.

"어찌 됐건 패배자로서 군말 없이 퇴학당하겠다는 거잖아?"

호리키타는 억지로 류엔을 도발했다.

하지만 류엔은 그 말을 조용히 받아들였다.

"나를 꺾은 녀석, 이시자키에게 주는 선물 같은 거야. 얌전히 당해주는 거라고. D반 녀석들은 이 기회를 놓치지 않겠지. 너도 놓치지 마라."

그렇게 말한 류엔은 웃으며 다시 책으로 시선을 떨어뜨렸다.

"……그래. C반 애들이 절대 너한테 칭찬표를 던지지 못하도록 잘 지켜볼게. 물론 내가 가만히 있어도 그럴 일은 없겠지만."

호리키타가 발을 돌리기에 나도 뒤를 따랐다. 류엔의 시선은 여전히 책을 향하고 있었다.

반면 호리키타는 표정이야 냉정했지만 분노에 불타고 있었다.

"자기야말로 허세 덩어리잖아. 아무리 발버둥 쳐도 답이 없으니 그냥 버티고 있는 주제에. 어차피 퇴학을 피할 수단도 없으면서."

"글쎄, 그건 어떨까. 어쩌면 진짜 해결책을 가지고 있을지도 몰라."

"그럴 리가. 아무리 생각해도 류엔이 퇴학을 피할 방법은 없어. 지금부터라도 참인간이 돼서 애들에게 머리 숙인다고 해도 비판표는 줄어들지 않을걸? 칭찬표도 마찬가지고."

"그래. 정공법으로는 답이 없지."

"아니, 뒷돈을 써도, 협박을 해도 다 헛수고야. 너희도 그렇게 말했잖아?"

그랬지. 잘도 듣고 있었군.

"아니면 너는 알아? 류엔이 퇴학을 피할 방법을?"

"아니, 전혀."

머릿속으로 주판을 튕겨 보았지만 지금 류엔이 가진 패로는 확실하게 살아남을 방법이 없다.

살아남는 데 필요한 카드가 빠져있다.

"그럼 내 말이 맞잖아."

호리키타는 언짢은 표정으로 카페를 빠져나갔다.

나는 살짝 류엔을 돌아보았다.

만약 나와 류엔이 좀 더 일찍 얽혔더라면…….

"아니, 지금 와서는 의미 없는 망상이군."

떠나갈 학생에 대해 더 생각해봐야 별수 없다.

나는 생각을 멈추고 그룹에 돌아갔다.

2

그날 밤에 케이로부터 전화가 걸려왔다.

아마 특별시험 이야기일 거다.

"있지. 이번 시험, 난 어떻게 하면 돼?"

"네 주위에 이미 그룹이 생기고 있지 않아?"

"뭐, 몇 개는. 내 그룹은 여자 7명."

케이가 그룹 멤버 여섯 명의 이름을 읊었다.

평소에 케이랑 친하게 지내는 아이들이었다.

"역시 다들 퇴학당할까 두려워하고 있어. 나도…… 솔직히 몇 명한테 미움을 샀는지도 모르고."

"몇 표 정도는 받을 수도 있겠지."

"야, 이럴 때는 거짓말이라도 아니라고 말해달란 말이야!"

화가 난 케이가 전화 너머에서 소리쳤다.

"지금은 안 좋은 쪽으로 튀지 않게 얌전히 있는 게 상책이야. 자칫 튀었다간 퇴학 후보자에 들 수도 있어."

"알았어. 괜히 자극하지 않도록 조심할게."

"그래. 그나저나 이렇게 되면 히라타랑 헤어진 게 케이에게 플러스로 작용하게 될지도 모르겠군."

"뭐라고?"

"히라타는 여자애들한테 인기 많잖아. 네가 히라타랑 계속 사귀고 있었으면 퇴학으로 내몰아 억지로 헤어지게 하려는 학생도 있었을지 모르니까."

"우와, 무섭다. 하지만 충분히 있을 법해……."

익명인 만큼 대범한 행동도 취할 수 있을 테니까 말이다.

"……넌 좋겠네~ 존재감이 없어서 별로 눈에 안 띄니까. 성적도 평범하고."

반 아이들 대부분이 보기에 나는 칭찬할 점도 없거니와

지적할 점도 없다.

"존재감 없는 게 도움이 될 때도 있군."

"하지만 스도한테는 한 표 받는 거 아니야? 호리키타를 사이에 둔 라이벌을 제거한다는 의미로. 뭐, 스도가 멋대로 그렇게 생각하는 것일 뿐이지만."

"그럴지도 모르겠네."

세 명의 이름을 적어야만 하는 이상, 비판표가 다소 나오는 것은 누구에게나 일어날 수 있는 일이다. 일일이 신경 쓸 필요는 없다.

"지금 우리 반에서 위험한 인물은 역시 세 바보랑 코엔지?"

케이 그룹에서도 비슷한 대화가 오간 모양이다.

"그 넷이 가장 유력하지. 그래도 어떻게 될지는 몰라. 코엔지가 불리한 건 확실하지만."

"그룹을 만들어서 표를 조정할 만한 인물도 아니니까."

"그래."

이케와 야마우치, 스도가 그룹을 짜서 서로 도울 것은 명백하다.

반면 코엔지는 고립무원. 강경한 태도도 적을 만들기 쉽다.

시험이 발표된 첫날 모두의 앞에서 스도와 서로 티격태격했던 것도 마이너스로 작용하리라.

"넌 어떻게 할 거야? 누구한테 비판표를 줄 생각인데?"

"아직 정하지는 않았는데, 단순히 앞으로 반에 필요 없는 사람을 적으려고."

"냉철하네. 키요타카답지만."

누군가가 반드시 퇴학당해야 하는 이상 그게 가장 무난하다.

"아, 설마…… 나는 아니겠지?"

"넌 반에서 중요한 사람이잖아. 적을 리 없지."

"그, 그래. 당연하지."

살짝 쑥스러워하는 듯하면서 놀라는 반응이 돌아왔다.

"아, 그리고 만약에 반에서 타깃, 그러니까 퇴학 후보가 정해지고 비판표 유도가 시작되면 바로 나한테 연락해줘. 난 그런 정보는 잘 안 들어와서."

"오케이."

대답을 들은 나는 케이와의 통화를 끊었다.

앞으로 필요 없는 사람을 선택하겠다고 말했지만 그건 어디까지나 개인적인 의견.

반에 적극적으로 얽히지 않는 이상 표 조작에 깊이 관여할 생각은 없다.

앞으로 표 조작 도중에 몇몇 그룹이 서로 충돌하겠지만 나는 결과를 순순히 받아들일 작정이다. 물론 나에게 불똥이 튈 때는 이야기가 다르지만.

어쨌든 아까 케이가 말한 이케, 야마우치, 스도의 퇴학 가능성은 작지 않다. 그리고 코엔지. 게다가 여자애들 쪽으로 눈을 돌리면 학력이 낮은 이노카시라와 사토, 아이리도 안전권은 아니리라. 하지만 앞으로 그룹이 늘어날수록 성적 이외의 요소로도 표가 크게 움직일 것이다. 고립된 코엔지나 심약해서 친구가 얼마 없는 아이리 등이 표적이 되기 쉽다.

"어떻게 되려나."

나는 정보를 모으면서, 예측하지 못한 사태에 대비해 표의 동향을 지켜보기로 했다.

○구제의 어려움

아침에 눈을 뜨자마자 나는 스마트폰을 확인했다.

아니나 다를까, 내가 자는 동안에도 아야노코지 그룹의 대화는 쭉 이어지고 있었다.

추가 시험이 발표된 게 바로 어제니 그게 중심 화제가 되는 것도 무리는 아니었다.

"불안하기도 하겠지."

특히 아이리가 많이 불안해하고 있는 게 채팅 내용을 통해 전해졌다.

혹시나 그룹의 누군가가 반의 공격 타깃이 되었을 경우에는 무척 성가셔진다. 내가 어디까지 손을 댈 수 있을까 하는 것도 있지만, 애초에 대책을 세우기가 몹시 어렵다. 히라타나 케이를 움직여서 밑 작업을 할 순 있겠지만 그것도 절대라는 보장이란 없다.

협박에 가까운 으름장을 놓거나 계약한다고 해도 정작 비판표에 다른 이름을 쓰는 것도 가능하다. 한번 타깃으로 잡히면 퇴학을 100% 피할 방법 따위는 존재하지 않는다.

결국에는 누군가가 어느 정도 리스크를 짊어져야만 한다.

메시지를 대충 아래로 내리다가, 케세이가 내놓은 흥미로운 제안을 발견했다. 나는 그 언저리부터 대화를 읽기 시작했다.

『내일부터 사흘간, 우리 그룹에서 누구 한 명이 좀 일찍 등교해서 정보를 모으는 게 어때?』

『우리는 소수 그룹이니까 그거 좋은 아이디어 같아. 나는 찬성.』

『그거 좋은데? 어떤 이야기가 돌아다니는지 궁금하기도 하고.』

『나도 찬성.』

『내일은 내가 일찍 갈 테니까 나한테 맡겨.』

만장일치로 그런 결론에 도달했다. 내 의견도 물어보긴 했지만 나는 재깍 읽는 경우가 드물었으므로 사후에 동의를 구하자는 것으로 마무리된 모양이었다.

"그렇군."

정보를 그리 쉽게 얻을 수 있으리라는 생각은 들지 않지만, 가만히 있기보다야 나을 것이다.

가벼우면서 효과를 기대할 수 있는 작전이다.

이게 어제 나온 이야기니 아마 하루카는 지금쯤 교실에 도착하지 않았을까.

나머지 멤버들도 한 명씩 일찍 등교해서 정보를 모을 테니, 나는 굳이 움직이지 않아도 괜찮을 것 같다.

사흘 후에는 투표다. 즉 늦어도 오늘 즈음에는 누구에게 비판표를 몰아줄 것인지 방침이 정해질 터다. 만약 아야노코지 그룹이 아침 활동으로 정보를 모은다면 행운이다.

한편 나는 케이로부터 여자들의 동향 보고를 기다리면서

스도를 관리하는 호리키타나 히라타에게 남자들의 정보를 듣기로 했다.

정보를 가능한 빨리 쥐는 게 중요하니까 말이다.

1

사람이란 게, 적응하려고 하면 어떻게든 적응하는 모양이다.

어느덧 이 기숙사 생활도 1년이 지났다.

"시간 흘러가는 게 이전 같지 않네."

생활이 즐거운지 아닌지에 따라 느끼는 시간의 흐름도 변한다.

그 이야기를 처음 들었을 때는 솔직히 무슨 소린지 이해하지 못했다.

나에게 고등학교 입학 전까지의 시간은 1초도 흐트러짐 없이 균등했다.

하지만 지금은 다르다.

너무나도 분명하게, 지금까지 지내온 몇 년과도 필적하는 속도로 하루하루가 흘러가고 있다.

앞으로 2년 뒤면 졸업이다.

그렇게 생각하니 나는 순식간에 그날이 찾아올 것만 같은 느낌이 들었다.

"좋은 아침이야, 아야노코지."

"아아. 안녕. 이치노세."

아침, 기숙사를 나서는 타이밍이 비슷했는지 밖으로 나가자마자 등 뒤에서 이치노세가 내게 말을 걸었다. 나는 뒤돌아보며 대답했다.

그러자 이치노세가 갑자기 그대로 굳어버렸다.

"……?"

그것도 인사 포즈 그대로 굳어 있었다.

"왜 그래?"

그러자 그때야 주술이 풀린 듯, 묘하게 딱딱한 움직임으로 이치노세가 걸어왔다.

"야아, 으음, 오늘도 춥네."

"그러게."

입을 열 때마다 하얀 입김이 새어 나왔다.

"아야노코지, 혹시 누구랑 같이 등교할 약속이었어?"

"아니, 전혀. 대체로 아침에는 혼자야."

"그럼…… 같이 가도 될까?"

이치노세의 권유를 거절할 수 있는 학생은 남녀 불문하고 아무도 없지 않을까.

나는 고개를 끄덕여 받아들였다.

"…………."

"…………."

둘만 있을 때는 대체로 이치노세가 먼저 화제를 내는 편이지만, 오늘은 침묵 속에서 서로의 발걸음 소리만이 귓가에 들려왔다. 이치노세는 나보다 약간 뒤에서 걷고 있었다.

결국 나는 먼저 침묵을 뚫고 이번 시험 이야기를 꺼내기로 했다.

"이번 시험, B반은 힘든 거 아니야?"

다른 반을 압도하는 팀플레이가 무기인 만큼 사이가 돈독한 B반.

그중에서 하나를 희생해야 하는 상황이니 상당한 고통을 겪는 중이리라.

"아~…… 응. 그래, 지금까지 했던 것 중에 제일 어려운 시험 같아."

"그렇지."

이치노세는 낯빛을 흐리며 말을 이어갔다.

B반의 중심인물인 이치노세는 그야말로 절대 안전권에 들어가 있다.

히라타나 쿠시다와도 다르다. 이 시험에서 유일하게 합격이 이미 결정된 학생이나 마찬가지다.

그렇기에 누군가를 버려야 하는 이 상황이 더욱 괴로울 것이다.

차라리 방관자로서 칭찬 비판 모두 관여하지 않는 게 나을 거다.

어쩌면 이치노세도 그런 전략을 취하고 있을지도 모르겠지만…….

"이런 성가신 시험이라도 어떻게든 해내는 수밖에 없지 않아?"

"뭐, 그렇지."

"……응. 어떻게든 해야 해."

그렇게 말하며 이치노세가 옆에 나란히 섰다.

그녀의 옆모습이 은근히 웃고 있었다.

"설마…… 네가 그만둘 거야? 이치노세."

"뭐? 에이. 아무한테도 그런 말 안 했는데?"

이치노세는 금방 부정했지만 나는 그녀의 눈빛에 감도는 동요를 놓치지 않았다.

상황에 따라서는 자기가 나가는 것까지 각오하고 있는 모양이다.

"나는 너희 반 애들이 그리 쉽게 네 이름을 쓸 거란 생각은 안 드는데."

"나는 그런 말 한 적 없는데, 아야노코지는 무슨 짐작으로 그런 말을 하는 거야?"

"네 얼굴에 쓰여 있어. 그것도 선택지에 있다고."

"그, 그래?"

이치노세의 당황한 대답이 돌아왔다.

대체 순진한 건지 아니면 의도가 있는 건지.

이번엔 전자 같다.

"하아…… 다른 사람한테는 비밀이야."

"나머지를 위해 네가 희생하려고?"

"조금 다르려나. 나도 직접 리스크를 짊어지고 싸워야 한다는 거야."

스스로 리스크를 짊어진 싸움이라.

즉 방관하는 편한 방법을 택할 생각은 없다는 뜻.

"무슨 말인지 잘 모르겠는데? 퇴학당할 학생에게 네가 직접 이별의 말을 건네겠다는 의미인가?"

다른 누군가보다 이치노세가 직접 말하는 게 낫겠지만 애초에 그건 그녀가 바라는 전개가 아닐 터다.

그리고 퇴학당한 학생이 웃으면서 학교를 나가는 모습을 나는 도저히 상상할 수 없다.

"이 이야기는 그만하자. 다른 사람이 들어도 되는 이야기도 아니고, 게다가 아야노코지는 C반이잖아. 어떤 시험이든 서로 말할 수 없는 게 있으니까 말이야."

"그건 그렇지."

만약 우리가 할 수 있는 일이 있다면 그건 바로 서로에게 칭찬표를 주는 것.

이치노세의 한 표를 내가 얻을 수 있다면 다소 우위에 서서 시험에 임할 수 있다.

그렇다고는 하나 이치노세는 애당초 칭찬표가 필요한 학생이 아니다. 그렇다고 해서 포인트로 쉽사리 표를 양도하지도 않겠지. 그래서 나도 굳이 말을 꺼내지 않았다.

가령 그 표를 사더라도, 어차피 부적 정도밖에 되지 않을 거다.

"그나저나 학교 측도 너무 잔인한데. 누군가를 퇴학시키라니. 다른 반 애한테 칭찬표를 줄 수 있다고 해도, 결국 누군가는 학교를 그만둬야 하잖아."

그 누구도 이번 시험을 환영하지 않는다.

1학년도 막바지로 접어든 이 시점에 강제 퇴학이라니.

"아야노코지는 괜찮아?"

"글쎄, 어떨까……. 나도 반에 그다지 필요한 학생은 아니라서."

"만약 나라도 괜찮다면 아야노코지를 도와줄 수 있을지도 몰라."

"응?"

"내가 다른 반에 줄 수 있는 칭찬표, 그거 아야노코지한테 줄게."

내가 먼저 단념했던 칭찬표 이야기가 이치노세의 입에서 나왔다.

"한 표만으로는 불안할지도 모르겠지만……."

"마음은 고맙지만 사양할게. 나 따위가 받을 표가 아니야."

"그렇지 않아. 나는 오히려 이 시험에서 가장 정당한 표라는 생각해. 다른 반 중에 칭찬할 만한 사람. 그야말로 나를 구해준 아야노코지가 받아야 마땅해."

뭐라고 대답하기 어려운 말을 듣고 말았다.

"알았어. 혹시 무슨 일이 있으면 그때 부탁할게."

"그래. 기억해둘게."

그렇게 말하며 이치노세가 웃었다.

"안녕, 호나미."

우리 뒤에서 목소리가 들려왔다.

"안녕하세요, 아사히나 선배."

"오늘도 활기차네. 그런데 두 사람은 다른 반 아니야? 꽤 친하네?"

"으음, 네. 친한 친구예요……."

이치노세가 살짝 수줍어하며 대답했다.

"호오~? 친구란 말이지."

그냥 평범하게 대답했으면 오해 사지 않았을 텐데.

"뭐, 그건 됐고. 아야노코지를 잠시 빌리고 싶은데, 괜찮을까?"

아사히나는 아무래도 나와 단둘이서 할 이야기가 있는 모양이다.

"알겠어요. 그럼 아야노코지, 나 먼저 갈게."

이치노세는 별다른 기색 없이 고개를 한 번 숙였다.

"미안, 호나미. 그럼 또 봐."

"아니에요, 아니에요. 그럼 저는 가보겠습니다."

두 사람의 짧은 대화에 이상한 점은 없었다.

오히려 제대로 된 선후배의 관계를 구축한 듯 보였다.

"저 애 참 괜찮아. 귀엽고 똑똑하고. 2학년 사이에서도 호나미는 평가가 좋아."

"그렇군요. 1학년 사이에서도 이치노세는 남녀 가리지 않고 인기인이라고 생각해요."

"혹시 네가 저 애의 마음을 훔쳤다거나?"

조금 전에 다소 부자연스러웠던 이치노세의 태도가 역시 마음에 걸린 모양이었다.

"그럴 리가요."

같은 학년인 이치노세라면 몰라도, 아사히나와 오래 있는 건 좋지 않다.

나구모의 지배 아래에 있는 사람들이 이 모습을 보면 여러 억측을 할 수도 있다. 할 이야기가 있으면 재빨리 끝내야 한다.

"그래서 무슨 용건이신가요."

"무미건조하네. 뭐, 너랑 호나미가 하도 즐겁게 이야기를 나누기에 무슨 얘기인가 궁금했을 뿐이야."

그리고는 조금 전까지만 해도 밝게 웃었던 아사히나가 얼굴에서 미소를 지웠다.

"1학년 추가 시험 이야기, 들었어. 강제로 퇴학생을 만든다지?"

"그렇다더군요."

이미 2학년 사이에서도 화제가 된 듯했다.

"친구를 소중히 여기는 호나미가 B반의 누군가를 골라 퇴학시키는 걸 쉽사리 받아들일 성격이 아니라는 건 너도 잘 알지?"

"그렇죠. 다들 말은 안 해도 B반의 행방이 궁금할 거라고 생각해요."

무난한 표현이지만 이해하기 쉽게 내 생각을 전달했다.

"그래서 말인데, 호나미가 이번 시험을 어떻게 극복할까?"

아사히나의 눈빛이 나를 향했다.

호기심이라기보다 시험하려는 것 같은 눈빛이었다.

엉뚱하게 답했다간 역효과만 나려나.

"퇴학생을 만들지 않을 생각이라면…… B반은 상당한 프라이빗 포인트를 모아놨으니까 부족한 포인트를 어떻게든 메워서 퇴학생 구제를 노리지 않을까요?"

"맞아, 정답. 음, 뭐 답은 그것밖에 없겠지만."

퇴학생을 내지 않으려면 누구나 이 결론에 도달할 것이다.

다만 누구도 그것을 실행할 수 없을 뿐.

'어떻게든 해서 2,000만 포인트'에서 '어떻게든'이 몹시 어렵다.

"호나미는 '어떻게든'으로 미야비 녀석에게 협력을 부탁했어. 그럼 그 녀석이 뭐라고 대답했게?"

"바로 승낙한 거 아닌가요?"

"……정답."

굳이 이야기를 꺼냈으니 답도 정해져 있는 거나 마찬가지다.

"혹시나 해서 물어봅니다만, 보통 프라이빗 포인트를 그렇게 간단히 빌려줍니까?"

아무리 많은 프라이빗 포인트를 보유한 B반이라고 해도 포인트가 많이 부족할 터.

그야말로 몇백만 포인트가 부족할 것이다.

"물론 무리지, 무리. 수천, 수만 포인트라면 모를까, 수십만, 수백만에 달하는 포인트는 누구도 쉽게 못 내놓지."

아사히나는 망설임 없이 그렇게 대답했다.

"3학년도 우리 2학년도, 다가올 특별시험에 대비해야 해. 프라이빗 포인트가 필요할지 어떨지 최후의 최후까지 알 수 없어. 1학년에게 맡길 여유 따위 있을 리가 없지."

당연히 그렇겠지.

그래서 차바시라도 할 수 있으면 어디 해보라는 식으로 말한 거다.

상급생에게 쥐꼬리만큼의 프라이빗 포인트를 받을 수는 있을지 몰라도, 수만 포인트 이상을 양도받기란 불가능하리라. 나중에 더 많은 포인트로 돌려주는 방법도 있지만, 졸업이 코앞인 3학년은 불가능하다. 어찌어찌 2학년에게 빌리더라도, 그만한 액수는 불가능하다고 봐야 한다.

"그만한 포인트를 움직일 수 있는 사람이 있다면 그건 나구모 학생회장 정도겠죠."

"그 녀석, 꽤 많이 모았으니까 말이지."

"그래서요?"

여기까지는 이야기의 흐름만 봐도 바로 알 수 있었다.

하지만 이치노세의 반응을 봤을 때 나구모는 아마 포인트에 상응하는 조건을 달았을 터.

"그리 서두르지 마. 난 그저 같은 반으로써 걔가 이 시점

에 겁도 없이 큰 금액을 후배에게 빌려주는 게 의아할 뿐이
니까. 그야, 물론 호나미는 귀여운 후배지. 하지만 호나미
가 이 시험에서 퇴학당할 리는 없잖아? 안 그래?"

"그렇죠. 오히려 이치노세 말고 다른 누군가의 퇴학을 막
기 위한 전략일 테니."

"그러니까 나는 굳이 안전한 호나미가 미야비와 채무관계
를 만들지 않았으면 했어. 그야 자기 반을 위해서 그랬겠지
만…… 그래도 호나미가 너무 불쌍하잖아."

"지나치게 불리한 조건이라도 달렸나요? 이자가 터무니
없다던가."

"그 녀석, 호나미한테 포인트를 빌려주는 조건으로……
자기랑 사귀자고 했어."

"그랬군요."

과연 나구모답다.

프라이빗 포인트를 빌려주는 대신 교제 요구라니.

보통은 말도 안 되는 조건. 바로 거절해도 이상하지 않은
이야기다. 하지만 반을 지키기 위해서라면 이치노세가 그
조건을 받아들일 가능성도 있다는 걸 나구모는 알고 있었
겠지.

"괜찮아요? 그런 정보를 저한테 알려줘도."

"말했잖아, 우리 반을 위해서라고. 미야비가 1학년한테
대량의 프라이빗 포인트를 빌려주면 우리가 힘들어질지도
모르고, 호나미도 반은 지킬 수 있을지 모르지만 대신 괴로

운 시간을 겪어야 해. 서로 별로 좋을 게 없어."

"그럴지도 모르겠네요. 그런데 그걸 왜 저한테 의논하는 거죠? 저는 C반. 이치노세랑은 적대관계인데요?"

"나도 몰라. 하지만 너라면 어떻게든 해결해 줄 것 같아서."

"그건 과대평가예요. 제가 B반이 모자란 포인트를 대신 채워 줄 수 있는 것도 아니고."

나구모 대신 다른 누군가가 그만한 포인트를 움직일 수 있다면 이야기는 달라지겠지만, 그럴 리는 없다.

"그건 그런가. 너희도 라이벌 관계니……."

한 사람이라도 더 제거하는 게 유리한데, 그러긴커녕 라이벌 반을 돕는다니, 너무도 바보 같은 짓이다. 애초에 수백만 포인트면 C반 모두가 대동단결해야 하는 수준이다. 절대 불가능하다.

"제가 할 수 있는 게 없네요."

"괜찮아, 딱히 뭘 하지 못해도 원망할 생각은 없으니까. 그냥 혹시 또 모르니까 하는 느낌이었을 뿐. 이젠 만에 하나를 기대해야겠네."

아사히나가 내 등을 탁 치고는 달리기 시작했다.

"일단 나는 가르쳐 줬다? 남은 건 네 판단에 맡길게."

그 말을 남기고 아사히나는 학교 쪽을 향해 가버렸다.

말투나 태도를 봤을 때 거짓말은 아닌 것 같다.

"나구모와 거래라."

그녀답지 않으면서 그녀다운 전략이군.

그거라면 반에서 희생자가 나오는 것을 막을 수 있을지도 모른다. 하나로 똘똘 뭉친 반과 거액의 저축이 있기에 실현 가능한 선택이다. 다만 아사히나의 말투를 봤을 때, 이치노세는 나구모와 사귄다는 조건이 썩 내키지 않는 모양이다. 그렇지 않다면 나구모의 마음이 변하기 전에 일찌감치 프라이빗 포인트를 빌렸을 테니까.

뭐, 이성 교제가 걸렸으니 바로 결정하기는 어렵겠지.

도울 수 있는 수준이라면 모를까, 돈 문제는 어떻게 할 방법이 없다.

부족한 액수는 아마도 4, 500만. 도울 수 있는 범위를 넘어섰다.

반 친구를 잘라내는 쪽이 더 싸게 먹힐 텐데, 이치노세는 사귀는 조건까지 저울에 달아가며 무슨 생각을 하고 있는 걸까…….

"그 녀석 성격상…….."

앞으로 어떻게 될지, 그걸 상상하기란 어렵지 않다.

2

이번 시험은 반 내에서 서로 의논하는 것 자체가 어렵다.

교실에 감도는 분위기는 나빴고, 아슬아슬한 긴장감이 느껴졌다.

"안녕, 키요뽕."

"안녕."

하루카가 인사하며 내 자리로 다가왔다.

등교한 학생들의 표정에 활기가 느껴지지 않았다.

비판표가 모두의 발목을 붙잡는 탓에, 다들 정상적인 반 친구 관계를 유지할 수 없는 듯했다.

특별시험이 끝날 때까지는 계속 이런 분위기이겠지.

그리고 특별시험이 끝난 후에도 당분간은 이 분위기가 이어질 것이다.

'어둡네, 반 분위기.'

하루카가 개인 메시지를 보내왔다.

'뭐 달라진 점은?'

'아직까진 없어. 역시 경계하고 있는 건가~.'

누가 귀를 세우고 있을지 알 수 없다.

다들 섣불리 누구의 이름을 흘리거나 하진 않는 모양이다.

'내일에 기대를 걸어보자.'

'그래.'

그런 짧은 대화를 나눈 후 스마트폰 화면을 껐다.

우리는 최대한 튀지 않고, 반의 발목을 붙잡지 않으며 그저 폭풍우가 지나가기를 기다릴 것이다.

물론, 그런 안일한 생각을 반 아이들이 용납해줄 때의 이야기지만.

3

점심시간이 되자 나는 도서관으로 향했다.

아야노코지 그룹과 있는 것도 나쁘진 않지만 가끔은 혼자 있는 시간도 중요하다. 그리고 도서관에는 나처럼 책을 좋아하는 학생이 있다.

역시 오늘도 그 학생, 시이나 히요리가 도서관에 있었다. 내가 적당한 책을 고른 다음 빌릴만한 책인지 자리에 앉아 훑어보고 있자니 그녀가 먼저 말을 걸어왔다.

"안녕, 아야노코지."

점심시간이 된 지 얼마 되지 않아 도서관에는 사람이 몇 없었기에 날 발견하더라도 이상할 건 없었다.

그녀는 비슷한 책을 여럿 들고 있었다.

"여전히 책벌레군."

"나는 이 도서관이 정말 맘에 들거든."

히요리는 나에게 허락을 구하고 옆에 나란히 앉았다.

그리고 우리는 한동안 조용히 책을 읽었다.

원래 도서관을 사랑하는 학생들에게 괜한 대화는 필요 없다.

오히려 '독서'가 일종의 대화이지 않을까.

그렇게 점심시간이 끝날 무렵까지 우리는 한마디 말도 없이 계속해서 책을 읽었다.

그렇게 30분 정도 지났을까.

"슬슬 돌아가야 할 시간이네."

"그러네."

고개 들어 시계를 확인한 우리는 도서관을 빠져나왔다.

"히요리. 물어보고 싶은 게 있는데."

"뭐?"

무슨 질문인지 몰라 이상하다는 듯 얼굴을 들었다.

"류엔의 상황이 궁금해."

"류엔……? 그다지 좋지 않아."

"역시 퇴학 유력 후보인가."

"응. 애들도 이미 류엔에게 비판표를 던지기로 합의했어."

"류엔이 순순히 따를까?"

"나는 그럴 거라고 생각해. 사실은 최근 들어서 방과 후면 류엔이 도서관에 자주 오곤 하거든. 그래서 몇 번 이야기 해봤으니까 잘 알아."

전에 카페에서 류엔을 봤을 때, 도서관에서 빌린 책을 들고 있었다.

히요리와 만났어도 이상하지 않다고 생각했는데, 여기 온 게 정답이었군.

"히요리는 어쩔 생각이야?"

"슬프지만 이번 시험에서 퇴학생이 나오는 건 피할 수 없으니까. 다들 누군가가 사라질 거라는 현실을 받아들이려고 하고 있어. 나도 그렇고. 하지만 나는 D반이 지금부터라도 다시 위로 올라갈 생각이 있다면 류엔이 꼭 필요하지 않나 싶어…….”

류엔의 방식에 문제가 있긴 했지만 그의 실력만은 인정한다는 소리다.

그러고 보면 류엔도 히요리만큼은 함부로 대하지 않았었다.

“미안, 이런 걸 물어서. 그냥 D반의 상황이——.”

그렇게 말을 꺼냈지만 말문이 막혔다.

“아니—— 그저 내가 류엔이 퇴학당하길 바라지 않는 것뿐이겠군.”

사실 오늘 굳이 도서관에 올 필요는 없었다.

하지만 어떻게든 류엔의 상황을 알고 싶다는 생각에 나는 이렇게 발을 옮기고 말았다.

“친구는 하나라도 더 많은 편이 좋으니까.”

“……그렇지.”

묘한 감각. 류엔과는 적대관계일 텐데.

“저기…….”

“응?”

“이거, 그러니까, 주제넘은 소리라고 생각하지만…….”

시이나는 어렵사리 말을 이어나갔다.

“나는 아야노코지가 무사하기를 바라……. 이 이상 소중한 친구를 떠나보내고 싶지 않으니까.”

“그래.”

히요리의 걱정을 고맙게 받아들이며, 우리는 교실로 돌아갔다.

4

교실에 감돌던 칙칙한 분위기는 방과 후가 되어도 달라지지 않았다.

그것을 아는지 모르는지, 내 옆자리인 호리키타는 여느 때와 다름없이 조용히 돌아갈 채비를 했다.

이번 같은 시험은 혼자 극복하기 어렵다. 다들 한 명이라도 더 자기편을 만들고 싶을 텐데 유독 호리키타는 아무런 내색도 하지 않았다.

대충 생각해봐도, 호리키타가 확실히 쥐고 있는 칭찬표는 스도밖에 없다

그렇다는 건…….

류엔에게 덤벼들었던 호리키타의 지난 모습을 떠올렸다.

무엇을 원하고 무엇이 빠져있는지 생각하면 길이 눈에 보인다.

하지만 그건 간단한 여정이 아니다.

그래도 만약 실현 가능하다면 나야 바라는 바다. 일단 내 전략과 호리키타의 전략은 같다고 봐도 될 테니 그녀를 이번 무대의 주인공으로 삼아야겠다.

나는 반 아이들을 쳐다보며 호리키타가 그 애들을 어떻게
보고 있을지를 생각했다.

"웬일로 아무런 조언도 구하지 않네. 괜찮겠어?"

고작 하루 지났지만, 나는 호리키타에게 변화가 있는지
확인해두기로 했다.

"너한테 조언해달라고 말해봐야 순순히 대답해주지도 않
을 거잖아."

"하긴."

호리키타도 내 성격을 슬슬 이해하기 시작했나 보다.

"그리고…… 이번 시험은 반 애한테 쉽사리 도움을 구할
수 있는 게 아니야."

"다른 애들은 칭찬표를 모으고 싶어서 그룹을 짜려고 안
달이 났는데?"

"그렇게 하고 싶은 사람은 그렇게 하면 돼."

짐을 꾸린 호리키타가 자리에서 일어섰다.

"그럼 넌 어떻게 하려고?"

"내가 할 수 있는 걸 할 거야."

그 말을 끝으로 호리키타는 교실을 나섰다.

나는 다소 마음에 걸려서 호리키타의 뒤를 쫓았다.

"뭐야?"

내가 따라오는 게 기분 나빴는지 눈썹을 살짝 찡그리며
쏘아보았다.

"네가 뭘 할 생각인지 좀 신경 쓰여서."

"평소에는 관심도 없더니, 이번은 왜?"

왜냐고?

그건 단순히 호리키타의 전략에 기대하고 있기 때문이다.

그 전략을 대신 실현해준다면 나는 얼마든지 응원할 생각이다.

물론 기대하고 있다고 말할 생각은 없지만.

"너, 그룹이 없잖아. 뭣하면 도와줄게."

"그렇긴 한데, 그건 날 걱정하고 있단 소리네? 내가 도와 달라고 말하면 네 그룹에 넣어줄 거야?"

"나야 사람 하나 늘어난다 해도 별로 곤란하지 않으니까."

"마음은 고맙지만 거절할게. 지금 내가 원하는 건 네가 아니야."

호리키타는 이미 마음을 굳힌 모양이다.

하지만 아직 재료가 부족한 탓에 불안에 내몰려 있다.

그 부족한 부분을 채우는 '역할'에 나는 어울리지 않는다.

"정말로 너……."

호리키타의 눈빛이 아까보다 더 날카로워졌다.

"뭐가."

"아무튼 나는 그냥 내버려 둬."

호된 말에 나는 고개를 끄덕이며 멈춰 섰다.

더 이상 호리키타를 쫓아가봐야 얻는 거라곤 상대방의 분노뿐이리라.

호리키타를 눈으로 배웅한 후, 나는 복도 창가에 서서 밖을 바라보았다.

"오늘은 이만 돌아갈까."

"……잠시 괜찮을까, 아야노코지."

내가 돌아서자 히라타가 내게 다가왔다. 뒤따라온 건가.

타이밍을 봤을 때 호리키타와 헤어지기를 기다렸던 것인
지도 모른다.

"괜찮으면 방과 후에 시간 좀 내줄래? 할 이야기가 있어."

히라타의 권유라니 드물군. 딱히 거절할 이유는 없었다.

내가 알았다고 하자 히라타는 안도의 한숨을 내쉬었다.

긴장된 공기 속에서 하루를 보낸 히라타는 우리 중에 제
일 체력을 많이 소모한 듯했다.

그의 용건이 당연히 이번 시험에 관한 일이라는 걸 짐작
할 수 있다.

"그럼 네 시 반에 케야키 몰의…… 음. 남쪽 입구에서 만
날까?"

"좋아."

우리는 약속만 정하고 헤어졌다.

여기서 할 얘기는 아닌 모양이다.

동아리 활동을 하거나 기숙사로 돌아가려는 학생들이 하
나둘 스쳐 지나가고 있으니까.

오늘도 케세이 무리와 방과 후에 모일 예정이었으므로 조
금 늦는다고 말해두었다. 히라타는 반 친구들과 잠시 담소
를 나누려고 했기 때문에 나는 먼저 케야키 몰로 향하기로

했다.

5

　교실을 나와 곧장 현관으로 향하던 중.

　나는 1학년 A반 사카야나기 아리스와 맞닥뜨렸다. 옆에
는 카무로도 있었다.

　"아야노코지……."

　카무로의 표정이 갑자기 굳어졌다.

　하지만 사카야나기는 평소와 다름없이 여유롭고 느긋한
태도였다.

　두 사람의 대조적인 모습이 좀 재미있다.

　"우연이네, 아야노코지."

　"그러게. C반에 무슨 일로?"

　사카야나기 일행은 C반에 가던 길 같았다.

　하지만 사카야나기는 뭐라고도 대답하지 않고 그저 웃으
며 내 질문을 그대로 흘렸다.

　"지금 어디 가는 중이야?"

　"30분에 케야키 몰에서 친구랑 만날 예정이야."

　"그래, 학교생활을 만끽하고 있구나. 혹시 괜찮으면 잠시
시간 좀 내주지 않을래?"

　사카야나기는 스마트폰을 꺼내 시간을 확인했다.

나를 만나러 온 거였나? 아니, 그렇다고 생각하긴 힘들다.

이제 겨우 4시 10분을 넘긴 시각.

케야키 몰까지 가려면 몇 분 정도 걸리지만, 10분 이상의 여유는 있다.

"서서 해도 되는 얘긴가?"

"응. 하지만 여긴 보는 눈이 많으니까 장소를 옮겼으면 하는데."

"그래."

나로서도 남들 눈에 띄는 건 최대한 피하고 싶다.

반 친구라면 모를까 사카야나기는 주목을 모으는 존재니까 말이지.

사카야나기도 그걸 잘 알기에 인기척 없는 장소로 이동하려고 했다.

걸음이 느린 사카야나기에 맞추어, 시간을 들여서 교정을 이동했다.

"그나저나…… 두 사람 다, 이번 추가 시험이 너무 불합리하다고 생각하지 않아? 지금까지 퇴학생이 나오지 않았다고 해서 학교가 강제로 퇴학생을 만들려고 한다니, 상식적으로 생각하면 이상한 일이야."

"그렇지. 늘 냉정한 마시마 선생님도 좀 동요하는 눈치였어."

차바시라뿐 아니라 다른 교직원들도 이번 추가 시험을 납득할 수 없었던 모양이다.

"그런데 그게 이유가 있어."

"뭐야, 넌 안다는 거야?"

"사적인 얘기라 미안한데, 얼마 전에 아버지의 정직(停職)이 결정됐거든."

"정직이라니…… 그러고 보니 여기 이사장이라고 했지? 네 아버지."

카무로도 알고 있었는지 그렇게 되물었다.

"자세한 이야기는 물어보지 못했지만 아버지에게 불리한 것들이 많이 나왔다는 거야. 내가 아는 아버지는 더러운 일에 손을 더럽히는 사람이 절대 아니야. 물론 내가 모르고 있는 것뿐일 수도 있지만……. 누군가가 아버지를 끌어내리기 위해 온갖 획책을 하고 있는 건지도 몰라."

카무로에게 대답을 돌려주듯 말했지만 사실 이건 나 들으라고 한 말이다. 만약 정말로 사카야나기의 아버지가 결백하다면, 그 남자가 관여한 일이라고 해도 이상하지 않다.

내가 사카야나기의 아버지에게 품은 인상이 틀리지 않았을지도 모르니까.

"그래도 이건 우리 학생들에게는 전혀 상관없는 이야기. 단순한 잡담이야."

아버지가 정직 처분에 내몰렸다는 사실은 사카야나기에게 있어서 대수롭지 않은 일 같았다.

"그런데 그거랑 이번 시험이랑 무슨 관계가 있다는 거야?"

"누군가를 퇴학시키기 위해 급하게 준비된 시험……이라는 생각 안 들어?"

"누군가라니……."

카무로가 나를 한 번 쳐다보았다. 그리고 이내 시선을 사카야나기에게로 돌렸다.

"지금까지 신경 쓰지 않았는데, 너, 왜 아야노코지를 신경 쓰는 거야?"

카무로가 사카야나기의 옆에서 걸어가며 물었다.

"어머, 관심 없는 거 아니었니?"

"……쟤한테 관심 있을 리 없잖아."

카무로는 부정했지만 사카야나기는 다 안다는 듯한 옆얼굴이었다.

하지만 깊이 따지지 않고 카무로의 이야기로 돌아왔다.

"그저 옛날부터 아는 사이여서, 는 안될까?"

카무로의 의문에 사카야나기는 그렇게 대답했다.

지금까지 아무것도 밝히지 않았던 것을 생각하면 꽤 오픈한 대답이었다.

동시에 내 반응을 살피기 위한 것 같기도 했다. 여기서 경솔하게 당황하거나 사카야나기의 말을 자르기라도 한다면 이 화제가 내게 약점임을 드러내는 것이나 마찬가지.

뭐, 실제로 별로 신경 쓰고 있지도 않지만.

"그러니까 이 학교에서 우연히 재회했다는 거야? 희박한 확률 같은데."

"그리고 그 희박한 확률이 맞아떨어진 거지. 그렇지? 아야노코지."

"그럴지도 모르지."

실제로 만난 적은 한 번도 없지만, 사카야나기의 말이 틀린 건 아니다.

나는 그녀를 몰라도 사카야나기는 과거의 나를 알고 있으니까.

"그럼 이 녀석이 만만치 않다는 거야? 미안하지만 전혀 그렇게는 안 보이는데."

사카야나기가 깊게 파고들자 카무로도 그렇게 나왔다.

어떤 의미로 서로 닮은 사람들인지도 모르겠다.

"오늘은 꽤 깊게 파고드네. 지금까지 단 한 번도 이런 적이 없었던 것 같은데."

몇 번인가 직접 카무로를 상대하면서 여러 가지 생각이 들었으리라.

사카야나기도 억누를 수 없는 호기심 같은 게 생겼는지도 모른다.

"누구라도 그렇게 생각할걸. 네가 그렇게까지 신경 쓰던 상대는 지금까지 없었으니까."

"너는 그런 걸 신경 쓰지 않는 무관심한 사람이지. 그래서 나도 사양하지 않고 아야노코지를 감시하길 부탁했던 건데…… 어쩔 수 없는 애구나."

어이없으면서도 한편으로는 기뻐하는 듯한 사카야나기.

내 상태를 살피기 위해서라고 생각했는데, 이건 카무로의 반응이 재미있어서 짓궂은 질문을 던지고 있는 것뿐일지도 모르겠다.

대화를 나누는 사이에 목적지에 도착했다.

"여기면 이야기하는 데 방해되지 않겠지."

과연 조용한 곳이다. 방과 후의 특별동은.

"자. 마스미, 미안하지만 먼저 돌아가 줄래?"

여기까지 동행하게 시킨 것은 단순히 대화 상대가 필요했을 뿐인 듯했다.

"……아, 그래."

결국 사카야나기는 나에 대해 깊이 말해주지도 않고 카무로를 먼저 돌려보내기로 한 모양이다.

이렇게 될 줄 알고 있었는지 카무로는 순순히 계단을 내려갔다.

"괜찮겠어?"

"응. 아야노코지야말로 괜한 소리를 떠벌리면 곤란해지는 게 아니었나?"

"별로."

여기서 곤란한 티를 내면 그건 약점을 보여주는 거나 마찬가지다.

굳이 사카야나기에게 쓸데없는 정보를 줄 필요는 없다.

"일단 네가 나를 적으로 인식하고 있다고 받아들이기로 했어."

내 대응이 무슨 이유 때문인지, 그것은 사카야나기가 고민할 것까지도 없었다.

"카무로를 먼저 돌려보내면서까지 나한테 할 말이란 게 뭐야?"

이동하는 데 시간을 허비했기에 약속 시각까지 별로 여유가 없었다.

나는 본론을 꺼내라고 재촉했다.

"나와 아야노코지의 약속에 관해서야."

"그러고 보니 다음 시험 때 나랑 네가 승부를 겨루기로 했었지. 즉 이번 시험이 되겠군."

"맞아, 그러려고 했지. 그런데…… 아야노코지만 괜찮다면 그 제안을 다음으로 미루고 싶어서. 다른 반끼리 경쟁하는 게 아니라 반 내부에서 누군가를 제거하는 시험이라니, 외부에 영향을 줄 수 있는 건 칭찬표 뿐이라 공격도 불가능하고……. 그러니 승부는 다음에 하고 싶은데 괜찮을까?"

요컨대 이번 시험은 승부의 장으로 삼기란 불가능하니 무효로 하자는 이야기였다.

"어떨까? 이 제안."

"마음대로 해."

시원하게 승낙한 내게 사카야나기가 정중히 감사를 표했다.

"고마워. 시험은 시험이라고 딱 잘라 말하면 어쩌지 고민했었어. 이제 마음 편히 A반에 집중할 수 있겠네. 대신……."

"대신?"

"사실상 정전이니까 확실하게 믿을 수 있도록 굳이 말해두자면, 난 이번 시험에서 아야노코지에게 마이너스 요소, 그러니까 비판표에는 관여하지 않을 거야."

사카야나기는 스스로 먼저 약속을 했다.

"만에 하나 내가 어떤 식으로 C반 일에 관여해 아야노코지의 결과에 피해를 준다면…… 그때는 내 패배라고 해도 좋아. 다음으로 미룬 승부 역시 거절해도 돼."

"이번 시험에서 비판표를 집중적으로 받으면 다음 대결 자체가 없는데."

두말없이 퇴학당할 테니까.

"그건 그렇지. 그저 안심해도 된다는 말을 해두고 싶어서."

이건 내 신뢰를 얻기 위한 행동이다.

"나와 대결하기도 전에 네 추종자들이 배신하면 어쩔 건데?"

"후후, 농담도."

A반 학생, 그 대부분이 사카야나기 파벌이다.

스스로 머리를 잘라낼 리는 없나.

"이번 시험이 발표되자마자 나는 퇴학시킬 사람을 결정했어."

"벌써 버릴 사람을 골랐나. 올바른 판단이군."

사카야나기의 힘이 있기에 선택할 수 있는 수단이라고도 말할 수 있지만.

"그걸 언제 학생들한테 알릴 계획이지?"

"이미 알렸어. 직전까지 누구라고 말하지 않으면 다들

불안해할 테니까. 미리 말해두면 애들도 마음이 편하지 않을까?"

반대로 지목당한 학생은 지옥 같을 거다.

하지만 A반에는 험악한 기색이 조금도 보이지 않았다.

"누군지 알겠어?"

"글쎄. 전혀 예상이 안 가는데."

그렇게 말했지만 사실 누군지는 뻔하다.

"카츠라기 코헤이야."

"타당하다, 고 봐야 할까."

"그 애는 나와 대치했던 전 A반 리더. 한 조직에 두 리더는 필요 없으니까."

카츠라기는 차분하고 냉정한 남자다.

아마도 시험 내용을 안 시점에서 이미 자신이 희생양이 되리라고 짐작했을 터.

저항 없이 순응하기로 한 건가.

야히코처럼 계속해서 따르는 학생도 있겠지만 소수는 다수를 당해낼 수 없다.

"적이라고 하기엔 일찌감치 물러났다고 생각했는데."

카츠라기는 A반 중에도 우수한 인물이다.

실력만 보면 제거하기에는 아까운 존재지만 사카야나기에게는 필요 없는 모양이다.

"내 친구 중에 그 애를 싫어하는 사람도 적지 않아. 보수적인 사고방식이 맘에 들지 않는 거겠지. 여기서 그를 퇴장

시키는 게 반의 사기 위한 일이야."

적을 무력화하여 사기를 높이려는 노림수 같다.

"누가 타깃인지 나한테 말해도 괜찮은 거냐?"

"그를 지킨답시고 아야노코지가 뒤에서 공작을 벌일 리는 없으니까."

구하려고 한들 노력에 상응하는 성과는 얻을 수 없다.

"C반은 어떻게 할 셈이야?"

"글쎄. 난 손 놓고 반 애들의 판단에 맡길 생각이야."

"그렇다면…… 단순히 미움받는 학생이나 능력이 떨어지는 학생이 배제되려나."

즐거운 듯 상상을 펼치는 사카야나기.

"D반은 생각할 필요도 없이 류엔이겠지."

그건 나도 같은 생각이다.

A반은 특별히 류엔을 도와서 얻을 이점이 없으니까 말이다.

카츠라기와 류엔의 계약을 깨는 의미에서도 그가 퇴학당하길 바라리라.

"짐작이 안 가는 건 B반이네. 그렇게 사이가 돈독한 반에서 누가 퇴학당할지가 이번 시험에서 최고의 즐거움이야. 혹은 이치노세가 어떤 흥미로운 방법을 생각해낼지."

"미안하지만 슬슬 시간이라."

멋대로 망상하는 건 자유지만, 가능하면 혼자 있을 때 했으면 좋겠다.

"그래. 일단 하고 싶은 이야기는 다 끝났어. 다음 시험은 다음 주에 시작할 것 같으니."

그녀가 지팡이로 땅을 탁 쳤다.

사카야나기의 그 시선이 한순간, 감시 카메라 쪽으로 향했다.

자세히 보고 있지 않으면 알아차릴 수 없는 섬세한 눈의 움직임.

우연히 시선이 그리로 간 것인지 아니면 의도적인지, 알수 없었다.

"그럼 승부는 예정대로 1학년 마지막 특별시험, 그때 하자. 약속한 거야?"

나는 살짝 고개를 끄덕인 후 특별동을 빠져나왔다.

6

방과 후 약속 장소로 적당한 가게는 사실 그리 많지 않다.

그래서 대체로 케야키 몰 안에 있는 카페에서 모이는데, 오늘은 다르다.

"와줘서 고마워."

"별로 힘든 일도 아닌데. 나도 히라타랑 얘기하고 싶었고."

"그렇게 말해주니 기쁘네. 우선 잠시 걸을까?"

남쪽 입구에서 합류한 후 히라타는 주위 상황을 확인하듯 움직이기 시작했다.

"미안, 아야노코지. 일정을 좀 바꿔도 될까?"

"어쩌려고?"

"내 방에 가서 얘기하지 않을래? 그게 더 마음 편할 것 같아."

"난 딱히 상관없어."

"고마워."

아무래도 몰에서 이야기하기엔 어려운 모양이다.

오늘 할 이야기를 남에게 들려주고 싶지 않은 건가.

기숙사로 이어진 길을 걸으며 잡담을 나누기 시작했다.

"이제 곧 1학년도 끝이네. 아야노코지는 일 년 동안 지내보니 어땠어?"

하얀 숨을 토하며 하늘을 올려다보았다.

"무인도에도 가고 합숙도 하고, 소란한 1년이었달까."

"응. 힘들긴 했지만 나도 즐거웠어. 반 친구들과의 관계도 입학할 때부터 생각해보면 잘 쌓아온 것 같아."

"그래. 나도 그렇게 생각해."

그 점은 나도 동감이다. 반에는 서로를 싫어하는 사람도 적지 않다. 하지만 적의 적은 곧 아군이라는 말이 그렇듯, 협력을 강요받는 가운데 서서히 인연이라 불릴만한 것이 생겨나기 시작했다.

"정말…… 이 시험이, 시작되기 전까지는 아무런 문제도 없었는데 말이야."

히라타의 웃는 얼굴에 그늘이 드리워졌다.

"역시 그 이야기인가."

"응. 미안해, 아야노코지가 이 이야기를 원하지 않는다는 건 알고 있긴 한데."

나는 어떤 시험이든 스스로 적극적으로 나서지 않았다.

호리키타는 그런 내 성격을 무시하고 시험 때마다 강하게 협력을 요구해왔다.

그리고 흥미롭게도 이번 시험은 정반대

호리키타는 나에게 의지하지 않는데, 히라타가 나를 의지 하려 한다.

그만큼 호리키타도 성장했다는 얘기겠지.

내가 도와주지 않는다는 걸 깨달은 듯, 그 빈도도 조금씩 낮아지고 있었다.

"이번 시험, 나로서는 도저히 해결책이 떠오르지 않아. 몇 번이고 고민하고, 또 고민해도."

"몇 번이고……."

자세히 보니 히라타의 눈 밑에 다크서클이 깔려 있었다.

어젯밤에는 시험 생각만 하다가 제대로 잠도 못 잤던 것 일까.

"어렵겠네. 반을 생각하는 녀석일수록 괴로운 시험이니."

"뭐……?"

"아니, 신경 쓰지 마."

여기서 괜한 소릴 했다간 히라타는 더욱 깊은 어둠 속으 로 빠져들고 말리라.

지금은 그냥 내버려 두는 게 최선책이다.

"혹시, 혹시 반을 구할 방법이 있다면 알려줘."

아무래도 내 반응에, 내가 답을 가지고 있다고 착각한 모양이다.

"프라이빗 포인트를 2,000만 모으는 건 불가능해?"

"나도 이래저래 계산해봤는데 도저히 모을 수 있는 금액이 아니야. 어제 동아리 선배들한테도 슬며시 말해봤어. 하지만 선배들도 다른 특별시험을 치러야 하니까."

"도움이 될 정도의 포인트는 줄 수 없다는 건가."

"응⋯⋯."

그렇게 말해도, 그것 말고 희생자 없이 완벽하게 도와줄 방법은 거의 없다.

"미안, 그거 말고는 아무 생각도 안 난다. 하지만 뭔가 떠오르면 반드시 히라타한테도 말할게."

"그렇구나⋯⋯ 응, 고마워."

이 자리에서는 그렇게 대답하는 게 최선이었다.

열심히 미소를 만들며 히라타가 고마움을 표했다.

이 특별시험은 몹시 어려우면서 몹시 간단한 시험.

시점을 살짝 바꾸면 아무것도 망설일 게 없다.

하지만 히라타의 눈에는 그게 보이지 않는다.

이건 '필요 없는 학생을 제거할 뿐'인 시험이다.

나나 코엔지는 시험 내용을 들은 순간 바로 목표 지점의 그림을 그릴 수 있었다.

'누가' 퇴학당하게 될지는 모르겠지만 '자신'만 아니면 되니까.

하지만 히라타 같은 타입은 다르다.

'누가'라는 부분을 아무리 시간이 지나도 정할 수 없다.

그러니 출구가 보이지 않는 미궁 속에서 헤매는 것이다.

"아야노코지는 누군가가 퇴학당해도 괜찮다고 생각해?"

"아무도 퇴학당하지 않고 끝날 수 있다면 그게 제일 좋지. 하지만 그렇게 되긴 어려운 시험이야."

"……물론 그렇지. 하지만, 분명 뭔가 방법이——."

"너도 실은 알고 있으니까 밤에 제대로 못 잔 것 아니야?"

말을 뚝 자르듯이 내가 말했다.

"그건……."

기숙사 입구로 접어들자 우리는 일단 입을 다물었다.

로비에서 몇몇 학생이 잡담을 나누는 모습이 보였기 때문이다.

하지만 문제는 다른 곳에 있었다.

로비 소파에 앉아 있는 어떤 남자와 시선이 마주쳤다.

"이게 누구야. 히라타 보이에 아야노코지 보이가 아닌가. 이런 우연이 다 있네."

"여어, 코엔지. 누구랑 약속 있어?"

내가 기숙사 안으로 들어가자마자 시선을 보냈기 때문에

알아차린 모양이었다.

"내가 누군가랑 만날 약속을 잡았다고 하면, 신경 쓰이나?"

질문에 질문으로 답하는 코엔지.

"웬일이지, 하는 생각은 할지도 모르지."

"솔직한 사람은 싫어하지 않아. 하지만 안타깝게도 약속 같은 건 없어."

그렇게만 대답했을 뿐 뭘 하고 있었는지는 말하지 않았다.

평소의 코엔지는 이런 데서 시간을 보낼 타입이 아닌데 말이지.

"갈까."

히라타가 엘리베이터 앞에 서서 버튼을 누르려고 손을 뻗었다.

그때 뒤에서 코엔지가 말로 된 화살을 날렸다.

"뭐, 열심히 지혜를 쥐어 짜내서 이번 시험도 열심히 해봐."

"······너는 늘 한결같구나, 코엔지."

그 태도가 살짝 마음에 걸렸는지 히라타가 물었다.

손가락은 버튼을 누르기 직전에서 멈춰져 있었다.

"내가 달라질 정도의 시험이 아니니까."

"그런가."

평소답지 않게 히라타가 덤벼들었다.

뒤돌아 코엔지를 바라보았다. 물론 노려보거나 하지는 않았다.

어디까지나 냉정하고 평온하게.

"넌 달라질 정도의 시험이 아니라고 말했지만 사실은 누구보다도 달라질 필요가 있는 거 아니야? 나는 걱정이 돼. 만약 코엔지가 반 애들에게 공격의 대상이 된다면…… 하는 생각에."

그건 히라타 나름의 배려였고, 다소의 위협이기도 했다.

협력해주길 바라는 마음이 강하게 담긴 말.

코엔지가 조금이라도 협력해 줄 마음이 생긴다면, 하고 기대했으리라.

"걱정할 필요는 없어. 그걸 어떻게든 하는 게 반의 중심인 네 역할이잖아?"

어디까지나 아무것도 하지 않겠다. 코엔지는 생각을 바꾸지 않았다.

"나라도 못 하는 게 있어. 기대에 부응할 수 없을지도 몰라."

"그렇지 않을 거야."

자신 없어 하는 히라타에게 코엔지는 마구 기대를 보냈다.

그게 진심인지 아닌지, 이 남자에게서는 느낄 수가 없다.

코엔지는 자리에서 일어나 히라타에게 다가오더니 일부러 그의 등을 가볍게 때렸다.

"친구들끼리 서로 상처를 핥아주면서 꼭 필요 없는 쓰레기를 처리해주길 바란다."

코엔지의 그 마지막 말을 들은 순간 히라타는 엘리베이터 버튼을 꾹 눌렀다.

"……아야노코지, 가자."

"어어."

지금까지 부드러웠던 히라타의 말투가 다소 노기를 띠고 있었다.

반 친구들 속에 쓰레기가 있다고.

히라타가 코엔지의 말에 화가 나지 않을 리 없다.

엘리베이터 문이 닫혔을 때 히라타가 다시 입을 열었다.

"후우……. 미안해. 나답지 않은 모습을 보여 버렸어."

"난 별로 신경 안 써. 코엔지의 말투가 나빴으니."

히라타가 가볍게 쓴웃음 지은 후 머리를 살짝 숙였다.

"너한테도 아픈 곳을 찔렸지……. 나도 사실 퇴학을 완전히 막는 건 비현실적이라고 생각했어. 겉으로는 그렇게 말하면서도 마음속 어딘가에서는 처음부터 포기하고 있었지."

금세 히라타의 방이 있는 층에 도착해 엘리베이터에서 내렸다.

"자, 들어와."

"실례할게……."

히라타의 방에 들어가는 건 처음이군.

실내 장식은 내 방과 비슷하게 심플했으며 방향제의 좋은 향기가 은은하게 풍기고 있었다.

살풍경하지만 히라타다운, 정돈된 실내였다.

"앉아. 커피면 될까?"

"미안하네."

"뭐가 미안해. 내가 부탁한 건데."

지금까지 나는 주로 손님을 맞이하는 쪽이었으므로 조금 신선한 느낌이 들었다.

"아까 하던 이야기 말인데……."

커피 준비를 하면서 등 너머로 내게 말을 걸었다.

"정말로 반 애들 모두를 구할 방법이 없는 걸까?"

"글쎄. 그저 내가 생각해내지 못하는 건지도 모르지."

아까와 비슷하게 대답했다.

히라타도 그걸 알지만 자기도 모르게 도움을 청하고 마는 것이리라.

하지만 그를 위로하려고 한 내 말은 오히려 역효과를 일으켰다.

"네가 생각해내지 못하면 아무도 못 하겠네……."

"지나친 과대평가야."

어느새 히라타 안에서 내 평가가 이렇게까지 올라가고 있었다니.

"카루이자와 사건 때도 반을 위해 제일 힘이 되어준 사람은 너였다고 생각해."

내 마음을 꿰뚫어 보듯 히라타가 말했다.

"그건 진짜 아니야."

물이 끓어 히라타가 커피를 타서 왔다.

"사실이야. 넌 겸손해서 인정하지 않겠지만."

무슨 말을 해도 통하지 않는다.

말로 부정해도 지금의 히라타는 듣지 않는다.

지금은 화제를 살짝 바꾸는 편이 낫겠다.

하지만 히라타 역시 그것을 알아차린 듯했다.

"누군가 퇴학당해야만 하는 시험. 억지로 이해해보려고 해도 도저히 이해할 수 없어. 반 친구가 사라져도 상관없는 사람이 있을 리 없을 텐데."

"고민하는 마음은 모르는 바도 아니지만, 생각을 돌리는 수밖에 없어. 주말이면 답이 나올 거야."

"답, 이라. 아야노코지는…… 누구라면 퇴학당해도 괜찮다고 생각해 둔 사람이라도 있어?"

히라타는 나를 들여다보며 말했다.

겉보기엔 다정한 눈빛이었지만 뭔가 다른 생각을 품고 있는 것처럼 보였다.

"딱히 없어."

비겁하게 들릴지도 모르지만, 실제로 그렇다. 남았으면 하는 학생이 몇 명 있긴 하지만, 퇴학당해야 마땅하다고 생각해둔 사람은 하나도 없다. 반 친구들끼리 의논한 결과 정해진 학생이 퇴학당하는 것. 그것이 답이다.

"누가 빠지게 되더라도, 그 결과를 받아들일 수밖에 없어."

"냉정하네. 나 같은 애보다 훨씬 반의 리더로 어울려."

지금까지 솔선해서 반을 이끌어온 히라타의 입에서 나온 나약한 말.

무엇 하나 구체적인 대책을 세우지 못하고 있다.

"난 이제 어떻게 해야 좋지? 이 시험에 어떤 자세로 임해야 할까?"

조언을 던지자니 쑥스럽지만, 히라타한테 도움받은 일도
많으니.

어떤 식으로든 도움을 주고 싶긴 한데…….

"내 말을 그대로 받아들이진 않았으면 좋겠지만, 일단 내
생각을 말할게."

"응."

"모두를 구하겠다는 안일한 생각은 일단 버려. 히라타는
지금『누구를 베어낼 것인가』라는 방향으로 계속 고민하고
있어. 그리고 답을 내놓지 못하고 있지."

히라타는 고민하다가, 끝내 고개를 끄덕였다.

"그럼 그 방향을 한 번 반대로 돌려보는 게 어때?『누구를
베어낼 것인가』가 아니라『누구를 남길 것인가』를 생각하는
거야."

"누구를 남길, 것인가……? 물론 모두——."

"그 모두에게 우선순위를 매기는 거지. 자신을 포함한 모
두를 위에서부터 차례대로 순서를 매겨. 물론 우열을 가르
기 어려운 학생도 있을지 모르지. 그래도 일단 순위를 매겨
봐. 단순히 자기가 좋아하는 학생이든, 반에 공헌한 학생이
든 뭐든 좋아."

그렇게 순위를 매기면 결국에 누군가는 맨 마지막을 차지
한다.

"그건…… 하지만……."

그렇다, 간단한 일이다.

하지만 히라타는 그 간단한 행위를 하지 않았다. 마음에 제동을 걸고.

학생에게 순위를 매기는 행위가 어리석은 짓이라고 생각하고 있다.

"순위를 매겨도 내 생각이랑 애들 생각이 일치할 리 없잖아."

이렇게 둘러대며 계속해서 달아나고 있다.

기다리고 있는 것은 무방비한 상태로 맞이하는 특별시험 당일이다.

"괜찮아. 우선은 네가 속으로 결론을 내는 것부터 시작해야 한다고 난 생각해."

그게 지금 히라타에게 해줄 수 있는 유일한 조언이리라.

그리고 히라타가 어떤 판단을 내릴지는 스스로 정하는 것.

나는 그가 끓여준 커피를 고맙게 받았다.

나랑은 다른 커피 브랜드 제품인지, 산미가 조금 강한 느낌이 들었다.

"그렇구나, 응. 그럴지도 모르겠어. 난 솔직히 지금 도망치고 싶은 심정이야."

충고를 받아들이고 열심히 이해하려는 히라타.

지금 당장은 어렵겠지. 소화불량으로 토하고 싶어질지도 모른다.

하지만 그걸 목구멍에서 꾹 누르며 소화시키려고 애쓰고

있다.

"후우…… 응. 고마워."

히라타는 어렵사리 감사 인사를 전했다.

이번 상담도 우선은 일단락된 걸까.

"다른 질문 하나 해도 될까?"

시험에 관한 이야기에서 화제를 확 돌려, 흥미로웠던 것을 물어보기로 했다.

"응? 뭔데?"

"카루이자와랑 헤어진 후에 누구한테 고백받거나 하지 않았어?"

"의외의 질문이네. 아야노코지가 그런 걸 물어볼 줄이야."

히라타는 다소 놀라더니, 살짝 곤란한 표정을 지었다.

내가 히라타의 여자친구 후보들에게 흥미를 가진 것은 같은 반의 미짱이 떠올라서다. 학년말 시험 전, 히라타를 좋아한다고 상담받은 적이 있으니 그 후로 어떻게 되었는지 궁금했다. 이미 행동으로 옮겼을까?

"이름은 말할 수 없지만…… 있었어."

즉 벌써 여자로부터 고백을 받기 시작했다는 뜻이다.

미짱일까 아닐까. 그래도 거기까지는 물어볼 수는 없었다.

그나저나 인기 있는 남자는 굉장하군. 아무것도 안 해도 여자들이 알아서 찾아오다니. 아니, 평소의 행실이 영향을 미치고 있는 건가? 히라타가 결코 노력을 게을리하고 있는 것은 아니다.

"그 애랑 사귀고 있어?"

"설마. 난 지금 그 누구와도 사귈 생각이 없어."

딱 잘라 말했다.

"누구, 따로 좋아하는 사람이 있어서?"

따로 좋아하는 사람이 있으면 히라타의 선택도 이해가 간다.

"아니, 누구랑 사귀는 것조차 과분한 것 같아서. 난 자격이 없어."

"히라타가 그러면 나 따위에게는 꿈속의 꿈인데."

애당초 연애에 자격 따위는 필요 없다.

"난 그렇게 된 사람이 아니야."

된 사람일수록 겸손하다.

되먹지 못한 사람일수록 오만한 법.

결국 그 후에 나와 히라타는 특별히 이야기를 더 깊이 있게 나누지 않고 헤어졌다.

7

"미안, 이치노세. 이런 시간에 불러서."

밤 11시에 접어들었을 무렵, 나는 이치노세를 내 방으로 불러들였다.

평소 같으면 거절해도 이상하지 않은데, 이치노세는 아무런 말도 없이 선뜻 내 방을 찾아왔다.

"괜찮아. 그보다 아야노코지가 먼저 만나자고 하다니, 웬일이야?"

"너랑 꼭 좀 얘기를 하고 싶어서. 일단 괜찮다면 침대에라도 앉아. 아마 바닥은 찰 거야."

고마워, 하고 대답한 이치노세는 내 침대에 걸터앉았다.

"왠지 좀, 두근거리는데……."

"응?"

"아아, 아니, 아무것도 아니야. 그런데 이야기라면 전화로 해도 될 텐데, 와달라고 한 이유가 뭐야?"

이유, 라. 나는 포트로 물을 끓이며 하얀 컵을 들었다.

"전화로 말하면 알 수 없는 것도 많잖아. 내가 확인하고 싶은 것도 그런 거고."

"그렇구나."

"고로 대놓고 물어볼게. 이번 시험 어떻게 할 셈이야?"

"오늘 아침에 나눈 이야기의 연장이구나. 퇴학생을 만들지 않고 시험을 돌파하는 방법을 모색 중…… 이랄까."

"구체적으로 어쩔 생각인데?"

나는 뒤돌아 그녀의 상태를 살피며 물었다.

물론 이건 인사치레다.

2,000만 포인트를 쓰는 것 이외에는 방법이 없다는 것쯤, 피차 잘 알고 있다.

"으음, 안타깝지만 아직……. 이제 시간도 얼마 없으니까 조금 초조하네."

말이나 태도로는 무얼 숨기고 있는지 잘 보이지 않았다. 선상시험 때도 이치노세의 의외의 포커페이스에 감탄한 적 있는데, 꽤 능수능란하다.

"나는 틀림없이 나구모 학생회장에게 도와달라고 했을 줄 알았는데."

"학생회장?"

의표를 찔렸다면 그만한 반응이 나올 만도 하건만, 이치 노세는 놀라지 않았다.

하지만 다음 말을 들으면 그 태도도 무너지지 않을 수 없 으리라.

포트 물이 끓어 코코아를 탄 다음 이치노세에게 건넸다.

"고마워."

"이번 추가 시험은 지금까지와는 달라. 강제로 퇴학생을 만들지 않으면 끝나지 않는 시험이지. 하지만 유일한 예외 로 2,000만 포인트를 모으면 손을 쓸 수 있어. 그렇지만 아 무리 B반이라 해도 2,000만 포인트를 모으진 못했겠지. 그 렇다면 제3자의 도움을 받는 수밖에."

코코아로 시선을 떨어뜨린 이치노세가 숨을 조금씩 후후 불었다.

"그런가, 아사히나 선배는 알고 있을 거라 생각했지만 설 마 그걸 아야노코지에게 말할 줄이야."

처음부터 끝까지 숨길 수 있으리라곤 생각지 않았는지 아니라는 말 한번 없이 내가 어떻게 그 사건을 알고 있는지 추리했다.

"그럼 포인트의 대가까지 들었겠네?"

내가 살짝 고개를 끄덕이자 이치노세가 쓴웃음을 지었다.

"바보 같은 얘기지? 여러 가지 의미로 말이야."

교제를 조건으로 포인트를 빌리는 것.

그 조건을 진지하게 고민하고 있는 것.

그게 여러 가지 의미로, 라고 말한 이유이리라.

"일단 나구모 선배가 거래에 관한 소문을 내지 말라고 했어. 내 입으로 흘리면 이번 이야기는 없었던 일로 하겠다고. 하지만 아사히나 선배가 말했으니까 일단 난 세이프네."

"멋대로 퍼트리지 않을 테니 걱정하지 마."

"하지만 이건 아야노코지와 상관없는 일, 이지……?"

"그렇지."

B반의 판단이고 이치노세가 정할 일이다.

"부족한 게 얼만데?"

"400만하고 조금."

그와 사귀면 400만 포인트를 채워서 퇴학생 없이 끝낼 수 있다.

"파격적인 조건이네."

"응. 나 같은 애가 나구모 선배와 사귀어서 포인트를 빌리다니, 말도 안 돼. 원래라면 내가 포인트를 줘서라도 부탁할 입장 같은데."

이치노세의 말을 듣자, 그녀가 어떻게 생각하고 있는지 알 것 같았다. B반에서 절대 퇴학생을 만들 수 없다. 반을 지키기 위해서라면 자신을 희생할 각오가 되어 있다.

"우리 B반 모두를 구할 방법은, 아마도 이것밖에 없을 거야."

"그런가……."

여기서 내가 무슨 말을 해도 이치노세에게 도움이 되지는 않을 것이다.

오직 프라이빗 포인트만이 지금의 이치노세를 구할 수 있다.

그리고 내가 아무리 애써도 400만이나 되는 포인트를 마련할 수는 없다.

"그래도…… 걱정해 준 거지?"

"주제넘은 놈이라고 생각할지도 모르겠지만."

"그렇지 않아. 정말 기뻐."

이치노세는 그렇게 대답했지만 표정이 조금 어두웠다.

"그런데 좀 곤란해진 것 같기도 해……. 아야노코지랑 이야기 안 했으면 결심이 조금 더 쉬웠을 텐데."

식은 코코아를 천천히 입으로 가져가는 이치노세.

"……아야노코지는 어떻게 생각해?"

"이번 거래 말이야?"

"응. 네 눈에는 내가 하려는 게 어떤 식으로 보여?"

이치노세가 내 눈을 빤히 쳐다보았다.

나는 그 시선을 정면으로 받아들이며 대답했다.

"퇴학을 막기 위해 이치노세만 쓸 수 있는 수단이야. 전략적으로 프라이빗 포인트를 모아왔고, 학생회에 들어가 나구모 학생회장과 연줄도 만들었어. 이것들을 이용해 2,000만 포인트를 모으는 건 그저 하나의 방법이지."

"경멸하지 않아?"

"그럴 리가. 뭐, 반을 구하기 위해 2,000만 포인트나 쓸 가치가 있는지는 솔직히 잘 모르겠다만."

"……그렇구나."

또다시 코코아를 느릿느릿 입으로 가져가는 이치노세.

"저기, 아야노코지."

이치노세가 내 눈을 계속해서 바라보았다.

"응?"

"아야노코지, 너…… 혹시, 엄청난 사람?"

엄청난 사람이냐니, 뭐가 엄청난 건데. 반응을 어찌해야 할지 모르겠다.

나는 아사히나에게 들은 이야기를 그저 그대로 말했을 뿐이다.

"무슨 생각을 해야 내가 엄청난 사람이 되는 거야? 미안하지만, 난 자각이 전혀 없는데."

"그렇대도 정말 대단해. 왜냐하면 아야노코지는……."

말하다가 도중에 입을 닫았다.

"왜 그래?"

"으응, 아무것도 아니야."

꼭 자신도 뭘 말하고 싶은지 모르는 것 같았다.

생각보다 말이 먼저 나오기라도 한 듯이.

"……왜 그럴까……."

자문하듯 이치노세가 조용히 중얼거렸다.

강행으로나마 이야기를 들은 게 다행이었다.

이치노세는 무슨 일이 있어도 B반을 지키기 위해 움직인다.

그걸 다시금 확인할 수 있었다.

지금 고민해도 이치노세는 결국 결정을 내리겠지.

나구모 미야비와 사귀는 선택을.

○오빠와 동생

추가 시험이 발표된 지 사흘이 지난 아침.

모레인 토요일에는 투표가 시작된다.

그 짧은 시간에 친구 한 명을 퇴학시켜야만 한다.

방문을 여니 싸늘한 공기가 몸을 적셨다.

복도로 나와 1층 로비로 내려가니 마침 계단 쪽에서 스도가 내려오고 있었다.

"계단으로 다녀?"

"뭐. 조금이라도 근육 운동을 하려고."

동아리에 공부에, 어쩌면 스도는 지금 제일 학생다운 생활을 보내고 있는지도 모른다.

우리는 그대로 나란히 학교로 향했다.

"나는 바보에다가 성질도 급한데 말이야, 지금 엄청 충실하게 지내고 있어. 결코 퇴학당하고 싶지 않아."

그의 말은 반쯤 혼잣말처럼 느껴졌다.

"내가 이 학교에 남을 수만 있다면 다른 누구의 원한을 사도 좋아. 내 생각이 틀린 것 같냐?"

"아니, 그렇지 않아. 학교에 남기를 강하게 바라는 녀석이 이 시험을 통과할 테니까."

"그렇지."

학교에 도착한 나는 교실에 들어서자마자 위화감을 느

졌다.

스도는 아무것도 모른 채 자기 자리로 향했다.

공기 변화.

나는 남들과 비교해도 둔감한 편이 아니다.

C반에 발을 들여놓은 시점에서 그곳이 어제와는 어딘지 다르다는 느낌을 받았다.

눈앞에는 평소와 똑같은 풍경.

일상이 펼쳐져 있다.

그렇다, 당연하다는 듯 친구와 잡담을 나누고, 웃고 있는 모습이 펼쳐져 있다.

이것이야말로 '위화감'의 정체다.

어제까지 그토록 경계하고 서로를 견제했는데.

지금은 묘한 일체감이 흐르고 있다.

"안녕, 아야노코지."

히라타가 먼저 인사를 했다.

"안녕."

나는 짧게 대답하고 히라타의 기색을 살폈다.

"음? 왜 그래?"

아무 눈치도 못 챈 것일까, 아니면 눈치 못 챈 척하는 것일까.

히라타는 평소와 다름없는 표정으로 나를 쳐다보았다.

"으응, 아무것도 아니야."

"그래? 오늘도 잘 부탁해."

히라타는 인사를 마치고는 자신을 부른 여자들 쪽으로 가 버렸다.

내가 느낀 위화감은 학생들이 하나둘 등교함에 따라 점점 더 옅어졌다.

즉.

이 반에는 이미 시험에 맞서 만들어진 대규모 그룹이 있 다는 것을 암암리에 드러내고 있다.

그리고 누구를 지킬 것인가가 아니라, 누구의 등을 밀 것 인가를 정하기 시작했다.

교실에 있는 학생은 아직 11명. 예를 들어 히라타를 제외 하고 나머지 10명 모두가 결탁해 비판표를 누군가에게 던지 면 그 타깃은 몹시 위태로운 상황에 처한다.

멤버는 이케, 야마우치를 비롯한 남자들.

그리고 이케 무리와 다소 연결고리를 가진 여자들.

지금 이 자리에 있는 사람들은 대그룹으로 결탁했을 가능 성이 크다.

다만 기묘한 것은 케이를 중심으로 한 그룹의 멤버도 있 다는 것이다.

나는 아직 케이에게 아무런 보고도 받지 못했다.

"안녕."

얼마 후 호리키타도 등교했다.

평소와 똑같은 태도였는데, 그런 호리키타가 주위를 한 번 둘러보았다.

"······무슨 일 있었어?"

"너도 느꼈냐."

"응. 좀 께름칙한 느낌이야. 가서 좀 본인들한테 물어보지 그래?"

"사양할게. 긁어 부스럼 만들고 싶지 않으니까."

안일하게 건드릴 문제가 아니다.

'뭐 달라진 점은 없었어?'

일찍부터 학교에 나와 있는 케세이에게 그런 메시지를 날려보았다.

'몰라. 그런데 왠지 어제까지와는 달라진 느낌이 들어.'

정확한 이유는 모르는 듯했지만 케세이 역시 그 분위기를 감지했다.

'대그룹이 만들어졌는지도 몰라. 반 애들이 묘하게 차분해.'

나는 그 이유를 적어 답장을 보냈다.

그것을 읽은 케세이는 주위를 둘러본 다음 나를 쳐다보았다.

'정말 그런 것 같아. 분명히 어두웠던 분위기가 변했어. 잘도 알아차렸네.'

'친구가 별로 없으면 주변 변화에 민감한 법이지.'

'만약에 10명이 넘는 그룹이 만들어졌다면, 누구를 내보내자고 이야기가 오갔을 수도 있겠네?'

'표적이 된 학생은 상당히 위험한 상황이지.'

'누가 만든 그룹일까······. 우리는 괜찮으려나?'

불안한 케세이의 심정이 메시지를 통해 전해졌다.

그룹은 멤버 수가 늘어날수록 당연히 인원을 맞추기 위해 별로 친하지도 않은 학생까지 그룹에 넣게 된다. 그러한 그룹을 통솔하기란 그리 쉽지 않다.

사람이 더 늘어났기 때문에 일단 메시지는 중단했다.

나머지는 점심시간이나 방과 후에 이어가도 된다.

1

점심시간. 나는 아야노코지 그룹 애들과 잡담을 나누고 있었다.

잡담이라고 했지만, 추가 시험에 관한 화제가 대부분이었다.

그리고 첫 화제는 당연히 아침의 교실 분위기 변화.

일찍 등교한 케세이가 대그룹이 탄생한 기색을 느꼈다고 말을 꺼낸 데에서 시작했다.

"······그렇구나. 확실히 오늘은 어제보다 다들 밝은 느낌이었던 것 같아."

"하지만 아직은 억측······ 이잖아?"

"그렇지. 대그룹이 생겼다는 증거도 없고, 타깃이 누구 한 사람으로 좁혀졌다고 단정할 수도 없어."

어디까지나 오늘 아침 상황이 그런 느낌이었을 뿐.

"누구 한 사람 잡고 슬쩍 속을 떠볼까?"

"글쎄. 사람을 잘못 고르면 우리가 정보를 캐고 돌아다닌 다는 게 그 그룹 리더 귀에도 들어갈 거야. 그렇게 되면 타 깃이 우리 그룹의 누군가로 바뀔 위험도 있어."

그것만은 피하고 싶다고 케세이가 말했다.

"우리 중 누구에게도 말을 걸지 않은 것도 그만한 이유가 있을 테고 말이지."

만약 정말 대그룹이 있어서 그들이 타깃을 정했다면 그 타깃 이외에는 말을 걸어도 상관이 없다.

39명이 한 명을 에워싸고 쫓아내는 것이야말로 이상적인 전개다.

하지만 실제로는 좀처럼 그렇게 되지는 않는다.

"우리 중 누군가에게, 그 타깃과 친한 친구가 있다……거 나?"

그룹을 조용히 둘러보며 추리하는 하루카.

"……아니면…… 이 중 누군가가 타깃이라거나."

"그, 그런 말 하지 마, 하루카짱……."

아이리가 두려움에 몸을 떨었지만, 꼭 농담이라고만 할 수도 없는 이야기다.

"아마 그룹을 만드는 움직임은 첫날부터 있었을 거야. 우 선 신뢰할 수 있는 동료부터 시작해서 점점 덩치를 키우다 오늘 그 기색이 겉으로 드러나버린 거겠지."

아마 케세이의 추리가 맞을 거다. 하루 만에 늘어났다고 보기에는 숫자가 꽤 많은 것 같았다. 추가 시험이 발표된 날부터 움직였다고 보는 게 자연스럽다.

"아직 동료를 모으고 있다면 오늘 중으로 우리 중 누군가에게 말을 걸지도 몰라."

"만약 그게 우리 중 누군가를 타깃으로 한다는 이야기면? 돕지 않으면 널 퇴학시킬 거라고 협박하면…… 그땐 어떻게 해?"

아키토가 아무렇지 않은 투로 심각한 과제를 우리에게 들이밀었다.

"그야 당연히 우리 그룹을 우선하는 게 당연하잖아?"

"그 결과, 하루카, 네가 타깃이 되어도?"

"그건…… 하지만 친구를 배신하면서까지 이 학교에 남고 싶지는 않아, 난. 만약 그런 제안을 한다면 항의할 거야."

약간 겁을 먹긴 했지만 하루카는 아키토에게 그렇게 대답했다.

"나도 마찬가지야. 절대 배신하지 않을 거야."

불안해하면서도 힘주어 고개를 끄덕이는 아이리.

"너는? 케세이."

그러자 줄곧 다물고 있던 케세이는 다소 늦게 솔직한 심정을 털어놓았다.

"……나도 기본적으로는 하루카와 아이리의 의견에 찬성이야. 하지만 실제로는 그리 만만하지 않아. 정말로 타깃이 된다면 이 시험에서 그걸 피하기란 불가능해. 친구를 감싸

주는 대신 퇴학이라니, 듣기에는 멋지지만…… 분명 괴로울 거야."

"그건…… 키요뽕은, 어떻게 생각해?"

모두의 시선이 집중되었다.

지금은 생각을 통일시키기 위해서라도 어느 정도 유도해 두는 편이 좋겠군.

"하루카의 말대로 항의하는 건 좋은 수가 아니야."

"그럼 친구를 배신하고 대그룹에 붙겠다는 거야?"

"아니, 상대 그룹에 협력해서 친구의 등을 밀겠다는 게 아니야. 단지 겉만이라도 따르는 척하는 게 좋다는 거지. 경솔하게 협력하지 않겠다고 큰소리치는 건 현명한 선택이 아니야."

감정을 앞세우는 것만은 반드시 피해야 한다.

"상대에게 협력하는 척하면서 지금 어느 정도의 인원이 비판표를 주려고 하는지, 앞으로 누구를 끌어들일 계획인지. 그런 정보를 빼낼 필요가 있어. 내 말이 틀려?"

"……하긴."

흥분했던 하루카가 다시 차분해졌다.

상대에게 감정으로 밀어붙이면 얻을 수 있는 정보는 바로 거기까지.

그 시점에서 상대가 누구를 노리는지도 알 수 없게 되어 버리고 만다.

"한편인 척해도 익명인 이상 당일에 누가 누구한테 비판표를 줬는지는 알 수 없어."

즉 실제로 어떻게 했는지 얼버무릴 수 있다.

"그게 친구를 위한 최선의 방법이라는 거네."

나는 고개를 끄덕였다.

"그리고 첫날부터 조용히 그룹을 확장해서 오늘까지 대인원을 모았다면, 대그룹을 만든 주모자는 꽤 영리한 사람일거야. 신중하면서 대범하게 일을 진행하는 데다가 퇴학당할 인물이 누구인지 특정하지 않았어. 히라타나 호리키타도 대그룹의 존재를 눈치 못 챈 모양이고 말이야."

호리키타는 어렴풋이 느끼는 것 같았지만, 히라타는 전혀 모르는 눈치였다.

새어나가도 이상하지 않은 정보를 운명의 갈림길에서 단단히 봉인하고 있었다.

"히라타를 끌어들이지 않은 건 그 녀석이 누구에게나 중립인 입장이기 때문이겠지. 도와달라고 했는데 반대하면 대그룹이 해체될 수도 있으니까."

"여하튼 그런 데 머리가 잘 돌아가는 애라는 거네."

"대단해, 키요타카군, 그런 것까지 다 알다니!"

자기 일처럼 기뻐하며 짝짝 손뼉 치는 아이리.

"정말. 오늘 아침의 이변을 알아차린 것도 내가 아니라 키요타카였어."

"말했잖아. 혼자 있는 시간이 길면 자기도 모르게 괜한 것까지 눈에 보이게 된다고. 그리고 대그룹의 존재는 공공연하게 드러난 게 아니야. 아직은 가설 단계지."

정말로 실재하는지 어떤지 전혀 알 수 없는 상태로 이야기를 진행하고 있을 뿐이다.

"경계해서 나쁠 거 없다는 거네."

"그나저나 자꾸 짜증나는 이야기만 하게 된다. 좀 더 밝은 화젯거리는 없나?"

아키토가 스마트폰을 만지작거리며 한숨을 푹 쉬었다.

다들 고개를 옆으로 가로저었다.

"어딜 가나 그럴 때가 아니라는 느낌이니까. 곧 반 애들 중에 누군가가 사라진다는 걸 떠올리면 즐길 것도 못 즐기고."

같은 편끼리 결탁해 있다고 해도 그러한 불안은 계속해서 마음속 한편을 맴돌 것이다.

"그렇게 생각하니까 나…… 역시 불안……."

"아직도 그런 말을 하니, 아이리. 괜찮을 거래도."

불안해하지 않도록 하루카가 아이리의 머리를 다정하게 토닥이며 말했다.

"하지만……."

"굳이 따지자면 다른 여자애들이 싫어하는 내가 더 위태로울 정돈데."

"그럴지도 모르겠네."

아키토가 동조하며 고개를 끄덕이자, 하루카가 무섭게 노려보았다.

"뭐야. 네가 네 입으로 말했잖아."

"자기 입으로 말하는 건 괜찮아도 남한테 듣는 건 싫을 거란 생각 안 해?"

"……생각합니다."

반박할 수 없는 정론 앞에 아키토가 굴복했다.

그런 모습을 보면서 아이리는 점점 더 자신감을 잃고 있는 듯했다.

"하루카쨩은 귀엽고, 재미있고, 머리도 좋고……."

"아니아니…… 적어도 첫 번째는 네가 할 말이 아니지."

어이없어하면서도 어르고 달랬다.

"여자는 별로 걱정할 필요 없잖아. 남자 중에 눈에 띄는 녀석이 너무 많아."

위로해주려는 건지 케세이도 나섰다.

"뭐, 남자들이 위험하지. 이제 와서 갑자기 착실한 척해 봐야 의미도 없고."

"하긴 여자보다— 얘, 저기 히라타 맞지?"

하루카가 의아한 듯이 말하자 모두의 시선이 그쪽으로 향했다.

그러자 기운 없이 걸어가는 히라타의 모습이 눈에 들어왔다.

늘 등이 곧고, 미소가 떠나지 않는 남자.

그런데 지금의 표정은 빈말이라도 밝은 느낌을 받을 수 없었다.

"역시 이번 시험, 마음 쓰고 있는 걸까."

"그런가 봐. 다른 사람 같다."

걱정스러운 표정으로 히라타를 지켜보는 두 사람.

"자기가 퇴학당할 걱정은 없는데도 그러네. 너무 많은 걸 짊어지려고 한다니까."

"결국에는 누구 하나가 희생되는 건 피할 수 없는데 말이지."

두 사람은 가여운 눈빛으로 히라타를 보았다.

그런 대화를 듣고 있던 내게로 문자 한 통이 도착했다.

아무래도 무시할 수 있는 상대가 아닌 것 같았다.

"미안, 누가 좀 불러서, 먼저 가볼게."

"부르다니 누가?"

하루카가 궁금해하며 나를 쳐다보았다.

아이리도 불안한 눈빛을 내게 던졌다.

"호리키타야. 이번 시험에 관한 이야기겠지만."

"아, 그렇구나."

뭔가 알아차렸다는 듯 관심을 돌리는 하루카.

저번에 류엔과 있었던 일을 떠올린 건지도 모른다.

나는 친구들의 눈 배웅을 받으며 카페를 빠져나왔다.

2

약속장소는 점심시간에 만나기에는 적합하지 않은 통

학로.

그 중간에 있는 휴게소였다.

봄이나 가을이라면 모를까, 이 시기에는 누구도 밖으로 나오는 걸 좋아하지 않는다.

"불러내서 미안하다."

"별로. 나야말로 추운데 기다리게 해서 미안."

내가 만나기로 한 상대는 호리키타.

다만 여동생인 스즈네가 아니라 오빠인 마나부 쪽이지만.

"……안녕하세요."

타치바나가 고개 숙여 인사했다.

학생회를 그만뒀는데도 아직 타치바나는 호리키타의 옆에 붙어 있었다.

그게 상하 관계를 넘어선 느낌이라는 것은 새삼 말할 것까지도 없었다.

예전의 타치바나는 내게 다소 딱딱한 태도였지만, 오늘은 좀 조심스러웠다.

나구모의 덫에 걸려 퇴학당할 뻔했던 것이 마음에 걸리는 것일까.

"추가 특별시험이 시작된 모양이더군."

"소문이 빠르네. 뭐, 이제 곧 그것도 끝이지만."

"이미 1학년 몇 명은 3학년에게 상담하는 모양이야. 하지만 손을 내밀 수 있는 3학년은 아마 없겠지."

"역시 프라이빗 포인트를 빌려주는 선배는 없나."

"어렵지. 특별시험은 예년대로 진행되지만 구체적으로는 3년 이상의 로테이션으로 짜여 있어. 재학생이 시험 정보를 흘리지 못하도록."

상상대로, 당연한 흐름인가.

"그리고 이번에 우리 3학년이 치를 특별시험은 프라이빗 포인트의 양이 패배를 가르는 내용이 되겠지. 후배에게 남겨줄 수 있는 포인트는 없어."

그렇군. 그래서 타치바나의 안색도 나빴던 것인가.

자신의 실수로 반에 2,000만 포인트라는 액수를 내놓게 만들었으니.

더군다나 그게 특별시험에 필요한 군자금이라면 더 말할 것도 없다.

"죄송해요. 제가 좀 더 제대로 했었더라면……."

타치바나가 자책하며 호리키타 마나부에게 고개를 숙였다.

"필요 없는 행동 하지 마."

"아, 아, 네……."

나와 만나기 전부터 이미 몇 번이나 사과했는지, 호리키타의 오빠에게 질책당했다.

"네 여동생은?"

"스즈네가 날 찾아온 적은 없어."

"이번 특별시험은 지금까지 없었던 거야. 호리키타에게 충고해줄 사람이 필요해."

실제로 그 녀석은 초조해하고 있다. 그러는 과정에서 류엔과의 접촉도 있었다.

　결과적으로는 퇴짜 맞았지만.

　"그럼 네가 그 역할을 맡으면 그만이다."

　"무리한 요구군. 나와 호리키타는 스타일이 달라."

　"그럼 나는 스즈네와 같다는 건가?"

　"적어도 나보다는."

　"…………."

　얼마간의 침묵.

　"그 녀석은 지금, 앞으로 어떻게 싸워야 할지 선택해야만
하는 처지에 놓였어. 그걸 이끌어줄 수 있는 사람은 너밖에
없어."

　"설령 그렇다고 해도 그걸 선택하는 건 그 녀석 본인이다."

　하긴. 호리키타의 오빠가 먼저 나설 일은 아니지.

　원래는 호리키타 스즈네가 판단하고 정해야 한다.

　"그런데 나를 불러낸 용건은?"

　오랫동안 이렇게 추운 밖에서 대화를 나누는 건 우리 모
두에게 썩 좋은 일이 아니니까 말이지.

　여동생을 화제 삼는 게 탐탁지 않다면 다른 이야기로 넘
어가면 된다.

　"나구모에 관해서야. 너희 쪽에 다른 움직임이 없었는지
물어보고 싶어서."

　"굳이 만나서 할 얘기는 아닌 것 같은 느낌이 드는데?"

　"제가 부탁했어요."

대뜸 이상한 곳에서 이 자리가 마련된 이유를 알게 되었다.

"그쪽이 인정받는 이유를, 알고 싶었으니까."

타치바나의 눈동자에 분한 감정이 실려 있는 것처럼 보였다.

계기가 어떠하든, 그 부탁을 호리키타의 오빠가 받아들였다는 것은 그것이 타치바나의 성장으로 이어진다고 판단했기 때문일지도 모르겠다.

"인정받고 있다고? 난 호리키타 마나부에게 실례되는 행동밖에 안 한 것 같은데."

"알아요."

내가 한 말이지만 너무 그렇게 딱 잘라 말하면 상처받잖아.

"하지만…… 좀 더 시야를 넓혀 보기로 했어요. 그쪽한테는 제 눈에는 보이지 않는, 인정받을 만한 능력이 있을 거라고."

"어때. 아야노코지를 다시 본 소감은."

"솔직히, 전혀 모르겠어요."

"그렇겠지."

뭐야, 이 대화.

살짝 이완된 이상한 분위기 때문인지 호리키타의 오빠도 살짝 웃었다.

"아야노코지의 진가를 알 수 있는 건, 안타깝게도 우리가 졸업한 이후일 거다."

"아니, 졸업 후에도 달라지지 않을걸."

"저도 그렇게 생각해요."

그런데 고작 그런 것 때문에 굳이 이 추운 날 밖으로 불러 냈다니.

뭐, 그만큼 타치바나가 받은 상처가 컸다는 것이겠지만.

"나구모는 너한테 집착하고 있으니까. 나를 상대할 생각 도 없지 않을까? 이왕 이렇게 된 거, 한 번 정면으로 상대해 주지 그래?"

이제 곧 A반으로 졸업할지도 모를 남자에게 할 소리는 아 니다만.

어차피 나구모는 반드시 수작을 걸어올 것이다.

아니, 어쩌면 벌써 움직이고 있을지도 모른다.

"······나구모는 최근 3학년 B반과 은밀한 연락을 취하고 있어요. 합숙 때처럼 전면적으로 뒤에서 지원하고 있을 거 라고 생각해요."

호리키타 마나부에게 이기는 목표 조건을 B반으로 끌어 내리는 거로 삼았을지도 모른다.

"뒤숭숭한 이야기가 끊이질 않는군. 평온하게 지내고 싶 은데."

"1학년이 앞으로 평온하게 지내기 위해서라도 나구모의 문제를 이대로 방치하면 안 돼."

내년에는 더 힘든 사태가 일어날 거라고 호리키타의 오빠 는 확신하고 있었다.

호적수라 여기는 호리키타 마나부가 사라지면 나구모는

자기 하고 싶은 대로 날뛸 것이다.

　그때 대책을 세우지 않으면 힘든 일을 겪을 것이라는 이야기다.

　"할 수 있는 건 할 생각이야."

　일단 그렇게 대답해 두었다.

3

　그날 밤, 샤워를 마치고 나오자 케이로부터 전화가 여러 통 와 있었다.

　1분 간격으로 걸려온 것을 보아 급한 용건인 듯했다.

　나는 머리도 말리는 둥 마는 둥 케이에게 전화하려고 스마트폰을 들었는데, 그 직후 케이에게서 다시 전화가 걸려와 그대로 받았다.

　"여보세요."

　"아, 겨우 연결됐네……!"

　"마음이 꽤 급했나보군."

　"그야 급하지……! 말도 안 되는 일이 생겼어, 키요타카!"

　"뭔데?"

　"누가 주도한 건지는 모르지만…… 애들이 널 퇴학시키려고 해."

　"그렇군."

"어? 그, 그렇군이라니, 알고 있었어?"

"아니, 처음 들어. 그냥 누군가가 타깃이 되었다는 건 어렴풋이 알고 있었어."

그게 나라는 건 정말 지금 알았다.

"아니, 그런데 왜 그렇게 냉정해?!"

"나한테 투표하려는 애가 얼마나 되는지 알아?"

"글쎄……. 하지만 체감상으로 반의 절반 정도는 이미 찬성한 것 같아. 만약 키요타카한테 말하면 다음에는 그 사람을 타깃으로 삼을 거라고 협박하는 모양이야."

누군가를 함정에 빠트리는 이상, 그런 위협 한두 개쯤은 하겠지.

그나저나 이미 과반수를 확보했단 말이지.

아야노코지 그룹에서 네 표, 케이에게 한 표 받아도 부족하겠군.

"너야말로 나한테 말해도 돼? 네가 위험해질 텐데."

물론 내가 케이한테 들었다는 것을 퍼트리고 다녔을 때의 이야기지만.

그나저나 누군지는 몰라도 약삭빠르군.

특정 인물을 타깃으로 삼아 퇴학으로 몰아붙이는 작전 자체는 간단하지만, 표를 모으는 과정은 쉽지 않다. 특정 인물을 퇴학생으로 만들자고 제안한 인간은 '나쁜 사람'이란 인식이 생길 수 있기 때문이다. 정의감 넘치는 학생, 혹은 타깃으로 지목된 학생과 친한 사람이 알게 되면 오히려 주모자를 타깃으로 몰아붙일 가능성도 있다. 친구를 내치는 건 어려워도, 악을 재판하는 건 그리 저항감을 느끼지 않는 법. 그렇기에 하루카나 아키토 같은 비교적 기가 센 애들조차 앞장서서 누군가를 배제하자고 말하지 않았다. 어디까지나 그룹 내에서 의논해 후보자를 내고, 전원이 보조를 맞추어 투표하려고 했다.

즉, 나를 타깃으로 삼은 주모자는 자기가 타깃이 될 리스크를 두려워하지 않고 있다.

"그러니까 어떻게든 좀 해 봐! 아니, 어떻게든 해결할 수 있지?"

"글쎄. 가령 과반수가 적으로 돌아섰으면 골치 아픈데."

내가 총 10표 정도의 칭찬표를 모은다고 해도 위기에서 꼭 벗어난다는 보장은 없다.

결탁한 그룹은 당연히 자기편에게 칭찬표를 줄 것이다.

나는 충분히 퇴학생이 될 가능성이 있다.

"알려줘서 고맙다."

"인사는 됐으니까…… 진짜 어떻게 할 거야……."

"어떻게 할까. 지금부터 생각해볼게."

"완벽한 것 같으면서 너도 틈이 있네. 나 아니었으면 아무것도 모르고 퇴학당했을지도 모르잖아."

"이럴 때를 위해 네가 있는 거지."

"아, 그렇구나……."

나로서는 도저히 도달할 수 없는 범위의 정보를 모을 수 있는 인재를 확보했기 때문에 이렇게 내 퇴학 위기를 미리 알 수 있었다.

"그럼 다시 연락할게."

"응, 알았어."

나는 케이와의 통화를 끝냈다.

다음 주 '3월 8일'에 대해 이야기를 좀 하고 싶었지만, 지금은 그만두자.

일단은 왜 내가 타깃이 되었는지 알아낼 필요가 있다.

"그럼──."

스마트폰을 쥔 채로 머리를 천천히 회전시키기 시작했다.

누구에게 연락하느냐가 이 앞을 크게 좌우할 거다.

나를 노리는 주모자와 그 추종자들은 제외해야 한다.

그렇다고 도움이 안 되는 사람에게 말해봐야 상황은 나아지지 않는다.

"……그렇다면."

나는 주소록을 뒤져 바로 전화를 걸었다.

잠시 후 전화가 연결되었다.

"뭐야."

평소와 다름없는 어조로 전화를 받은 사람은 호리키타 마나부였다.

"이번 추가 시험에 관해서 얘기가 있어. 꽤 진지하게."

"잠시 기다려."

물 흐르는 소리가 들려서 10초 정도 기다렸다.

"설거지 중이었어. 스피커폰으로 들을 이야기는 아닌 것 같으니."

"미안하군."

"뭔가 좋지 않은 움직임이라도 있었던 모양이군."

낮에 나는 호리키타의 오빠와 만났었다.

그때는 내가 이 이야기를 하지 않았으니, 눈치챈 것이리라.

"우리 반에서 움직임이 있었어. 대그룹이 만들어졌고, 타깃이 정해졌지."

"시험 내용상 대그룹이 형성되는 건 당연하지. 그래서 누가 타깃이 됐는데?"

아마도 호리키타 마나부는 여동생의 얼굴을 떠올리고 있겠지.

"나야."

"전혀 안 웃긴 농담이군."

"농담이 아니야. 지금 과반수가 나한테 비판표를 주는 걸 동의했어."

"호오?"

"말하자면 대위기란 거지. 그래서 너한테 상담 좀 하려고."

"천하의 너도 이 시험은 어쩔 도리 없나?"

"쉽게 말하면 그래."

정확하게는 지금 이런 식으로 손을 쓰고 있는 거지만.

"그래서, 나한테 바라는 게 뭐지? 알겠지만 시험을 직접 도와주긴 어렵다."

"그래. 내가 바라는 건 단 하나야."

나는 호리키타의 오빠에게 어떤 것을 논의했다.

그걸 그가 받아들일지 말지에 따라서, 내 대응도 달라질 것이다.

"……그렇군. 그런 건가."

"너한테도 나쁜 이야기는 아닐 거야. 이번 일을 이유로 삼아 나에게 다른 부탁을 할 수 있을 테니."

"하긴, 그런 거라도 없으면 받아들이기 힘든 얘기지."

"전 학생회장이 권력 같은 걸 발휘할 필요는 없어. 직접 나를 도우라는 이야기도 아니고."

호리키타의 오빠 정도 되는 사람이면 내가 뭘 의도하는지 굳이 설명하지 않아도 이해할 수 있다.

"넌 너희 반에서 누가 표적이 되든지 간에 『그 방법』으로 싸울 작정이었겠지?"

"그래. 어찌 됐든 너한테는 연락할 계획이었어. 아까 낮에 말할 수도 있었지만……."

"타치바나가 맘에 걸렸나."

물론 그녀가 다른 사람에게 떠벌릴 학생이 아니라는 것은 잘 알지만, 혹시 모르니까.

"뭐가 대위기라는 거냐. 애당초 위기에 빠지지 않았는데."

"그건 내일 어떻게 되느냐에 따라 다르지. 네가 도와주지 않으면 억지로 움직일 수밖에 없어. 내가 수면 위로 모습을 드러내는 게 좋은 방법이 아니라는 건 너도 알 텐데?"

"……알았다. 내일 움직이지."

"고맙다. 주모자가 드러나면 연락할게."

나는 호리키타 마나부와의 통화를 마치고 스마트폰에 충전기를 꽂았다.

"우선 하나."

처음부터 나는 이 시험에서 어떤 전략을 결행할 계획이었다.

필요 없는 학생을 배제하는 데 필요한 행위.

하지만 내가 타깃이 되었다면 그 전략의 '정도'를 올려야 하리라. 다음으로 나는 쿠시다에게 전화를 걸기로 했다.

"안녕, 아야노코지. 어쩌면 오늘 전화할지도 모른다고 생각했어."

"즉, 무슨 상황인지 알고 있단 이야기군?"

"응, 절찬 위기 중인 것 같던데."

역시 쿠시다의 귀에는 이미 내가 퇴학 후보라는 정보가 들어와 있는 건가.

"아, 설마 협력 관계니까 알려주길 바랐다, 고 말할 생각은 아니지? 이 이야기를 외부에 흘리면 다음 타깃은 내가 되는걸."

물론 그게 진짜 이유는 아닐 거다.

"누구한테 들었어? 그 이야기."

쿠시다의 흥미는 내가 누구한테 그 정보를 입수했느냐에 있었다.

"익명이야."

"흐음. 그럼 하나만 가르쳐줘. 그 익명 씨가 뭐라고 말했는데?"

뭐라고 말했느냐고?

나는 그 질문에 대답할 수 없어 침묵을 지켰다.

"아야노코지는 머리가 좋으니까. 함부로 말하지 않을 줄 알았어."

"의도를 모르겠군. 알고 싶은 게 뭔데."

"예를 들면 누가 주모자라고 말했다던가. 몇 표가 모였다거나."

즉 누설자를 잡으려면 그 정보들이 필요하다는 건가. 가령 절반, 다른 학생에게 3분의 1에 해당하는 표가 모일 것 같다고 전했다면 그것만으로도 상대를 좁힐 수 있다.

"결국 눈치 싸움이 되어버렸네."

"설마 쿠시다, 네가 주모자냐?"

"아니. 난 반에서 완전한 중립, 평화의 상징이거든?"

하지만 주모자가 아니라고 해도, 그에 가까운 위치에 있는 듯했다. 나는 이야기를 계속 이었다.

"하긴. 만약 네가 주모자라면 호리키타를 타깃으로 삼을 수도 있었을 테니."

"아하하, 그러네. 나와 논의하는 게 위험할 거라는 걸 알면서도 연락한 거 보면, 네가 곤란한 건 틀림없는데…… 나한테 원하는 게 뭘까?"

"주모자가 누군지 알고 싶어."

"지금 알아봐야 아무 소용없다고 해도?"

쿠시다는 늘 상황을 보고 임기응변으로 대응하는 편이다. 내 쪽으로 끌어들이기에 별로 어렵지 않다.

"알려줘."

"솔직하네, 아야노코지. 하지만 나는 친구를 배신할 수 없으니까…… 막 이래."

쿠시다는 짓궂은 꼬마 악마처럼 전화 너머로 키득키득 웃었다.

"뭐, 정확하게는 알려주고 싶어도 알려줄 수 없다는 게 맞으려나."

"그게 무슨 말이지?"

"안타깝게도 그 주모자의 정체를 아는 사람이 나뿐이거든."

"……그렇군."

"역시 아야노코지, 알아차린 모양이네."

반에서 나를 퇴학시키기로 정한 주모자는 첫 상담 상대로 쿠시다를 선택했다.

그리고 쿠시다를 이용해 내 측근이 아닌 애들을 골라 점점 규모를 키운 것이다.

"아야노코지라면 주모자가 누군지 알아차리는 거야 시간문제 아니겠어? 그러니까 지금 알려주지 않아도 달라지는 건 없을 거야."

"아니, 네가 말 안 해주면 아마 난 고생할걸. 상대도 가능한 한 숨기려 할 테니까. 그래서 너한테 모든 것을 맡긴 거잖아?"

"너무 정직한 거 아냐?"

"너라면 내 생각을 다 읽었을 테니까."

쿠시다에게서 주모자가 누군지 알아내려고 생각한 내 전략은 틀리지 않았다.

하지만 그와 동시에 꽝이기도 했다.

"잘도 떠맡았네. 퇴학생을 만드는 일에 가담하는 건데."

"뭐, 그렇지. 나도 어떻게 처신해야 할지 몰라 어려웠지만 거절하면 또 그것대로 걔가 자기를 도와주지 않았다고 생각할 거 아니야? 나한테 상담했는데 도와주지 않았다면서 말하고 돌아다녀도 곤란하니까."

하긴 충분히 그렇게 생각할 수 있다.

"나도 힘든 결정이었다고 하고 움직이기로 한 거야. 아야노코지가 퇴학당하는 걸 바라진 않지만 도와달라고 부탁한 애의 신뢰도 배신할 수 없다는 식으로. 또 약점을 조금 잡혔다는 느낌도 연출해두었지. 그랬더니 배신하면 그 사람이 타깃이 된다는 소문도 퍼진 모양이던데."

설령 그렇다 해도 아마 쿠시다라면 중립으로 일관할 수 있지 않았을까.

그런데도 굳이 도와주기로 한 점이 마음에 걸린다.

아마 이유 중 하나는 자신을 지키기 위해서일 거다. 괜히 거절하면 주모자가 만든 그룹에 들어가지 못할 가능성이 있다. 어쩌면 도리어 원망을 사서 반격당할 가능성까지 고려했을지도. 그럴 바에야 차라리 다소의 위험을 무릅쓰더라도 중핵이 됨으로써 그룹을 컨트롤하는 편에 서는 게 낫다고 생각했을 거다. 줄거리는 충분히 성립한다.

쿠시다라는 인간은 자존심 덩어리다. 그리고 사람들이 자신을 숭배하고, 치켜세우고, 지배 아래로 들어오는 것을 좋아한다. 경솔하게 나서는 인간에게 희열을 느끼는 타입.

"이해해주는 거니? 내가 처한 상황. 도와주고 싶지만 도울 수가 없어."

주모자가 누군지 드러나면 그것은 쿠시다의 실태로 이어진다.

잘도 쿠시다를 이용했군.

"그럼 억지로 캐물을 수 없겠군. 미안하다, 밤중에 전화해서."

"어라. 너무 쉽게 물러나네?"

"너를 곤란하게 만들 수는 없지. 이번 일은 협력을 부탁할 수도 없을 것 같고."

"아야노코지라면 내 도움 없이 주모자가 누군지 알아낼 수 있을 거라고 생각해."

"글쎄 어떨까. 자신은 없어."

지금은 물러난다. 그리고 동시에 쿠시다가 앞으로 나오도록 유도한다.

만약 유도에 따르지 않는다면 별수 없다. 어쨌든 내 전략상으로 주모자가 누구인지는 그다지 상관없다. 조금 일이 편해질 뿐.

"어떻게 한담~."

하지만 쿠시다는 물러나지 않고 그대로 멈췄다.

아니, 자진해서 앞으로 나와 주었다.

"아야노코지와는 친하니까 말이지. 좋아, 가르쳐줄게."

그렇다면, 나는 여기서 걸음을 멈춘다.

"……왜 갑자기 생각을 바꿨지?"

"아야노코지가 어떻게 나올지 보고 싶어서? 하지만 그 결과 나한테 피해가 돌아오면 용서 안 할 거야?"

"적으로 돌려도 되는 사람과 아닌 사람 정도는 분별할 줄 알아."

다행이네, 하고 말한 쿠시다의 얼굴에 언뜻 미소가 비친 것만 같았다.

"야마우치야."

잠정 주모자의 이름이 나왔다.

잠정이라고 한 건 그게 확실한지 아닌지 단정할 증거가 아직 없기 때문이다.

"그런가, 야마우치인가."

"안 놀라네."

"퇴학 후보 중 한 명이니까. 주도적으로 움직여도 이상하지 않지."

"……만족했어?"

나를 시험하는 듯한 쿠시다의 말.

"주모자의 이름을 들으니까 이해 가지 않던 점이 해결됐어. 야마우치 따위에게 조종당할 만큼 쿠시다라는 아이는 바보가 아니야. 얼마든지 말로 꾸며내서 거절할 수 있었을 테지. 굳이 주모자를 숨기고 중간다리 역할을 맡는 건 상당한 리스크가 있으니까."

"그런데 왜 거절하지 않았을까?"

"진짜 주모자는 야마우치가 아니라 그 배후에 있는 학생이라는 걸 알아차렸기 때문, 아닌가?"

지금까지 즐거워 보이던 쿠시다의 표정이 살짝 어두워졌다.

"이야~, 거기까지 알아채다니."

"전에 야마우치한테 사카야나기가 찾아왔었지. 혹시 그런 건가?"

학년말 시험 전, 야마우치를 불러냈던 것이 C반에서도 화제가 됐었다.

"그때는 깜짝 놀랐었지. 응, 맞아. 아무래도 야마우치의 뒤에 A반의 사카야나기가 서 있는 것 같아서 말이지. 적으로 돌리는 건 피하고 싶었거든."

"사카야나기가 뒤에 있다는 걸 어떻게 알았어? 야마우치가 말했어?"

"아니, 야마우치는 계속 감췄어. 하지만 내 정보망이 얼마나 넓은지 너도 알지? A반 애가 알려줬어. 야마우치를 조종해서 C반에 무슨 짓을 벌이려 한다고."

지나치게 깔끔한 전개다. 이렇게 되면 야마우치가 쿠시다에게 말을 건 것도 사카야나기가 지시했다고 보는 게 옳다. A반의 하시모토는 나와 케이의 관계에 의문을 품고 있다. 나 모르게 그룹을 만든다면 케이를 제외하라고 사카야나기에게 귀띔해두었어도 이상하지 않다.

다만, 그럴 거면 끝까지 케이를 그룹에 넣어서는 안 되었다. 그랬더라면 나는 나중까지도 내가 타깃이라는 사실을 몰랐을 텐데.

"아야노코지가 사카야나기에게 표적이 된 건 단순한 우연이야? 아니면 무슨 의도가 깔린 거야?"

"글쎄. 난 사카야나기랑 그만한 접점이 없어. 어쩌면 존재감 없는 사람을 노린 건지도 모르지."

"그래? 하긴. 아야노코지라면 호리키타나 스도, 사토, 그리고 유키무랑 같은 그룹 멤버들을 제외하면 위험을 무릅쓰고 사실을 알려줄 사람이 없을 테니까."

하지만 주모자가 사카야나기라면 이야기는 달라진다.

왜 사카야나기는 굳이 나한테 대결을 보류하자고 말했는가.

약속을 파기하면서까지 뒤통수를 쳐서 나를 무너뜨리려 했단 말인가?

여기서 나를 공격한다는 건 다음 특별시험에서 내가 상대해주지 않는 것도 각오했다는 뜻이다. 야마우치를 시켜 내게 비판표가 모이게 꾸민 것은 틀림없는 약속 파기이기 때문이다. 요컨대 억지로 갖다 붙인다면 나와 한 약속 자체가 거짓이라는 말이 된다.

승부를 다음으로 미룬 척하면서 사실은 덫을 놓는다, 라.

아니…… 내가 아는 사카야나기는 이런 수를 쓸 사람이 아니다.

그렇다면 이번 소동을 어떻게 받아들여야 좋을까.

"덕분에 살았다, 쿠시다."

"잘 처신해서 퇴학당하지 않게 해봐."

통화를 마친 후 스마트폰을 침대에 던졌다.

"뭘 꾸미든 내가 할 일은 달라지지 않지만 말이지."

주모자의 존재를 알았으니 남은 것은 그 사실을 호리키타의 오빠에게 전해 잘 처리하게 만드는 것뿐이다.

○선과 악

아침, 내가 교실에 들어가자 학생들의 시선이 일제히 쏠렸다가 이내 다시 곳곳으로 흩어졌다.

그리고 또다시, 어디서부터라고 말할 것 없이 시선이 모였다. 그것이 반복되었다.

나를 퇴학시키려는 움직임.

어제 느낀 위화감의 정체는 바로 이것이었다.

아키토나 케세이 등 아야노코지 그룹 맴버들의 모습은 어제와 별반 다르지 않았다.

내가 알아차리지 못할 만큼 네 사람의 연기가 탁월하지는 않을 테니 무슨 상황인지 여전히 모른다고 봐도 될 것이다.

상대도 그룹을 만든 이상 당연히 정보가 새어나가지 않도록 하고 있을 테니까.

나도 네 사람에게 괜히 걱정 끼치고 싶지 않고.

애초에 지금 누설하면 케이가 얽혀 있다는 것까지 드러난다.

혼자 대처하는 수밖에 없다.

"좋은 아침이야, 아야노코지."

"아아, 안녕."

마찬가지로 아무것도 모르는 호리키타가 등교했다.

"여어."

스도도 같이 등교했는지, 거의 동시에 인사를 건넸다.

"미리 말해두겠는데 우연이야."

"안 물어봤어."

스도는 의기양양하게 콧방귀를 끼면서 자기 자리로 향했다.

아마 스도 역시 아무것도 모를 것이다.

속으로는 내가 퇴학당하길 바랄 수도 있지만, 섣불리 야마우치의 제안을 받아들였다가 나중에 호리키타에게 어떤 마이너스를 당할지 모르니까. 애초에 스도가 포커페이스를 할 수 있을 만큼 연기력이 뛰어날 리도 없다.

"……그런데."

둘만 남았을 때 호리키타가 소곤소곤 입을 열었다.

"왜."

"너, 뭐 했어?"

"너무 맥락 없지 않냐? 최소한의 설명은 하고 물어봐."

"나랑 관련해서 뭐 했어?"

또 추상적이다.

"하고 싶은 말이 뭔지는 모르겠는데, 난 아무 짓도 안 했어. 너한테 신경 쓸 여유는 없거든."

"신경 쓸 여유가 없어? 그게 무슨 말이야?"

"그냥 하는 말이니까 신경 쓰지 마라."

이제 곧 수업이 시작된다.

호리키타의 태도를 봤을 때 오빠와는 아직 만나지 않은

것 같았다.

오후로 접어들었을 때 움직일 것 같군.

$$1$$

시험이 내일로 다가온 금요일 낮.

나, 호리키타 스즈네는 어젯밤 일을 떠올리고 있었다.

슬슬 잠자리에 들려던 내게로 도착한 한 통의 메시지.

보낸 사람의 이름을 본 순간, 심장이 마구 뛰었다.

오빠가 보낸 메시지.

거기에는 딱 한 줄만 적혀 있었다.

『더 미련은 없나』

단 한 문장.

나는 그 메시지를 되풀이해 읽은 다음 생각했다.

헤매고 있는 내가 뭘 할 수 있을까, 하고.

하지만 이것은 내게 찾아온 천재일우의 기회.

이 기회를 놓치면…… 다음에 오빠의 목소리를 들을 수
있는 건 졸업식이리라.

『얘기 좀 할 수 있을까요.』

결심을 굳히고 그렇게 메시지를 썼다.

이제 보내기 버튼만 누르면 되는데, 손가락이 무거워서 쉽사리 눌러지지 않았다.

"후우······."

호흡을 가다듬고 발송. 이제 오빠의 연락을 기다리기만 하면 된다.

정말 답장이 올까? 그런 불안이 일기 시작할 무렵이었다.

오빠의 답장은 메시지 대신 전화로 돌아왔다.

나는 오히려 안도했다.

전화라서 다행이다. 떨리는 내 손을 보이지 않아도 되니까.

"······저예요. 스즈네."

"하고 싶은 말이 있다 했지."

"네······."

"내용을 말해라."

"······그게, 왜 저한테 그런 메시지를······."

"지금 그게 중요한가? 네가 전화로 하고 싶었던 말이 그 거냐?"

"아, 아니요."

전화를 끊어버릴 것만 같아, 나는 허둥지둥 부정하며 말 렸다.

"혹시 오빠만 괜찮다면······ 직접 만날 수 없을까요?"

"직접?"

"네, 네에."

"네가 이 학교에 입학했을 때, 또 학교를 그만두라는 제안을 네가 받아들이지 않았을 때, 이미 너와 나의 관계는 끝났다. 알고 있나?"

혹독한 현실. 이렇게 연락을 받은 것도 어떠한 변덕일 뿐이라고 생각할 수밖에 없었다.

그 정도로 나와 오빠의 거리는 멀었다.

사실은 오빠한테 이야기를 잔뜩 하고 싶다.

지금까지 있었던 일, 앞으로 있을 일.

하지만…… 오빠는 나한테 그런 걸 바라지 않는다.

"직접, 만나러 가고 싶어요."

침묵하는 오빠. 나는 천천히 말을 이었다.

"그걸 마지막으로…… 이제 두 번 다시 오빠 근처에 얼씬도 하지 않을게요."

그게 내가 내밀 수 있는 유일한 헌상물.

"그래, 알겠다."

──그것이 어젯밤에 있었던 대화.

그리고 나는 지금 오빠가 있는 곳으로 향하고 있다.

보는 눈을 피하고자 우리가 정한 장소는 아무도 올 리 없는 특별동.

약속 장소에는 이미 오빠가 기다리고 있었다.

2

"많이 기다리셨어요……?"

조용히 서 있는 마나부는 스즈네가 보기에 예나 지금이나 하나도 다르지 않았다.

줄곧 좇아왔던 종착점.

"이렇게 너랑 둘이 이야기하는 게 얼마만이지?"

"……입학 직후를 넣지 않으면 3년 정도만이에요."

"그런가. 그 정도가 되는군."

마나부는 중학교 1학년이었을 때의 스즈네를 떠올렸다.

고도 육성 고등학교에 가겠다고 결정했을 때, 마나부는 스즈네를 떼어냈다.

여동생이 같은 길을 걸어오리라고는, 당시에는 생각하지도 못했다.

하지만 실제로 스즈네는 지금 마나부의 눈앞에 서 있다.

"나한테 할 말 있다고 했지. 해 봐."

여기서 오빠와 화해하기 위해서라는 말 따위를 입에 담는다면 그 즉시 대화는 종료될 것이다.

마나부는 최소한으로 할 말만 하고, 망설임 없이 자리를 뜰 작정이었다.

예전의 스즈네라면 그렇게 대답해도 이상하지 않았다.

"추가 시험에 관해서예요. 오빠도 1학년 일은 잘 알고 계시겠죠."

"그래. 강제로 퇴학생 한 명을 만드는 시험이라고 했지."

"네."

"그래서?"

스즈네에게 다음 말을 재촉했다.

지금까지 비교적 술술 말했던 스즈네가 머뭇거렸다.

"내 프라이빗 포인트는 합숙 때 대부분 다 써버렸다. 만약 그게 목적이라면 시간 낭비다."

"아니에요. 그런 걸…… 부탁할 생각은 없어요."

망설임을 끊어내듯, 스즈네가 결의를 굳혔다.

"오늘 오빠한테 하고 싶은 말, 그건…… 저한테―― 용기를 주세요."

스즈네는 그렇게 말했다. 그리고 이렇게 이었다.

"저는 이 시험을 정정당당하게 치르고 싶어요. 다른 사람은 그룹을 만들어서 표를 컨트롤하려고 해요. 자기가 퇴학당하지 않으려고요. 하지만 그러면 언젠가 반드시 후회하게 될 거예요. 그래서 저는―― 맞서고 싶어요."

그 말과 눈동자를 눈앞에서 받아들인 마나부는 그녀를 물끄러미 바라보았다.

어제 아야노코지가 한 말을 떠올리면서.

여동생이 하려고 하는 일.

그건 결코 편한 길이 아니다.

하지만 다른 누구도 할 수 없는 일을, 자기 손으로 하려 하고 있다.

그럴 각오를 정하기 위해 굳게 마음먹고 오빠를 만나러 왔다.

"시간은?"

"이후로는 아무 일정 없는데요……."

"그런가."

생각지도 못했던 확인을 받자 살짝 당황하는 스즈네.

"네 이야기를 구체적으로 듣기 전에, 좀 물어보자. 이 학교는 어떠냐."

"네?"

"즐겁냐?"

"아, 그게…… 아, 네에."

그런 질문을 받을 줄 꿈에도 몰랐던 스즈네는 노골적으로 동요했다.

"죄, 죄송해요. 그게, 그러니까……."

대답하지 못하고 있었지만 마나부는 질책하지 않았다.

"즐거운지…… 어떤지, 솔직히 잘 모르겠어요. 다만, 지루하지는 않아요."

"그런가."

마나부의 질문 의도가 스즈네로서는 알 길이 없었다.

생각해보면 자기 오빠와 일상적인 대화를 나눈 것은 아득히 먼 옛날이었기 때문이다.

"네 결점 중에 하나는 극복한 것 같군."

"제 결점……이요?"

"그래. 넌 너만 볼 뿐, 주위는 보지 못했었지. 그 시야가 넓어져서, 지루했던 나날을 점점 빠져나오고 있다는 거다."

"왠지, 오빠답지 않은…… 것 같아요."

스즈네가 아는 마나부는 진지하기만 하고 미소 따위는 보이지 않는 사람.

자신을 드높이는 데 소홀히 하지 않는, 그런 사람이라고 여겼기 때문이다.

학교를 즐거운 곳이라고 인식할 리 없다, 그렇게 생각했다.

"너는 나를 수치(數値)로만 보고 있었다. 시험에서 높은 성적을 받는 것만 중요시했기 때문이지."

"그건—— 저한테 오빠는 영원한 목표여서 그래요."

지금까지 스즈네는 몇 번이나 오빠가 목표라고 입에 담아 왔다.

그리고 그 말을 들을 때마다 마나부는 험악한 표정을 지었다.

"목표, 라."

"……알고 있어요. 제가 오빠가 있는 곳까지 닿는 건 절대 무리라는 거. 하지만 그래도 근처라도 갈 수 있도록 한없이 노력하는 건 분명 나쁜 일이 아니에요."

자신의 교만이 부끄러우면서도 따라잡으려고 하는 자세를 보여주고 싶었다.

마나부는 스즈네의 마음에 답하지 못하고, 그저 아무 말 없이 눈을 한 번 감았다.

"아야노코지는 네 눈에 어떻게 보이지?"

"……어떻게 보이느, 냐고요?"

"네 생각을 솔직히 말하면 돼."

"마음에 안 드는 동급생이에요. 오빠한테 인정받을 만한 실력을 갖추고 있으면서도 그걸 쓰려고 하지 않는 자세가 싫어요. 하지만 언젠가 뛰어넘고 싶은 존재라고 생각해요."

"유감이지만 너는 아야노코지를 따라잡을 수 없어."

"윽……."

"하지만 따라잡을 필요도 없어. 넌 너답게 성장하면 된다."

"저답게……."

마나부는 여동생과의 거리를 조금 좁혔다.

스즈네가 조금만 더, 스스로 마나부와의 거리를 좁힌다면 손이 닿을 수 있는 거리로 바뀌었다.

하지만 스즈네는 그 한 걸음을 내디딜 수 없었다.

"무섭나?"

"……무서, 워요……."

어린 시절부터 이 거리를 좁힐 수 없었던 스즈네.

이 근소한 거리가 절망적일 만큼 멀었다.

"거리를 좁히려면 한 걸음 더, 네가 앞으로 나와야 해."

"어떻게 하면…… 어떻게 하면 제가 이 거리를 좁힐 수 있는 거죠……."

"지금부터, 미숙한 너에게 그 정답을 알려주마. 그러니까 말해, 네가 앞으로 너희 반에 무엇을 물어볼 셈인지."

스즈네는 고개를 끄덕인 후 천천히 단어를 고르기 시작했다.

3

투표 전날 방과 후.

내일이면 이 반에서 퇴학생이 나온다.

누구나 불안을 느끼면서, 동시에 마음속으로 자신은 괜찮다고 믿고 있다.

이미 제물로 바칠 대상을 정했으니까.

'아야노코지 키요타카'를 퇴학시킨다.

이미 반절 이상이 그렇게 의견을 모았다.

의견을 모은 학생들은 나에게 약간의 죄책감을 느끼고 있겠지만, 그리하여 자기가 살 수 있다면 값싼 죄책감이다.

그나마도 시간이 지나면 잊어버릴 테지만.

1년쯤 지나면 그런 학생도 있었지, 하고 생각하리라.

그렇다고 해서 녀석들을 원망할 생각은 없다. 다들 퇴학당하지 않기 위해 필사적으로 지혜를 쥐어짜고 있다. 나는 그 결과에 우연히 걸렸을 뿐이다.

정을 팔아 쿠시다를 잘 구슬려서, 동정에 의한 투표 이야기를 꺼냈다.

비밀 상담을 할 만큼 신뢰가 두터운 쿠시다의 부탁을 애들이 거절하기란 쉽지 않았을 테지.

요컨대 야마우치의 전략은 나쁘지 않았다. 리스크가 큰 주모자치고는, 훌륭한 방식이었다.

다만 아쉬운 점은 나를 타깃으로 삼았다는 것.

만약 자신이 퇴학을 면하는 게 목적이었다면 이케나 스도를 타깃으로 삼았어야 했다.

그 두 사람은 퇴학을 피할 능력이 없으니까.

뭐, 뒤에서 사카야나기가 조종하고 있는 이상, 그렇게 될 일은 없었겠지만.

어쨌든 이제 내가 타깃이 되었으므로, 나 또한 누군가를 떨어뜨리기 위해 움직일 수밖에 없다.

하지만 이번에 움직이는 건 내가 아니다.

나는 그저 야마우치의 타깃이 된 존재감 없는 학생일 뿐, 상황을 타개할 수 있는 학생이 아니니까.

그걸 대신할 다른 사람.

이번 주역이 될 내 옆자리 주인은 내 예상보다도 훨씬 많이 달라져 있었다.

마치 마법이라도 부린 것처럼, 전혀 다른 분위기가 흐르고 있었다.

"그럼 이것으로 홈룸을 마치겠다. 내일은 토요일이지만 시험이 있지, 늦잠 자지 말도록."

그런 차바시라의 말과 함께 학교가 끝을 알렸다.

모두 돌아갈 채비에 들어가려던 순간.

정적에 휩싸인 순간.

자—— 움직여라, 호리키타. 지금의 너라면, 움직일 수 있을 것이다.

옆자리의 주인이 의자를 밀며 일어섰다.

"다들 잠깐 시간 좀 내줄래?"

호리키타가 모두를 향해 말했다.

교실에 모든 시선이 그녀에게 향했다.

"미안한데 잠시 이 자리에 남아줬으면 좋겠어."

차바시라도 호리키타의 말을 듣고는 걸음을 멈췄다.

"왜 그러는데? 호리키타."

히라타가 제일 먼저 입을 열었다.

반의 변화에 대해 누구보다도 민감한 인물이기 때문이다.

"내일 있을 특별시험에 관해서 꼭 말해둬야 할 게 있어서."

"내일 시험에 관해서?"

"뭐, 뭐야, 그게. 나는 지금부터 칸지랑 놀러 가려는 참이라고."

"마……맞아."

야마우치 일행은 시간이 별로 없다는 불평을 늘어놓았다.

"아주 여유 있구나, 둘 다. 내일이면 누군가가 퇴학당할지도 모르는데 놀러 갈 약속을 다 하고."

그 말에 야마우치에게 시선이 쏠리자 그는 당황했다.

"그, 그건…… 지금 발버둥 쳐봐야 소용없으니까, 각오했다고나 할까……."

"그래. 훌륭한 마음가짐이야. 하지만 미안한데, 모두가 너처럼 훌륭하진 않거든. 이 이야기는 모두가 듣지 않으면 의미가 없어. 협력하지 그래?"

"도대체 뭔데 이래."

"내일 시험, 그리고 퇴학생에 대해서. 아주 중요한 이야기가 있어."

호리키타가 걸어 나와 교단 앞에 섰다.

모두의 얼굴이 보이는 위치다.

"퇴학 이야기라니……."

야마우치는 마음이 초조했는지 말이 점점 빨라졌다.

심상치 않은 분위기에, 양심의 가책까지 섞여 무심코 나오는 행동이리라.

"요 며칠간 꽤 고민했어. 누구를 남기고, 누구를 퇴학시켜야 할지. 또 그걸 어떻게 정할 건지. 그리고 답을 찾았지. 그 답을 오늘 이 자리에서 말할 거야."

"잠깐만, 호리키타."

그 말을 막은 것은 야마우치가 아니라 히라타였다.

"우리 반에 퇴학당해도 되는 사람은 아무도 없어."

"정말 그럴까? 있을지도 모르는데?"

"그, 그게 무슨……."

"나는 이 시험 이야기가 처음 나왔을 때부터 의문을 품고 있었어. 서로를 평가하고 퇴학생을 골라야 하는데 의논할 시간조차 없다니, 사실상 대놓고 그룹을 만들어 표를 컨트롤 하라는 소리잖아? 자칫 정말 필요한 사람이 사라질 수도 있는데 말이야. 이런 걸 과연 시험이라고 부를 수 있을까?"

제일 먼저 감탄한 사람은 차바시라. 그리고 코엔지였다.

"도대체 무슨 일이 있었는지 모르겠지만, 완전히 다른 사람이 되었군. 정말 핵심을 찌른 이야기야."

코엔지가 손뼉을 치며 말을 이었다.

"그럼 말해봐. 뭘 어떻게 하고 싶은지."

"본래 이런 문제는 다 함께 의논해서 퇴학생을 고르는 게 옳아. 하지만 그건 현실적으로 불가능하지. 그러니까── 내가 직접 퇴학당해 마땅한 사람을 지목하겠어."

"자, 잠깐 기다려, 호리키타!"

"미안하지만 계속하겠어. 지목 이유는 나중에 반드시 설명할 테니까."

시간이 아까운 듯 호리키타는 계속 이야기를 진행하려고 했다.

"안 돼. 모두를 혼란에 빠트릴 수는 없어! 나는 반대야!"

그래도 히라타는 끈질기게 굴었다.

히라타에게는 히라타의 방식이 있으니까.

"이야기할 권리 정도는 있잖아. 반대는 그다음에 하라고."

방해를 저지하듯 스도가 끼어들었다.

"레드 헤어의 말이 맞아. 나도 유의미한 방과 후 시간을 할애하고 있는데, 네가 방해하는 게 더 타임 로스라고."

이 이야기에 흥미를 느낀 코엔지도 지원사격 했다.

"하, 하지만……."

히라타의 기세가 꺾이자 호리키타는 다시 입을 열었다.

"특별시험…… 이번에 퇴학당해야 할 사람은 야마우치 하루키야."

반 아이들이 주목하는 가운데, 호리키타는 퇴학생의 이름을 또박또박 입에 담았다.

지금까지 많은 학생이 수면 아래서 비판표의 타깃에 올랐지만 이렇게 직접 지목해서 표를 모은건 호리키타가 처음이었다. 그간 아무도 직접 지명하지 않은 건 타깃에게 원망을 사기 때문이었다. 만약 지목 유도에 실패한다면 말을 꺼낸 사람은 역으로 타깃이 될 가능성마저 있었다.

"어, 어째서 난데, 호리키타?!"

제일 먼저 반응한 것은 다른 누구도 아닌 야마우치였다.

이대로 호리키타를 내버려 두면 야마우치는 비판표를 피할 수 없다. 필사적일 수밖에 없었다.

"명확한 이유도 있어. 우선 지난 일 년간 반에서 너의 공헌도가 지독하게 낮아."

"그, 그렇지 않아! 시험 성적도 켄보다 줄곧 높았다고!"

"이번엔 밀렸잖아."

"그건, 그래봤자, 이번 한 번뿐이잖아~!"

"백 보 양보해서 아직은 스도보다 성적이 높다고 치자. 하지만 운동 실력은 비교조차 안될 텐데?"

"그건 칸지도 마찬가지잖아! 이번엔 저 녀석이 꼴찌라고!"

야마우치가 필사적으로 저항하는 것도 당연했다.

여기서 지목당하면 누구나 그럴 것이다.

"물론 너와 비슷한 애들도 몇 명 있어. 네 변명도 마냥 틀린 소리는 아니지."

"그, 그렇지? 그러니 날 지목하는 건 좀 봐달라고~……."

"하지만 비슷하다는 그 애들과 비교해도 넌 역시 반걸음 뒤처졌어. 지금까지의 수업 태도와 지각 및 결석 유무, 특기와 단점을 고려했을 때 넌 이 반에서 가장 중요도가 낮아. 그 위로 이케, 스도 순이고. 그게 내가 어제 내린 결론이야."

"나, 나도 퇴학 후보냐!"

스도가 깜짝 놀라 외쳤다.

"최근 들어서 학력도 정신도 성장하기 시작했지만 네가 지금까지 반에 부담을 많이 준 것도 사실이잖아. 안 그래?"

"……아아, 그렇지."

사실을 들이밀자 스도는 순순히 받아들였다.

이케 역시 자각이 있는지 표정이 무거웠다.

"진짜 멋대로 무슨 소릴 지껄이는 거야! 진짜 열받지 않냐?! 칸지, 켄!"

야마우치가 자기처럼 퇴학 후보 낙인이 찍힌 두 사람을 끌어들이려고 했지만 두 사람은 반론을 펼칠 만한 무기를 갖고 있지 않았다.

"그리고 말이야, 나 정도는 귀여운 수준이지. 코엔지는 특별시험조차도 농땡이 친 문제라고!"

"물론 코엔지가 불성실한 구석이 있는 것도 사실이야. 하지만 그는 이 논의가 무슨 의미인지 정확히 알고 있지. 능력을 따지자면 너랑은 비교도 할 수 없을 만큼 천양지차야. 적어도 이번 시험에서 퇴학당할 인물이 아니야."

코엔지는 만족한 듯 뻔뻔한 미소를 지으며 팔짱을 꼈다.

"받아들일 수 없어! 받아들일 수 없다고!"

"그럼 그 어중이떠중이 중에서 특히 너를 고른 결정적인 이야기를 들려줄까?"

호리키타는 소란 부리는 야마우치를 냉정하게 궁지로 내몰았다.

"겨, 결정적 이야기라니?"

의미심장한 말에 야마우치가 순간 주춤했다.

"너는 이번 시험에서 모두에게 비밀에 부친, 양심에 찔리는 일이 있을 거야. 안 그래?"

강하게 말하는 호리키타에게 기가 눌린 야마우치.

"양심에 찔리는 일 같은 거 없는데……."

"네 입으로 말할 생각이 없는 것 같으니 내가 대신 말해줄게. 너 아야노코지를 퇴학시키려고 쿠시다를 이용해서 애들을 구슬렸지?"

"?!"

교실이 술렁거렸다.

표 조작은 최소 C반의 절반이 알고 있었겠지만, 주범이 야마우치라는 사실은 몰랐을 거다.

"아야노코지를, 퇴학시키려고 했어……?"

내가 타깃이라는 이야기에 아야노코지 그룹뿐만 아니라 히라타도 경악을 감추지 못했다.

늘 중립에 서서 반을 결속시키는 히라타에게 타깃 이야기를 했을 리 없으니 당연하지만.

"틀림없는 사실이야. 그렇지 애들아?"

주모자인 야마우치에게 부탁받아 쿠시다는 이미 많은 학생과 접촉했다.

시선을 마주치지 않아도 몸이 기억하면 동요하는 법.

그것만으로도 히라타까지 과반수의 학생이 야마우치 그룹이었다는 사실을 깨달았다.

"그래서…… 다들, 생각보다 차분했던 거구나……."

"작은 그룹에서 시작한 계획은 착실히 퍼져나갔지. 비판표를 과반수 모으면 그 사람의 퇴학은 확정이나 다름없으니까. 안 그래?"

"그, 그건 내가 한 게 아니라!"

야마우치는 아니라고 부정했지만, 그 뒷말은 이어지지 않았다.

"그럼 누군데?"

"모, 몰라! 그냥…… 아야노코지한테 비판표를 주라는 말을 들었을 뿐이라고!"

당황해서 나오는 거짓말은 부실할 수밖에 없다.

"그럼 말해봐. 누가 아야노코지한테 비판표를 주라고 말했는데?"

"그건…… 그러니까……."

"다른 사람한테 들었다며? 그게 누군지 모를 리가 없잖아?"

머리를 감싸 쥔 야마우치가 주위를 둘러보았다.

"……칸지, 칸지한테 들었어! 그렇지?!"

그리고 가까이에 있는 절친에게로 비난의 화살을 돌렸다.

"뭐, 뭐라고?! 내가 언제?!"

당연히 이케는 부정했다.

"그런 거야? 이케."

"아니아니아니, 아니야. 나는……."

이케는 당황해서 말문이 막혔다.

그야 그렇겠지. 그 이야기를 한 건 쿠시다니까.

함부로 그녀의 이름을 팔 수 없었을 거다.

"대답 못 하는 건, 야마우치의 말대로 네가 주모자라서야?"

"아니야, 아니라고! 그게 그러니까……. 그게, 나는 키쿄가 도와달라고 부탁해서…… 어떤 애가 곤란해하고 있으니까 아야노코지한테 비판표를 주면 좋겠다고."

이번에는 이케의 화살이 쿠시다에게로 향했다.

당연히 쿠시다도 이런 상황을 순순히 받아들일 리 없었다.

애당초 비판표의 대상이 되는 것을 누구보다 싫어했다.

"설마, 네가 주모자니? 쿠시다."

호리키타는 계속해서 한 명씩 더듬어갔다.

이번처럼 특정 누군가가 타깃이 되었을 경우, 가령 주모자가 드러나지 않았더라도 문제는 없다. 이렇게 한 명 한 명씩 들이대다 보면 이윽고 진실에 다다르게 되기 때문이다.

"나는…… 그게…… 어떤 사람한테, 도와달라고 부탁받아서…… 거절할 수가 없어서……."

"어떤 사람이 누군데?"

결국 살기 위해 쏜 화살은 야마우치에게로 돌아갔다.

하지만 초조해진 야마우치는 허둥지둥 다음 화살을 쏘려 하고 있었다.

"그, 그렇지! 키쿄가 나보고 그랬어! 아야노코지를 퇴학시키자고!"

하나의 거짓말에서 시작된 연쇄는 멈출 줄을 몰랐다.

"내…… 내가?!"

"너희도 다 키쿄한테 들었지? 응? 응?"

그의 말대로, 이번 사건의 중간다리 역할을 맡은 사람은 쿠시다였다.

하지만 아이들 대부분은 알고 있었다.

쿠시다 키쿄는 친구를 위해 움직이는 학생이지, 누군가를 함정에 빠트릴 아이가 아니라고.

이제껏 쌓아온 신뢰가 야마우치와 결정적 차이를 만들어냈다.

"그런, 너무해, 야마우치…… 나…… 야마우치가 도와달라고 해서, 사실은 아야노코지를 내치고 싶지 않았는데도…… 그래서, 진짜 애썼는데……."

책상에 엎드려 괴로운 목소리를 흘리는 쿠시다.

그렇게만 해도 반 아이들의 눈에 다 보였으리라. 야마우치가 쿠시다에게 부탁하고 애걸복걸해서 협력하게 만든 정경이.

야마우치의 상황은 점점 나빠져만 갔다. 그래도 쿠시다에게 미안하겠지만 이 자리에서 비판표의 대상이 되는 것만은 피해야 했다.

제일 최악인 사태는 퇴학당하는 것이다.

"……쿠시다."

얼굴을 가린 쿠시다에게 호리키타가 말을 걸었다.

다들 위로의 말이 나올 줄 알았겠지만.

"너도 잘못했어."

호리키타는 쿠시다를 질책했다.

"우리 반에서 넌 히라타나 카루이자와와 동급…… 아니, 그 이상으로 강한 영향력을 지닌 학생이야. 그런 네가 비판표를 주자고 말하면 애들이 당연히 따르지 않겠어?"

"나, 나는, 그게 아니라, 그저 야마우치를 돕고 싶어서……."

"궤변 늘어놓지 마. 넌 그리 어리석은 애가 아니야. 네가 도우면 어떻게 될지, 처음부터 다 알고 있었잖아."

호리키타의 비난에 쿠시다는 눈물을 흘리며 일어섰다.

"나, 나는 거기까지 생각하지 못했어! 그저, 그저 곤란해하는 야마우치를 내버려 둘 수 없어서…… 괴로워서…… 어떻게든 해주고 싶어서……."

"아니, 넌 다 예상했어. 이렇게 될 줄 알고도 그렇게 한 거야."

"윽……."

호리키타의 강력한 책망에, 쿠시다가 위축되었다.

쿠시다는 반박하고 싶어도 할 수 없다.

천사의 가면을 이 자리에서 벗을 수는 없으니까.

호리키타가 그걸 모를 리 없다.

"이번 일은 너의 판단 미스야. 좀 더 빨리 손을 썼어야지."

"그런, 나는, 어떻게 할 방법이……."

"이번 일을 계기로 반성해서 앞으로는 반을 위한 행동을 해주기 바라."

쿠시다의 변명도 듣는 둥 마는 둥, 호리키타는 그렇게 말하며 마무리 지었다.

"그렇다고는 해도 원흉이 야마우치라는 건 변함이 없네."

일시적으로 쿠시다에게 향했던 화살이 다시 야마우치에게 향했다.

"기, 기다려, 호리키타. 나는 아니라니까……."

"이거 이거, 참으로 흥미로운 이야기군. 하지만 이 시험에서 누군가를 떨어트리려는 생각 자체는 그리 이상한 게 아니야. 단순히 보면 밑바닥의 생존권 경쟁에 불과하니까. 그런데도 그를 집중적으로 비난하는 건, 다른 이유가 있어서인가?"

처음부터 끝까지 완전한 중립인 코엔지의 발언.

그것은 전부 호리키타를 위한 발언으로 바뀌었다.

"그래. 그룹을 짜서 누군가를 떨어트리려고 하는 행위, 칭찬받을 수 있는 짓은 아니라도 살아남으려면 어쩔 수 없는 선택이었겠지. 그것만이 전부라면, 말이야."

"호오?"

"하지만 야마우치, 넌 오직 네가 살아남기 위해서 아야노코지를 떨어트리려고 한 게 아니야."

"자, 잠깐만! 내가 아니라니까 그러네!"

"보기 흉하군. 이미 이 교실에 있는 모두가 네가 한 짓이라고 믿고 있어. 자, 들려주실까. 왜 그가 아야노코지 보이를 노렸는지 말이야."

호리키타가 고개를 끄덕였다.

"그는, 야마우치는 사카야나기와 이어져 있어. 그 애의 지시에 따라 움직이고 있지."

만천하에 드러난 야마우치의 진실.

"그거 신경 쓰이는 이야기네. A반 학생과 이어져 있다니 불온하잖아."

코엔지가 이렇게까지 집요하게 구는 데에는 아무래도 이유가 있을 것이다.

코엔지 역시 퇴학 후보자인 이상 호리키타를 따라 위험을 피하려는 목적이 있으리라. 불필요한 학생을 적발해 반 재판에 부치는 것.

만약 이번 시험에서 야마우치가 사카야나기와 손잡지 않고 특정한 누군가를 노렸다고 하더라도 반에서 제일 필요 없는 학생 중 하나임은 달라지지 않는다. 결국은 비슷한 흐름이 되었을 것이다.

그런데 사카야나기의 꼬임에 넘어가준 덕에 야마우치를 공략하기 위한 과정을 줄일 수 있었다.

"어이, 하루키, 사카야나기랑 이어져 있다는 게 무슨 소리야……."

주모자인 것도 숨긴 데다가 A반과의 유착 관계까지 드러났다.

이케라도 가만히 있지는 못하리라.

"엉, 엉터리야! 증거가 어디 있냐고!"

"그럼 지금 당장 스마트폰을 보여줄래? 사카야나기의 연락처가 등록되어 있을 거야."

"그건…… 친구니까 그리 이상한 일도 아니잖아!"

정말로 친구 사이라면 이상한 일은 아니다.

하지만 최근에 사카야나기가 노골적으로 야마우치에게 접근한 것은 이케 무리의 기억에도 선명히 남아 있다.

호리키타는 그 기억을 상기시키려고 일부러 그런 말을 했으리라.

"너, 진짜 사카야나기한테 붙은 거냐?"

제일 친한 이케의 경멸.

"그, 그러니까…… 아니 왜 내가 A반이랑 손을 잡는데?! 친구를 배신할 리가 없잖아! 난 전혀 기억이 없다고! 그만 좀 해……!"

머리를 뜯으며 피해자 행세를 하는 야마우치.

"아니. 넌 반 애들을 뭉치게 만들어서 아야노코지를 타깃으로 삼으라고 사카야나기에게 지시를 받았을 거야. 그 애라면 아야노코지를 퇴학시킬 방법을 너보다 훨씬 잘 전수해 줄 수 있으니까."

"아, 아니야, 아니라고!"

"그것 말고도 야마우치가 기뻐하며 협력할 제안도 있었을지 모르지. 이를테면 사귀자고 했다거나."

"으윽!"

적중. 숨기고 싶었던 사실을 지적받자 야마우치에게서 새로운 동요가 나타났다.

이건 그냥 호리키타의 추측이었을 거다. 반응을 보아하니 맞는 모양이지만.

"그런 시답잖은 이유 때문에 너보다 뛰어난 학생을 퇴학시키는 건 말도 안 돼. 이게 너를 퇴학생으로 지목한 제일 큰 이유야."

호리키타가 반을 둘러보며 말했다.

"반 친구를 퇴학시키는 걸 좋아할 사람은 아무도 없어. 하지만 누구보다도 제일 먼저 반 친구를 배신하고 적과 결탁, 친구 중 한 명을 저격하려고 했다면…… 그런 너야말로 반에서 제일 필요 없는 학생이 되는 거야."

"그, 그건……."

야마우치는 필사적으로 머리를 굴렸다.

지금 상황을 모면하기 위하여.

"만약, 만약 지금 이야기가 진짜라고 해도…… 왜 나만 비난하는 거지?! 다른 반의 힘을 빌렸다고 해도, 난 날 지키기 위한 정당방위를 했을 뿐이라고! 퇴학당하고 싶지 않단 말이야!"

"그래, 자기방어가 뭐가 나쁘냐 이거지?"

구차한 변명이지만 야마우치는 그 부분을 절대 인정하려고 하지 않았다.

"물론 그것도 중요하지. 하지만 자기를 지키기 위해 친구를 위험에 빠트리고, 그것도 모자라 적에게 영혼을 파는 애를, 나는 좋게 평가할 수 없어."

야마우치가 아무리 저항해도 호리키타에게는 통하지 않았다.

"아, 아야노코지랑 좀 친하다고 그렇게까지 감싸는 거냐!"

"아니. 객관적으로, 냉정하게 판단한 결과야. 아야노코지랑 야마우치의 스타트 라인은 같아. 그리고 거기서부터 벌어진 공헌도의 차이도 명백해. 그리고 A반과의 유착 관계까지 있으니 더는 논할 여지가 없어."

"이의 없어. 나는 호리키타 걸의 안을 채택하는 게 바람직하다고 생각하는데. 과연 반을 배신할 가능성이 있는 학생이랑은 같이 있을 수 없어. 호리키타 걸의 뜻을 지지한다."

코엔지가 그렇게 말하며 호리키타의 발안을 제일 먼저 지지했다.

"기다려! 난 배신하지 않았다니까! 목숨 걸고 맹세해!"

이제는 마지막 수단이라는 듯 목숨을 걸어가며 거짓말하지 않았다고 주장했다.

그게 반 아이들에게 얼마만큼 영향을 줄지는 미묘했다.

"애당초 말이야, 그럼 왜 아야노코지인데?!"

"무슨 말이지?"

"만약에 내가 진짜 사카야나기랑 손을 잡았다고 치면, 아야노코지 따위 퇴학시키지 않고 C반에서 거슬리는 녀석을 제거하려고 하지 않겠냐고!"

아마 이것이 야마우치가 사카야나기에게 지시를 받았을 때, 가장 의문으로 여겼던 부분이리라. 왜 히라타나 카루이자와 같은 반의 중심인물이 아니라 아야노코지인가, 하고.

"그 답은 그가 좋든 나쁘든 눈에 띄지 않는 인물이어서가 아닐까. 우수한 학생은 퇴학시키고 싶어도 쉽지 않지. 그래서 적당히, 존재감 없는 그를 고른 거야. 아마도 사카야나기는 C반의 누군가를 퇴학시키는 게 목적이 아니라 자신의 장기 말로 움직여 줄 스파이가 필요했겠지."

야마우치가 교묘한 말의 전략에 저항할 수 있을 턱이 없다.

"내 제안이 마음에 안 드는 사람도 있겠지. 그럼 내 이름을 쓰고 싶은 사람은 그렇게 써도 좋아. 야마우치의 이름을 쓰고 싶은 사람도, 아야노코지의 이름을 쓰고 싶은 사람도. 혹은 그 밖의 사람이라도. 어쨌든 난 내 의견을 모두에게 전해야 한다고 생각했어. 그래서 이렇게 말하고 있는 거야. 잘 생각해서 판단하길 바라."

호리키타가 시작한, 목숨을 건 싸움.

그녀의 각오만큼 효과가 나타나리라.

그때, 그녀의 말을 듣고 있던 스도가 입을 열었다.

"기다려봐, 스즈네…… 이야기의 흐름은 잘 알았어. 하루키 녀석이 잘못했다는 것도…….

그의 표정이 어두웠다. 늘 호리키타의 지시에 따르는 스도가 보이는 필사적 저항.

"하지만 나는 반대야, 하루키가 퇴학이라니…….

"네 친구니까. 마음은 잘 알아."

스도가 야마우치를 감쌀 거라는 걸 호리키타는 이미 알고 있었으리라.

그러나 스도 역시 쉽게 물러나지 않았다.

"친구여서 감싸는 건 당연하지. 물론 A반이랑 손을 잡은 건 심하다고 생각하지만 말이야……. 그렇다고 해서 퇴학당할 것까지는 없잖아? 앞으로 반성하고 우리한테 잘 공헌하면, 그러면 되는 것 아닌가?"

"그런 논리라면 아무 짓도 하지 않은 아야노코지가 퇴학당할 이유는 더더욱 없지."

"그, 그건——."

"내가 하는 말은 그런 차원이 아니야, 스도."

호리키타는 한숨을 토하더니, 모으고 또 모은 용기라는 저금을 사용했다.

반 아이들 모두에게 미움을 살 각오로 임하는 싸움.

"누군가를 감싸는 건 곧 누군가를 버리는 일이야. 그러니 이 시험은 감정론 따위가 아니라 이성적으로 접근할 수밖에 없어."

"윽……."

스도가 입을 다물었다.

그에게서 야마우치를 돕고 싶은 마음이 느껴졌다.

하지만 그러려면 다른 누군가가 퇴학당해야 한다.

그룹을 만들고 표를 컨트롤하는 것. 그것 자체가 잘못되었다.

시험 전날까지 반 아이들은 각자 원하는 대로 자유롭게 행동해왔다. 저 녀석을 퇴학시키면 돼, 저 사람은 퇴학당해도 어쩔 수 없어. 그런 부정적 사고로 가득 차 있었다.

그렇기에 뼈저리게 이해했다. 그저 자신이 살고 싶을 뿐이지 반을 위해서가 아니었다는 것을. 만약 시험이 고지된 당일에 이 같은 호소를 했다면 이 정도의 효과는 얻을 수 없었을 거다. 다들 본격적으로 시험을 생각하기 전에 호리키타가 호소해 봐야 들리지도 않았을 테니까. 그러나 지금이라면 모두 알 것이다. 솔선해서 반 친구를 퇴학시키는 일이 얼마나 어렵고, 또 얼마나 무서운지.

"미안, 하루키…… 나로서는 어쩔 방법이, 없다……."

솔직히 말해서 스도의 성장세는 놀라웠다. 아직 도발에 쉽게 넘어가고 잘 욱하는 체질은 남아 있지만, 조금씩 시야가 넓어지고 있다.

호리키타와 비교적 가까운 위치에 있는 나 그리고 친한 친구인 야마우치를 저울에 달고도 냉정하게 판단을 내렸다.

"정해진 것 같네."

판결을 내리려고 하는 코엔지 이하 방청객들.

"잠깐, 잠깐, 잠깐!"

야마우치가 소리치며 판정을 막았다.

"나에게 비판표를 주려고 하다니, 말도 안 된다고!"

"내 생각은 정해졌어. 너보다 더 비판표에 어울리는 사람은 없어."

"넌 그렇더라도! 이미 모두와 약속했다고! 아야노코지한테 주자고!"

"……나, 취소할게……."

"뭐……?"

고개를 푹 숙이고 있던 쿠시다가 작게 중얼거렸다.

"내가 잘못했어……. 야마우치를 돕고 싶은 마음에 아무것도 눈에 보이지 않았어. 모두에게 도와달라고 부탁하며 돌아다녔던 것, 취소할게…….”

쿠시다는 자신의 평가를 지키려면 지금은 호리키타 편으로 돌아설 수밖에 없었다.

“잠깐만. 뭐야, 그게! 약속을 깨다니 너무 심하잖아!”

“심한 건 야마우치, 너지…… 이런 식으로…… 반 친구를, 배신하다니…….”

이제 야마우치는 완전히 혼자가 되었다.

많은 화살이 자신을 향하고 있다는 것을 누구보다 피부로 느꼈을 터다.

“넌 이 반에서 제일 실력이 떨어져. 그리고 친구를 배신했지.”

담담하게, 그저 조용하게 말을 이어갔다.

“그게 나의 견해야.”

더는 호리키타에게 대응할 수 있는 존재는 나타나지 않을 것 같았다.

“마지막으로 여기에 있는 모두의 의견을 들려줄 수 있을까? 어떻게 생각하는지.”

하지만——.

“잠깐 기다려봐, 호리키타.”

"……왜?"

손을 들고 자리에서 일어난 남학생 하나.

이 자리에서 유일하게 호리키타의 계산에서 벗어난 요소가 있다면 바로 히라타 요스케다.

"이야기의 맥을 끊지 않으려고 쭉 듣고 있었는데, 나는 이런 식으로 몰표를 만드는 건 반대야. 친구들끼리 서로의 등을 미는 건 잘못됐어."

스도처럼 감정적이지도, 호리키타처럼 이론적이지도 않았다.

답을 낼 수 없는 히라타의 고통스러운 저항.

"그것 말고는 방법이 없잖아. 이 시험에 빠져나갈 구멍은 없어. 반드시 누군가가 희생되어야 하는 부당한 시험이지. 아직도 모르겠어?"

"이런 걸 받아들일 수 있을 리가 없잖아. 나는…… 나는 누구도 빠지는 걸 원하지 않아. 당사자가 바라는 퇴학이라면 모를까, 야마우치도 아야노코지도, 아무도 퇴학을 바라지 않아!"

"퇴학을 바란다고? 그런 사람이 어딨어? 그래, 그럼 굳이 확인해 보자. 여기서 자기는 퇴학당해도 괜찮다고 생각하는 사람, 손들어봐. 자진해서 나온다면 굳이 서로 으르렁댈 필요가 없지. 만장일치로 그 사람한테 비판표를 던지면 끝이니까."

아무도 손을 들지 않았다. 그런 학생이 존재한다면 이미 입후보했을 것이다.

"이제 알겠니?"

"안 돼. 나는 이런 최악의 이야기, 인정할 수 없어!"

완벽한 우등생. 문무양도(文武兩道)에 선한 인품.

그런 히라타 요스케의 약점이 드러났다.

그것은 어느 한 쪽을 선택해야만 하는 상황에서 압도적으로 아무 결정도 내리지 못한다는 것.

"네가 어떻게 생각하든 나는 내가 믿는 방법으로 싸울 거야. 지금 이 자리에서 결정을 내려줘."

"그런 거수에 무슨 의미가 있지? 당일에 누가 누구한테 투표할지 보장할 수 없는데."

"그렇지 않아. 반 애들의 방향성을 정하는 의미에서도 중요한 일이야."

"안 돼……! 다들…… 누군가를 퇴학시키려고 하다니, 그런 건……!"

히라타는 그것이 다툼의 불씨가 되는 것을 두려워하고 있었다.

누가 누구를 싫어하는지, 뻔히 드러나기 때문이다.

"그럼 의견을 들어볼까?"

히라타를 무시하고 호리키타가 거수를 진행하려고 했다.

이제는 아무도 호리키타를 말릴 수 없었다.

그때였다.

"호리키타!"

쾅! 큰 소리가 교실에 울려 퍼졌다.

누가 이 광경을 단 한 번이라도 상상이나 했을까.

히라타가 발로 찬 책상이 무정하게도 앞쪽으로 날아가 뒹굴었다.

"잠, 헉, 히, 히라타?"

여자애들로부터 믿을 수 없어 하는 목소리가 들려왔다.

나 역시 그랬다.

어쩌다가 우연히 힘이 넘치는 바람에, 다리가 책상에 닿은 게 아닐까 싶을 만큼.

그것은 차바시라도 마찬가지였다.

너무도 의외인 남자의 믿기 어려운 행동.

"그만해, 호리키타."

목소리 톤조차 낮게 깔아, 상대를 겁줘서 물러나게 하려 하고 있었다.

"……뭘 그만하라는 거야?"

동요를 감추듯, 호리키타가 앞머리를 쓸어 올리며 히라타에게 되물었다.

"결정하는 거, 그만두라고."

"너한테 그럴 권리 없어……."

상대를 위압하는 말에 호리키타도 목소리가 살짝 떨렸다.

그 정도의 박력이 지금 히라타에게서 나오고 있었다.

"이 논의는 잘못됐어."

"이 논의마저 잘못됐다면 도대체 뭐가 정답이라는 거야?

너도 모르니까 아무것도 안 하고 오늘까지 온 것 아니야?"

"……그래서, 뭐."

"……그러니까 그게 문제라고 말하잖아. 정당한 평가가 아니야."

"입 다물어……."

"아니, 계속 말할 거야. 나는──."

"호리키타…… 좀 닥쳐."

호리키타의 말을 끊으며 히라타가 싸늘하게 말했다.

지금까지 봤던 모습 중 가장 차갑고 무거운 그 말에 호리키타가 말을 멈췄다.

공기가 얼어붙는다는 표현은 바로 이런 것을 두고 있는 말이겠지.

"다들, 내 말 잘 들어."

히라타가 다른 사람처럼 어조를 바꾸어 반 아이들에게 지시를 내렸다.

"지금 이야기가 진짜인지 거짓인지. 그건 아무래도 좋아."

"……거짓말이야! 거짓말이라고, 히라타! 난 피해자야!"

궁지에 몰렸던 야마우치가 이때다 싶어 소리쳤다.

"피해자?"

"윽……."

히라타의 마음을 깊이 파는 듯한 눈빛이 야마우치를 찔

렀다.

"이야기가 이 만큼이나 나왔어. 네가 무관할 리 없잖아."

"그건, 그러니까……."

"친구를 위험에 빠트리는 짓에 아무 생각도 없는 너희 방식에 속이 울렁거린다."

야마우치에게만이 아니라 반 아이들 모두를 향한 분노.

"이건 시험이야. 피하면 통과할 수 없는."

"그렇다고 해서 표를 조작하는 건 잘못됐어."

"시험은 당장 내일이야. 이대로 아무 대책 없이 치르자는 건 야마우치의 배신을 묵인하는 거나 마찬가지라고."

"대책이 없으면 왜 안 되지? 우리한테 반 친구를 재판할 권리 따위는 없어."

"너 도대체 무슨 소릴 하는 거야……? 그게 바로 지금 우리가 해야 할 특별시험이잖아? 지금 다들 그걸 바라고 있어."

교단에 서서 학생들의 시선을 받고 있기에 보이는 것.

하지만 히라타는 인정하려고 하지 않았다.

"——네가 문제인 거 아니야, 호리키타?"

낮고 무거운 목소리가 교실에 울려 퍼졌다.

아직도 이 싸늘한 목소리가 히라타의 것이라고 이해하기를 뇌가 거부했다.

"물론 이번 시험은 너무도 비정하고 무정해. 난 계속 인정하지 못하고 있어. 그렇지만 어떻게든 타협할 수 있는 건 집단의 의도가 아닌 자연스러운 투표뿐이야. 이런 식으로 유도해서 서로를 떨어트리기 위한 게 절대 아니라고."

"듣기에는 좋은 말이네. 하지만 뒤로는 반 애들 대부분이 그룹을 만들고, 누구를 떨어트리고 누구를 지킬지 계속 의논하고 있었어. 그 화살 끝이 아야노코지를 향했을 뿐이고."

"맞아. 그것도 최악의 행위야. 하지만 이런 식으로 애들 모두에게 노골적으로 말하는 짓과는 달라."

"같아. 하나도 다르지 않아. 위선 떨 거면 그 행위도 막아야 했다고."

아무도 두 사람의 대화에 끼어들지 못했다.

지금 자포자기한 히라타와 제대로 대화할 수 있는 사람은 호리키타 정도밖에 없을 거다.

"그리고 어차피 다들 손을 들지 않아도 내 생각은 모두에게 다 전했어. 네가 바라는 자연스러운 투표라는 건 이미 흔적조차 없어."

"그래…… 이미 주사위는 던져졌어. 더는 되돌릴 수 없지."

한 번 깊이 심호흡한 후 히라타가 말을 이었다.

다소 냉정을 되찾긴 했지만 싸늘한 모습은 여전했다.

"그래서 난 내일 호리키타의 이름을 쓰기로 했어. 바라지 않는 형태를 우리 반에 만들어버린 너를, 나는 용인할 수 없거든."

히라타 본인도 많은 모순을 껴안고 있다는 건 충분히 알고 있다. 그런데도 반 아이들 모두와 사이좋게 지내는 것, 또 누구보다도 평화를 중시했기에 이렇게 괴로워하고 있다.

"그래. 마음대로 해."

히라타에게 찬성한다면 기꺼이 응해줄게, 하며 호리키타는 불평하지 않았다.

그러한 두 사람의 충돌을 끝까지 지켜본 차바시라가 조용히 교단으로 다가갔다.

"괜찮나, 호리키타."

"네."

차바시라에게 교단을 양보한 호리키타는 자기 자리로 돌아갔다.

수업은 이미 끝났다. 교사가 나올 순서는 어디에도 없다.

하지만 차바시라는 굳이 학생들의 영역으로 발을 들였다.

"너희는 이 시험이 부당하다고 말하면서 학교를 욕하겠지. 하지만 말이야, 사회에 나가면 누군가를 쳐내야만 하는 상황도 반드시 찾아온다. 그때 리더나 관리직에 있는 사람은 뼈아픈 결정을 내려야만 하지. 이 학교 학생은 언젠가 일본에 중요한 존재가 될 수 있도록 육성하고 있다. 지금 여기서 치루는 시험을 단순히 학교의 짓궂은 괴롭힘으로만 받아들인다면 성장할 수 없다."

사회에서 발목을 잡는 사람은 다른 동료를 지키기 위해 당연히 내쳐진다.

그중에는 오늘 있었던 뒷거래라든지 갖은 욕설 섞인 유도도 있으리라.

그녀의 말대로 이 특별시험에는 물론 사람을 성장시킬 요소도 들어 있다. 하지만 몸도 마음도 아직 미숙한 학생들에게 이런 판단을 강요하는 것은 결코 좋은 일이 아니다. 이 시험의 영향으로 마음을 다치는 학생이 나올지도 모른다.

"오늘 회의에 나는 일절 간섭할 생각 없다. 모두의 발언에 가치가 있었어. 그러니 잘 판단해서 투표하길 바란다."

논쟁을 처음부터 끝까지 경청한 차바시라는 그 말을 남기고 교실을 나갔다.

나인가 야마우치인가, 호리키타인가, 아니면 히라타, 그 밖의 학생인가.

내일 투표에서 누가 누구의 이름을 쓸지는 미지수. 즉 직전의 직전까지 얼마든지 답이 바뀔 수 있다. 그걸 비난할 수도 없다.

그런 특별시험인 것이다.

4

방과 후가 되자 하루카 일행이 바로 그룹을 만들어 찾아왔다.

호리키타도 야마우치도, 재빨리 교실을 빠져나갔다.

"지금부터 시간, 괜찮지?"

215

"응? 어어."

사실은 히라타와 얘기 좀 하고 싶었지만…….

히라타는 감정을 겉으로 드러내지 않고 혼자 조용히 자리에서 일어났다.

이야기가 번진 이상, 그룹을 무시하는 건 좋은 선택이 아니다..

"카페로 가자."

그리하여 우리는 당당히 그룹을 이루어 교실을 뒤로했다.

복도로 나온 후에도 그 태세를 아무도 무너뜨리려고 하지 않았다.

"괜찮겠어? 잘못하면 야마우치 그룹한테 찍힐 텐데."

"얼마든지 그러라고 해. 절대 우리 그룹에서 퇴학생을 낼 순 없어."

평소와 달리 하루카는 화가 난 모습이었다.

"같은 의견이야. 키요타카가 퇴학당할 이유, 하나도 없어."

하루카의 말에 동의한 케세이에 이어서 아키토와 아이리도 고개를 마구 끄덕였다.

"우리한테 정보가 전혀 들어오지 않는 게 좀 이상하다 싶었는데. 우리 그룹에 표적이 속해 있었으니 당연하다면 당연한 얘기였네."

아무리 속을 떠보는 행동을 해도 타깃의 그림자조차 보이지 않았다.

그 이유를 알자 케세이가 납득했다.

카페에 도착해 각자 마실 것을 준비하자마자 하루카가 말을 꺼냈다.

"우리는 비판표를 야마우치한테 몰아주는 게 좋다고 봐. 아니, 그렇게 해야 해."

"이의는 없는데 그것 말고 나머지 두 표는 어쩌지?"

"여전히 야마우치 쪽에 붙은 사람 중에서 고르면 되잖아."

"사카야나기랑 이어져 있다는 사실을 알았으니, 대놓고 야마우치 편을 드는 애가 확 줄어들지 않았을까? 이케랑 스도조차 당당하게 응원하진 못할 거야."

"하지만 친구의 도리로 동정해서 칭찬표를 주겠지."

하루카의 말대로다.

반을 배신했다고는 하지만 야마우치는 자기를 지키기 위해 행동했을 뿐이다.

관점을 바꾸면 사카야나기에게 이용당한 거라고 볼 수도 있다. 동정할 여지가 전혀 없는 건 아니다.

뭐, 야마우치에게로 비난의 화살이 쏠리게 한 것은 호리키타…… 아니, 나지만.

야마우치가 주모자이고, 그 뒤에 사카야나기가 있다.

이 사실을 호리키타의 오빠에게 전하고, 그 오빠가 동생에게 이를 전하게 했다.

만약 이래도 호리키타가 움직이지 않는다면 호리키타가 오늘 한 행동을 내가 직접 할 생각이었다.

"실제로 키요타카한테 비판표가 얼마나 갈까. 남자 쪽은 야마우치를 필두로 이케랑 스도, 그리고 야마우치랑 친한 혼도, 이주인, 미야모토, 소토무라가 키요타카에게 투표할 가능성이 커."

남학생에서 예상되는 비판표만 해도 7표.

"여자는?"

"호리키타는 틀림없이 아야노코지한테 칭찬표를, 야마우치한테 비판표를 줄 거라고 봐. 하지만 다른 여자애들이 어떻게 할지는 잘 모르겠네…… 아이리는 어때?"

"……사토랑 카루이자와는 아마 비판표를 주지 않을 거라고 생각해……."

"어째서?"

"그, 냥 왠지, 이유는 없지만……."

"여자의 직감이라는 거구나."

"확실한 건 아니군."

불확실한 건 계산에서 제외하는 케세이.

"그렇지 않다니까. 의외로 맞을 것 같은데? 다른 사람도 아닌 아이리가 하는 말이라면."

"왜? 사토는 그렇다고 쳐도 카루이자와는 모르잖아?"

이해가 안 된다는 듯 고개를 갸우뚱거리는 케세이.

"괜찮아, 괜찮아. 여하튼 그 두 사람은 제외해도 되는 걸로."

"엉성하네……."

"그래도 말이야, 세 명을 뺀다 해도 나머지를 모르잖아."

"뭐, 그렇지. 그래도 야마우치를 좋아하지 않는 여자애가 많으니까. 키요뽕의 이름을 쓰기로 한 약속을 성실히 지킨다고 하더라도, 비판표에 야마우치의 이름을 같이 쓰지 않을까?"

"심리적으로 봐도 그렇겠지. 살고 싶은 사람들 입장에서 생각해보면 퇴학당하기 쉬울 듯한 학생의 이름을 열거해서 쓰기만 하면 어찌 됐든 자기는 안전하니까. 키요타카, 야마우치 둘의 일대일 승부가 될 것 같기도 하고. 뭐, 나머지는 표를 분산시키겠지."

이야기를 듣고 케세이가 근거를 내세웠다.

코엔지는 비판표의 필두에 서 있지만, 그것도 다소 약하리라. 코엔지에게 준다는 건 그의 실력을 무시하는 행위. 그 말고도 반의 발목을 잡는 학생은 여럿 있는 이상 코엔지의 위치는 네 번째 아니면 다섯 번째까지 뒤로 밀려난다.

"틀림없이 무사할 거야, 키요타카는."

"아아, 고맙다."

아이리는 나머지 비판표가 자신에게로 향하지 않을까 하고 내심 불안할 터.

하지만 티 내지 않고 나를 강하게 격려해주었다.

"그나저나 제일 차분하잖아, 키요뽕이."

"내가 할 수 있는 게 아무것도 없어서 그렇지, 속으로는 엄청 불안한데."

"걱정하지 마. 호리키타 덕택에 형세가 나쁘지 않아, 아니, 살아난 형국이야."

호리키타가 말하지 않았더라면 많은 학생이 아무것도 모른 채 시험 당일을 맞이했을 것이다.

그리고 깊이 생각하지 않고 자기가 살겠다는 일념 하나로 내 이름을 써넣었겠지.

상상하기 어렵지도 않다.

"그런데…… 호리키타는 어떻게 해서 야마우치의 배신을 알아차린 걸까?"

갑자기 아이리가 그런 의문을 품었다.

"우리 그룹은 키요타카랑 친하니까 말해주지 않는 게 자연스럽잖아? 호리키타도 비슷하지 않을까 싶은데……."

"하긴 듣고 보니 그러네……. 호리키타는 딱히 그룹을 만들려는 모습도 보여주지 않았어."

야마우치도 지금쯤 그런 분노를 느끼고 있으리라. 자신이 만든 그룹 내의 누군가가 배신해서 호리키타에게 정보를 흘렸다고 생각할 것이 틀림없다.

조금 전에는 그 사실을 알아차리거나 지적할 여유가 없었겠지만.

"누군지는 몰라도 키요뽕이 퇴학당하는 게 싫은 애가 있다는 거네?"

"그래. 나쁜 이야기가 아니야."

그 사람이 케이이고, 또 나라는 사실은 아무도 모른다.

돌아가는 길.

무표정으로 벤치에 앉아 있는 히라타를 발견했다.

다른 누가 그 모습을 봤어도 말 걸기를 주저했으리라.

그만큼, 지금까지 한 번도 보여준 적 없는 모습이었다.

"꽤 난처한 모양이네."

"그러게. 히라타답지 않아."

하루카도 아키토도, 그 이상함을 곧바로 알아차렸다.

"잠깐 이야기 좀 나눠보고 싶어."

"그만두는 게 좋아, 키요타카. 지금은 혼자 내버려 두는 게 좋지 않을까?"

"그럴지도 모르지. 하지만 좀 걸리는 게 있어서."

"걸린다고?"

"미안하지만 먼저 돌아가 줘. 히라타한테 우르르 몰려가도 좋아하지 않을 테니. 만에 하나 미움을 사더라도 나 하나로 족해."

"……알았다. 하지만 내일이 투표일이야. 괜히 자극하지는 마. 솔직히, 지금의 히라타는 누구한테 비판표를 던질지 알 수 없으니."

나는 고개를 끄덕여 아키토의 충고에 답하고 그룹으로부터 멀어졌다.

다들 분위기를 봐서 그대로 돌아 가주니, 참으로 고마운 일이다.

나는 히라타에게 다가가기 전에 나는 멀리서 그의 외기소
침한 모습을 사진에 담았다.

그리고 문장 한 줄과 함께 케이에게 첨부해 보냈다.

"히라타."

나는 이 기회를 놓치지 않기 위해, 주저 없이 말을 걸었다.

"……아야노코지."

"시간 좀 돼?"

"괜찮아. 나도, 응. 너랑 얘기하고 싶기도 했고."

어쩌면 히라타는 나를 기다리고 있었던 건지도 모른다.

그렇지 않고서야 이런 추운 곳에서 계속 앉아 있을 이유
가 없다.

벤치에 앉은 위치도 중간이 아니라 끝쪽.

누군가를 맞이하기 위해 비워둔 공간처럼 보였다.

나는 그가 비워둔 공간에 앉았다.

"이제 곧 따뜻한 봄이 오겠지?"

"그래."

"나는…… 모두 다 함께 그 봄을 맞이할 수 있을 거라고 믿
었어. 아니, 지금도 마음속 어딘가로는 그렇게 믿고 있어."

반의 붕괴에 필적하는 사건이 일어났어도 히라타는 아직
그렇게 말하고 있었다.

자신의 추태, 흉한 모습을 보였으면서도 심지는 변하지
않았다.

"난, 누가 빠지던, 싫어."

"하지만 어쩔 수 없잖아. 나나 야마우치, 아니면 다른 누군가가 반드시 희생될 거야."

히라타의 얼굴에는 감정이 실려 있지 않았다.

"너한테 맡길 수는 없을까?"

"맡기다니, 뭘?"

"C반 말이야. 앞으로, 나 대신 모두를 이끌어줬으면 좋겠어."

"말도 안 되는 말 하지 마. 난 그런 엄청난 일은 못 해. 반 애들을 지키고 싶으면 스스로 해, 히라타."

"그건 무리야. 난 이제…… 틀렸어."

결정을 내리지 못하는 자신에 정나미가 떨어진다, 그런 생각도 하고 있겠지만.

단순히 그것만인 건 아니다.

"또 같은 실수를 저질렀어. 그때, 분명 반성했는데……."

분해서, 눈동자에 눈물이 맺혀 있었다.

이번 시험 때문에 히라타는 얼마나 많이 고민하고 또 고민했을까.

"너 정도 인물이면 나도 안심하고 맡길 수 있을 텐데."

후우, 하고 히라타가 하얀 한숨을 토했다.

눈부시고, 부럽기만 했던 우리 반 중심인물의 면모는 온데간데없었다.

"히라타, 이번 특별시험. 너는 나와 야마우치, 그리고 호리키타의 이름을 쓰면 돼."

"판단을 다른 학생에게 맡기라는 거구나."

굳이 히라타가 이 세 명 중에서 한 명을 고를 필요는 없다.

그것은 나머지 39명이 알아서 해줄 것이다.

"역시 너는 대단해, 아야노코지."

"별로 대단하지 않아."

"네가 오기 전에 먼저 호리키타와 야마우치가 따로따로 왔었어. 호리키타는 야마우치를 쓰라고 했고, 야마우치는 너를 쓰라더라. 각자 주장하는 방식은 달랐지만. 그런데 너는 남의 이름만 부른 게 아니라 네 이름도 말했어. 그건 아무나 할 수 있는 일이 아니야."

그것은 전략이 성립하기 때문이다.

여기서 억지로 히라타의 한 표를 얻으려 하는 것은 좋은 방책이 아니다.

그렇게 판단했을 뿐이다.

"얘기하길 잘했어. 나도, 답이 조금 보이는 것만 같아."

"그래?"

히라타가 자리에서 일어섰다.

넌 네 나름대로 이 시험을 해결한 방법을 찾은 것 같구나.

하지만 그걸 용인할 수는 없다.

"돌아갈까."

그렇게 재촉해서, 나와 히라타는 아무 말도 나누지 않은 채 기숙사로 향했다.

○다른 반의 생각

D반은 시험이 시작한 후에도 평소와 다르지 않은 분위기였다.

이 추가 시험이 발표된 이래, 반 아이들의 약 9할의 생각이 일치했기 때문이다.

그리고 그건 시험 전날 금요일에도 마찬가지였다.

'류엔 카케루'를 퇴학시킨다.

말로 하지 않아도, 서로 알리지 않아도, 대다수 학생이 그렇게 결심했다.

지금까지 류엔은 독재나 다름없는 방식으로 반을 이끌어왔다. 하지만 빈말이라도 그 결과가 좋았다고 말하기란 힘들다. 지금은 C반에서 떨어져 꼴찌를 달리고 있다.

무엇보다도 많은 학생이 폭력과 협박에 의한 지배에 시달려왔다. 약한 마음에 파고들고, 반박할 수 없는 상황을 만들었다. 모든 악의 근원. 류엔이 없었다면 B반에는 못 올라갔어도 D반으로 추락하진 않았을 것이다. 그렇게 생각하는 학생이 많았다.

시험이 사흘째로 접어들었을 때, D반 학생 대다수가 입을 맞추고 있었다. 비판표에 반드시 류엔의 이름을 적을 것.

나머지 두 표는 분산해서 한 사람에게 집중되지 않도록 할 것. 그렇게만 해도 류엔을 확실히 퇴학시킬 수 있다.

이시자키는 사실 류엔의 퇴학을 바라지 않을 테지만, 난감하게도 표면상으로는 류엔을 무너뜨린 주역이 되어 있다. 그는 결국 그룹의 중심이 되어 비판표를 모으는 역할을 맡아야 했다.

이시자키의 고뇌와 반의 감정의 방향성을, 류엔은 시험 내용을 듣는 순간 바로 이해했다.

그리고 결정했다. 이 시험으로 퇴학당해 학교를 얌전히 떠나기로.

따라서 추가 시험이 끝날 때까지 남은 얼마 없는 시간을 즐길 작정이었다.

학교를 떠난 후에 어디서 무엇을 할 것인가. 그걸 고민할 필요도 있었다.

즉, 지금의 그에게 교실에 남아 있는 건 그저 시간을 낭비하는 일이었다.

류엔은 곧장 교실을 빠져나왔다.

그런 류엔의 뒷모습을 바라본 이부키는 방과 후에 어떻게 시간을 보낼지 조용히 생각했다.

지금까지는 류엔이 부를 때가 많았지만, 이제 그것도 없었다.

그런 이부키 앞에 그림자가 드리웠다.

"표정이 어둡네. 류엔이 퇴학당하는 게 그렇게 싫어?"

"하아…… 또 너야? 나한테 신경 쓰는 게 그렇게 즐겁냐?"

"별로. 그냥 걱정돼서 말 걸어본 건데. 류엔이 없어지면 반에서 네 존재감이 점점 더 옅어질 것 같기도 하고?"

그렇게 말하며 이부키를 도발한 것은 같은 반 마나베 시호. C반 여학생의 중심인물이었다.

입학 초기부터 이부키와는 성격이 맞지 않아 충돌하기 일쑤였는데, 이부키가 류엔의 눈에 든 뒤로는 하고 싶은 대로 트집 잡기 힘들게 되었다.

그게 마나베는 내심 몹시 불쾌했었다.

그 울분을 해소하기라도 하려는 듯한 도발 행위였다.

"이부키는 나한테 비판표를 던질 거야?"

"글쎄."

"내 이름 써봐. 난 너 쓸 거니까."

"……아, 그래."

성의 없는 대답에 마나베가 살짝 욱했다.

좀 더 화내고 곤혹스러워하는 이부키를 보고 싶었기 때문이다.

"이부키, 너는 딱히 퇴학 안 당할 거라 안심하고 있니? 몇 명이 류엔에게 칭찬표를 줘서 상쇄해도 30표 이상의 비판표가 있는 것 같은데."

류엔이 없어지자 강하게 나오는 학생이 비단 마나베 만은 있는 건 아니었다.

보다 못한 이시자키가 자리에서 일어섰다.

내일이면 추가 시험이 시작된다.

시험이 시작하면 더는 손을 쓸 수 없다..

"잠깐 나랑 어디 좀 가자, 이부키."

서로를 노려보는 두 사람 앞에 이시자키가 모습을 드러냈다.

"……그래."

이부키는 우울한 표정을 지으면서도 이시자키의 말에 따라 함께 교실을 뒤로했다.

마나베에게서 멀어질 수만 있다면 이게 낫다고 생각했다.

"여유 있는 척 허세를 부리는 것도 좋지만. 류엔이 퇴학당하고 나면 다음은 너야."

마치 반의 지배자라도 된 양, 마나베가 떠나는 이부키에게 거친 말을 쏟아냈다.

"그런데 어디 가는 거지?"

복도로 나와 마나베를 시야에서 지운 이부키가 물었다.

"딱히 없어. 그냥 이야기를 나누고 싶었을 뿐이야. 류엔 씨가 가진 프라이빗 포인트에 대해. 그건 어떻게 됐어?"

"어쩌고 자시고 할 것도 없이 그 녀석이 가지고 있지."

"아직 회수 안 했어? 시험은 바로 내일이야! 퇴학당해버리면 전부 고스란히 날리는 꼴이라고!"

"회수하지 않겠다고 처음에 으름장 놓던 건 누구시더라?"

"그거야…… 그때는 프라이빗 포인트 따위, 하고 생각했으니까……."

"그렇게 갖고 싶으면 네가 직접 가서 머리 숙이고 받아오면 되잖아?"

"내가 어떻게 하냐!"

그걸 알고 있기에 이부키도 짓궂게 말했다.

"넌 우리 반에서 류엔을 누른 키맨이니까. 류엔과 접촉한 게 들키는 날에는 의심을 살 수 있겠지. 혹시 배신하는 것 아닌가, 하고 말이야."

류엔의 퇴학을 막고 싶은 이시자키로서는 그러고 싶었다.

하지만 그런 짓을 했다간 화살이 자신을 향할 것이다. 무엇보다도 류엔 실각을 계기로 이시자키가 일어섰다는 전제가 흔들린다. 사실상 불가능한 이야기였다.

류엔을 구하고 싶은 감정과 자신은 살고 싶은 감정.

상반되는 상황에 괴로워하고 있었다.

"나는⋯⋯ 젠장, 뭘 하고 있는 거야⋯⋯."

"류엔이 퇴학당하는 게 제일 낫잖아. 그건 너도 잘 알 텐데."

"정말 그걸로 된 걸까? 류엔 씨 없이, 앞으로 이길 수 있을 거라고 생각해?"

"변변찮은 결과도 못 냈는데, 잘도 그렇게까지 높이 평가해주는구나. 그 녀석의 행동은 이해 불가능하기만 하지 하나도 선명하지 않잖아."

"그래 도박이지! 하지만 그 사람이 없으면 A반까지 가는 건 꿈도 못 꾼다고!"

종합적 능력이 우수해 류엔도 경계했던 사카야나기의 A반.

단단한 결속력과 안정된 성적을 보유한 이치노세의 B반.

그리고 류엔을 압도하는 완력 그리고 도무지 속을 알 수 없는 지략을 겸비한 아야노코지의 C반.

반으로서의 역량 차이는 확연했다.

이시자키는 확고한 이미지를 가지고 있었다.

그런 괴물들과 대결하려면 똑같은 괴물이 있어야 한다.

류엔 카케루는 지금 잃어버릴 사람이 아니라고.

"뭐, 류엔이 보통이 아니라는 건 인정하지만."

이부키도 속으로 생각하는 바가 있다.

아야노코지에게 졌는데 이상하게도 류엔에 대한 평가가 내려가지 않았다.

사카야나기나 이치노세에게는 없고, 류엔에게만 있는 것.

그것은 아야노코지마저 미치지 못하는 게 아닐까.

그런 식으로 생각하는 자신이 있었다.

"젠장……."

이시자키는 짜증을 냈다.

그런 이시자키를 곁눈질하며 이부키는 생각에 잠겼다.

이번 시험에서 자신이 할 수 있는 일이 뭐가 있을까 하고.

이시자키는 숨 막히는 남자지만 그래도 이 시험을 위해 열심히 뛰고 있다.

하지만 자신은 류엔을 못 본 척하고, 제 살길만 찾고 있을 뿐.

그렇다. 이부키는 이시자키만큼의 여유가 없었다.

반에서도 틀림없이 비호감 인물 쪽에 속한다는 것을 자각하고 있다.

　이번에 류엔이 사라지면 다음 타깃은 이부키.

　마나베의 발언은 단순히 이부키를 싫어해서가 아니다.

　하지만 그렇더라도 이번에는 죽은 듯이 있으면 살 수 있다.

　혹은 앞으로 뭔가 다른 길이 보일지도 모른다.

　그게 이부키를 옭아매는 가장 큰 요인이었다.

　'그 남자'의 말을 떠올렸다.

『그저 도와주고 싶다는 말로 누군가를 구할 수 있을 만큼 만만한 시험이 아니야.』

　이부키의 마음, 사고방식 따위를 '그 남자'는 알고 있었던 것이다.

　그래서 제대로 상대해주려고도 하지 않았다.

　"있지, 이시자키."

　"왜……."

　"너는 류엔을 퇴학시키고 싶지 않은 거지?"

　"……그래. 거짓말이 아니야."

　"그렇구나."

　류엔보다 많은 비판표를 다른 누군가에게로 돌리기란 절대 불가능하다.

　"인정하고 싶진 않았지만, 나도 너와 같은 생각이야. 그것만은 기억해둬. 앞으로 류엔 다음에 내가 사라진다고 해도."

류엔이 사라지면 다음은 이부키.

그러한 현실이 새삼 다시 보였다.

"오늘 밤에 류엔을 만나서 프라이빗 포인트를 받아올게. 아마 나밖에 못 할 거야."

그리고 그것을 남겨서 잘 활용하는 게 D반을 위하는 길이다.

류엔의 뜻을 이어받아 양분으로 쓸 수 있다.

"역시 그 길밖에 없는 건가……."

"우리가 할 수 있는 최선은 그 정도겠지."

이부키는 결심했다.

류엔 카케루에게서 남은 프라이빗 포인트를 전부 받는 것.

D반을 위하는 길이라면 그것은 회수해야만 하는 '재산'이다.

1

한밤중. 이부키는 허락도 받지 않고 류엔의 방을 찾아갔다.

건조한 노크 소리가 싸늘한 복도에 작게 울렸다.

잠시 기다리자 문이 열렸다.

"너였냐."

"……너, 뭐하고 있었어?"

류엔은 맨몸에 트렁크 팬티 한 장만 입고 있었다.

"야한 짓 하고 있었다면 어쩔래?"

"지금 당장 네 거시기를 발로 차고 방으로 돌아갈 거야."

"크큭. 그냥 이제 막 목욕하고 나온 거야, 들어와."

과연 머리카락이 아직 젖어 있는 것으로 보아 그 말은 사실 같았다.

말장난에 경계하면서도 이부키는 류엔의 방으로 들어갔다.

지난 1년을 통틀어 처음 있는 일.

생각했던 것보다, 다양한 소품이 장식되어 있어 그 남자의 방과는 인상이 달랐다.

"퇴학하기 전에 나랑 하룻밤 같이 보내고 싶어서 찾아왔다거나 그런 건 아니겠지?"

말장난을 길게 상대할 생각이 없는 이부키는 바로 본론을 꺼냈다.

"네가 가진 프라이빗 포인트. 나한테 다 줘."

"뭐? 너는 저번에 필요 없다면서 튕기지 않았었나?"

류엔은 목욕 수건으로 머리를 닦으면서 냉장고에서 페트병을 꺼냈다.

그것을 이부키에게 건네는 게 아니라 뚜껑을 열어 자기 목구멍으로 물을 흘려보냈다.

"이번 시험, 너한테는 더 이상 활로가 없어. 그럼 그 포인트는 죽은 돈이 되는 거잖아."

"그렇지. 내가 이대로 포인트를 가진 채 죽으면 전부 사라지지."

A반과 계약도 끊겨, D반에 이익은 하나도 남지 않는다.

"그러니까 내가 받아서 잘 활용해줄게."

"뻔뻔한 이야기군."

"너도 사실은 만족하잖아? 만약에 줄 생각이 없다면 마지막으로 펑펑 써도 이상하지 않아. 그런데 넌 그럴 기색이 없었어. 그러니까 내가 받아준다고."

류엔은 최근 며칠간 죽은 듯이 지냈다.

기껏해야 수백, 수천 포인트밖에 쓰지 못한 게 뻔했다.

"크큭, 말도 참 잘하네. 좋아, 가져가라, 어차피 필요 없는 포인트다."

이부키의 눈앞에서 류엔이 웃었다.

그러더니 스마트폰을 꺼내 누르기 시작했다.

작업은 금세 끝. 이부키의 스마트폰으로 류엔의 전 재산이 넘어갔다.

"확인했어. 이제 볼일 없겠네, 류엔."

그렇게 말하며 스마트폰을 넣으려고 하는 이부키의 팔을 류엔이 움켜쥐었다.

그리고 이부키를 벽으로 밀어붙였다.

"잠―, 무슨 짓이야!"

이부키가 순간적으로 발차기를 날렸지만 류엔은 한쪽 손으로 잡아 가볍게 막았다.

"네 호전적인 성격, 싫지 않아."

"뭐어?!"

무슨 짓을 하려나 싶어 적의를 드러내는 이부키였는데, 류엔은 웃으며 바로 손을 풀었다.

류엔 나름의, 마지막 작별 인사.

"너는 강하지만 내가 보기엔 빈틈도 많아. 그래서는 스즈네를 이길 수 없어."

"오지랖도 넓네."

"그럼 잘 지내라, 이부키."

류엔은 이제 흥미를 잃었는지 이부키에게서 시선을 돌렸다.

그리고 쫓아내듯 현관으로 보냈다.

신발을 신는 동안 잠시 침묵이 흘렀다.

"너, 이 학교에 있으면서 즐거웠어?"

이부키가 등 돌린 채 류엔에게 물었다.

"뭐?"

"아무것도 아니야."

평소의 류엔을 보고 있으면 그런 것쯤이야 알 수 있다.

류엔은 만족 따위 하지 않고 있다고.

그리고 결국 만족하지 못한 채, 이 학교에서 조용히 사라지려 하고 있다.

일어서서 문을 열자 차가운 바람이 불어 들어왔다.

"안녕."

이부키는 이별의 말을 남기고 문을 닫았다.

아무도 없는 한밤중의 복도.

스마트폰 화면에 표시된 거액의 프라이빗 포인트.

허무한 기분만 들 뿐이라며, 표시 화면을 껐다.

이부키는 복도를 걸어가며 전화를 걸었다.

상대는 자고 있을지도 모른다.

그러면 부재중 메시지를 남길 작정이었다.

하지만 상대는 신호음이 두 번도 채 울리지 않았는데 바로 전화를 받았다.

"나야. 류엔의 프라이빗 포인트를 전부 회수했어."

이제 보고해야 할 사람에게 보고하면 역할은 끝이다.

그러나 수화기 너머에 남자는 직접 만나 얘기하고 싶다고 말했다.

"상관없지만……."

어차피 밖에 있는 김에.

이부키는 승낙하고 그 남자의 방으로 향하기로 마음먹었다.

2

마찬가지로 추가 시험 전날인 금요일.

B반 학생들은 방과 후에도 교실에 남아 있었다.

누구 한 사람도 빠지지 않고, 모두.

교단에 서 있는 사람은 담임 호시노미야가 아니라 이치노세 호나미.

이치노세는 추가 시험이 발표된 후 반 아이들에게 한 가지를 전달했다.

『시험 전날 방과 후까지 사이좋게, 평소대로 지내줬으면 해』

단지 그것뿐.

그것만 전하고 자세한 전략은 말하지 않았다.

서로 껄끄럽게 있어 봐야 얻을 수 있는 건 아무것도 없다.

이 시험에서 퇴학생이 나오는 건 분명했으니까.

불안이 감돌아도 이상하지 않았지만, B반 학생들은 그 제안을 충실히 지켰다.

이치노세의 말대로 따랐다.

그것이 B반을 위한 일임을, 그들은 1년에 걸쳐 배워왔다.

한 사람의 교사로서, 담임으로서 이치노세의 이야기를 경청한 호시노미야는 일말의 불안을 느꼈다. 이 특별시험이 부당하다고 생각하는 교사 중 하나로, 고난을 강요받고 있는 B반에 미안한 마음도 컸다. 퇴학생이 나오지 않고 하나로 똘똘 뭉칠 수 있는 반이기에 단단하고, 또 환하게 빛나고 있는 지금. 퇴학생이 나오면 반에 그림자가 드리우리라.

"각자 걱정 많이 했을 거라고 생각해. 하지만 안심하길 바라. 우리 중에 퇴학생은 절대 나오지 않아."

모두가 속으로 불안을 느끼고 있는데, 이치노세가 그렇게 단언했다.

그 말은 낭보임과 동시에 의문을 낳았다.

"정말 괜찮겠어? 이치노세. 그렇게 딱 잘라 말해도."

만약 반 아이들을 생각하고 한 거짓말이라면 이 자리에서는 그만두는 편이 낫지 않은가.

그러한 칸자키의 배려였다.

"괜찮아, 이치노세. 우리는 각오가 되어 있으니까."

시바타는 아무 대책 없어도 탓하지 않겠다는 자세를 취했다.

하지만 이치노세는 다시 말했다.

"걱정 안 해도 돼. 칸자키, 나한테 가르쳐 준 게 있었지. 힘을 가지고 있으면서 쓰지 않는 건 멍청한 사람이 하는 짓이라고. 그래서 나도 고민했어."

여기 있는 모두가 퇴학당하지 않는다. 그렇게 확신하고 있었다.

"……그럼 말해줘. 어떻게 해야 퇴학생이 나오지 않는지."

하지만 근거를 보여주지 않으면 그것은 이치노세의 망상일 뿐이다.

"이 추가 시험, 모두 살아남는 방법은 딱 하나잖아?"

"그래, 2,000만 포인트로 퇴학을 무효로 만드는 것뿐이지."

"그러니까 애들 모두, 지금 가진 프라이빗 포인트를 나한테 맡겨주면 좋겠어. 4월까지는 포인트가 없겠지만, 대신 모두 살 수 있어."

"하지만 그렇게 해도 2,000만 포인트는 안 될 텐데?"

시바타가 모두를 둘러보며 말했다.

몇 번이나 서로 의논해보았지만 없는 포인트가 갑자기 솟아날 리 없다.

모자란 수백만 포인트, 그 벽은 두꺼웠다.

"뭐 어때. 호나미가 그렇게 말한다면. 보낼게."

자세히 묻지도 않고 여자애들이 곧바로 이치노세에게 포인트를 보내기 시작했다.

매달 송금하고 있기 때문에 익숙한 일이었다.

"뭐, 그건 그렇지."

시바타도 바로 받아들이고 스마트폰을 누르기 시작했다.

반 아이들의 신뢰가 두터운 이치노세는 모두에게 곧바로 프라이빗 포인트를 전부 양도받았다.

스마트폰에 표시된 합계 금액은 1,600만 포인트를 조금 밑도는 숫자.

"응, 역시 계산했던 대로 대략 400만 포인트가 부족하구나."

"부족한 건 어떻게 채울 생각이야? 그렇게 많은 액수를 다른 반이나 다른 학년이 줄 거란 생각은 안 드는데."

냉정한 칸자키가 이치노세에게 포인트를 보내면서 물었다.

이치노세는 나구모로부터 프라이빗 포인트를 빌릴 때 아무에게도 말하지 않겠다고 약속했다.

하지만 이 상황에 친구들에게 그 사실을 감출 수는 없었다.

그렇기에 시험 전날이 된 지금, 나구모에게서 허락을 받고 교제 조건 이외의 부분은 말해도 된다는 것에 합의했다.

"나구모 학생회장이야. 이 이야기를 상담했더니 부족한 포인트를 채워주겠다고 했어."

"학생회장이? 그런 막대한 포인트를 줄 수 있다고?"

"응. 실제로 가진 포인트도 확인했어."

진짜 가지고 있다는 것까지 확인했다.

"물론 나중에 돌려줘야 하긴 해."

"변제 계획과 나구모 학생회장에게 줘야 할 이자는?"

"그 유무가 결과에 영향을 줄까?"

"아니, 그건 아니야. 아무리 이자가 높아도 친구랑은 바꿀 수 없다고 생각해."

칸자키도 이치노세의 의견에 동의했다.

하지만 어떻게 빌릴 수 있었는지 자세한 내용을 파악해둘 필요는 있었다.

모두를 대신해 그런 것을 묻는 것이 바로 그의 역할이었다.

그런 점에는 이치노세도 깊이 감사하고 있었다.

학생들의 감정을 대변하는 소중한 파트너다.

"변제 기간은 3개월이고 이자는 없어."

"빌린 액수 그대로여도 좋다는 건가……."

이런 상황이니 어느 정도 이자를 요구해도 이상하지 않건만.

그런데도 무이자로 빌려주는 나구모 회장은 B반에게 있어서 구원자였다.

"당분간 모두 불편을 감수해야 하는데…… 그래도 괜찮겠어?"

"굉장해…… 역시 이치노세! 무조건 찬성이지!"

반 아이들 아무도 불만을 보이지 않았다.

그렇기에 절대로 퇴학생이 나오게 해서는 안 된다.

이것은 이치노세 호나미의, 친구를 지키고 싶다는 각오였다.

3

그날 밤. 이치노세는 나구모에게 전화를 걸었다.

내일 시험을 앞두고 최종 확인을 하기 위해서였다.

"나구모 선배. 이치노세예요."

"호나미인가. 나한테 전화를 했다는 건 그 일 때문이겠지?"

"네. 오늘 B반 애들에게 말했어요. 그래서 선배에게 한 번만 더, 확인하고 싶어서요."

"내가 내민 조건은 변함없어. 반 아이들 모두에게 1포인트도 남김없이 회수해서 프라이빗 포인트를 최대한 많이 쓸어 모을 것. 다 함께 괴로움과 고통을 공유하지 않고 살아남는 건 용납할 수 없으니까."

"네. 저도 그렇게 생각해요."

자신들이 쓸 돈을 남긴 채로 포인트를 빌려서 편하게 살아남는 것은 인정할 수 없다.

그것이 나구모가 내민 조건 중 하나였다.

나구모는 천만 가까이 되는 막대한 프라이빗 포인트를 보유하고 있다.

하지만 그 금액을 전부 빌려주진 않으리라는 것은 분명했다. 1포인트라도 빌릴 액수를 줄이는 것은 굳이 그가 말하지 않아도 먼저 솔선하는 것이 이치노세의 당연한 역할이었다.

"부족한 포인트가 얼마라고 했지?"

"404만 3019포인트예요."

"그런가. 그 정도면 나도 최소한의 부담으로 끝낼 수 있겠어. 그래도 앞으로의 시험에서 상당한 핸디캡을 짊어져야 하는 건 피할 수 없지만."

"네……."

나구모가 감당할 부담도 적지 않다.

만약 다음 시험에서 나구모의 반에 퇴학생이 나오면 반에서 포인트를 채우려고 할 수도 있다.

그렇게 되면 빌려준 400만 포인트가 약점으로 작용할 가능성도 있다.

얼마나 고마운 제의인지 이치노세는 뼈저리게 이해했다.

"정말 죄송해요, 너무 터무니없는 부탁이라."

"됐어. 아무도 버릴 수 없다는, 너다운 작전이다. 다만, 포인트를 빌려주는 또 하나의 조건, 똑똑히 기억하고 있겠지?"

"……네. 저랑, 그러니까, 나구모 선배가 사귀는 거죠……?"

"그래. 그 조건을 받아들인다면 지금 당장이라도 프라이빗 포인트를 넘겨주마."

"……오늘 밤 12시까지였죠?"

"아직도 망설이고 있나. 반에서 희생자가 나오는 걸 피하고 싶은 게 아니었어?"

"물론이죠. 다만, 좀 불안해서요."

"불안하다니?"

이치노세는 나오지 않으려는 말을 억지로 짜냈다.

"선배는, 그러니까…… 저, 저를 좋아하시나요?"

"뭐?"

"아, 아니요. 죄송해요, 이런 실례되는 걸 물어서…… 하지만 남녀가 사귀는 것은, 그런 감정이 있을 때 성립하는 거라고, 생각해서요……."

"내가 너를 싫어하면 이런 조건을 달지 않겠지."

망설이지 않고 대답하는 나구모.

이치노세는 그 말을 기쁘게 받아들이면서도 불안감을 감추지 않았다.

"이해한 거로 알고 지금 포인트를 보내마."

"잠깐만요. 저는…… 마지막 순간까지 최대한 노력해보고 싶어요."

"그게 요 며칠간이 아니었나?"

지금도 시시각각으로 나구모와 약속한 기한에 가까워지

고 있었다.

"2학년과 3학년한테 못 빌렸잖아? 적인 1학년은 당연한 얘기고."

400만을 넘는 프라이빗 포인트를 빌려줄 수 있는 존재는 나구모 말고 없다.

그것은 나구모도 잘 알고 있었다.

하지만 나구모는 이치노세에게 깊이 따지지 않았다.

어차피 시간이 지나면 이치노세가 자신을 의지하게 될 것이 뻔했으니까.

"조심하는 게 좋아. 난 시간에 까다로운 남자니까."

"네. 나중에 꼭 연락 드릴게요."

통화를 마친 이치노세는 한숨을 푹 내쉬었다.

그리고는 벽에 기댔다.

반 아이들을 지키는 것이 이치노세가 무엇보다 우선으로 여기는 문제였다.

나구모가 도와준다면 그 조건은 받아들여야 마땅했다.

다만 이치노세는 연애 경험이 없다.

이런 식으로 누군가와 사귀는 게 자연스러운 일이라고는 도저히 생각할 수 없었다.

무엇보다도…… 그건 잘못된 일이라고 마음이 호소하고 있었다.

사람이 사람과 사귈 때는 서로에게 호감이 없으면 아무 의미도 없다.

한쪽의 일방적인 감정만으로는 무의미하다고.

하지만 한 번 사귀기 시작하면 자기가 먼저 헤어지자는 말을 꺼낼 수 없다.

"하아…… 각오, 했다고 생각했는데……."

시계는 밤 9시를 가리키고 있었다.

이제 세 시간 안에 답을 내야 한다.

무거운 한숨이 나왔다.

그래도 자신만 꾹 참으면 아이들을 구할 수 있다.

그게 최선이자 유일한 방법이라면…….

그래도 최후의 최후까지, 마음이 주저하고 있었다.

이런 조건을 받아들이면 자신이 더는 자신이 아니게 되어 버릴 것 같은.

그런 슬픈 예감.

"안 돼. 이러면 안 돼, 나."

왜 여기까지 와서 다시 생각이 바뀌려고 하는 것일까.

여기서 나구모와의 교섭이 결렬되면 B반은 퇴학생을 구할 수 없다.

"……그래."

탁, 하고 자신의 양 볼을 가볍게 때렸다.

"나는── 모두를 지킬 거야."

각오를 다진 이치노세는 혼자 조용히 웃었다.

4

이치노세가 나구모와의 조건을 받아들이기로 결의한 날로부터 며칠 전. 추가 시험이 발표된 그날로 거슬러 올라간다.

A반은 다른 반과 달리 이 추가 시험을 환영했다. 어느 반보다도 빨리 확실한 결론을 내렸기 때문이었다.

"이제 너희끼리 의논해서 시험 당일에 결론을 내면 된다."

담임 마시마가 시험 설명을 마쳤다.

남은 시간을 학생들에게 내어주자, 사카야나기가 자리에서 일어나지도 않고 이야기를 시작했다.

"이번 시험. 카츠라기군이 퇴장했으면 좋겠어."

그녀는 망설임 없이 그를 지목했다.

눈을 감은 카츠라기는 팔짱을 낀 채 미동도 하지 않았다.

"뭐, 뭐야, 그게. 그렇게 나오는 건 비겁하지!"

유일하게 저항한 사람은 카츠라기를 따르는 토츠카 야히코.

"가만히 있어, 야히코."

하지만 카츠라기가 그런 토츠카를 말렸다.

"하, 하지만 카츠라기!"

"난 받아들일 작정이야."

"이의는 없는 모양이네. 아니 그보다도 이의를 제기할 틈 따위 없어."

이미 A반의 대다수는 사카야나기 파벌에 들어가 있었다. 흔쾌히 받아들이지 않는 학생도 일부 있겠지만, 반기를 들 정도는 아니었다.

안정적으로 졸업하기 위해서는 사카야나기의 편에 계속 붙어있어야 한다.

하지만 토츠카만은 카츠라기를 맹신했기에 반발했다.

그러한 행동이 무의미하다는 것은 카츠라기가 제일 잘 알았다.

"그럼 거수로 정할까. 이번 추가 시험에서 희생될 퇴학생으로 카츠라기 군을 지목하는데 찬성하는 사람은 손을 들어주기 바라."

반 아이들이 일제히 손을 들었다.

토츠카와 카츠라기, 그리고 사카야나기를 제외한 37명 모두 찬성.

마시마는 이렇게 되리라는 것을 예감했다는 듯 조용히 시선을 피했다.

"이렇게 해서 이번 시험에 관한 이야기는 끝났네."

"이래도 되냐고!"

"괜찮아, 야히코."

끝까지 저항하는 토츠카였지만, 카츠라기는 사카야나기에 반론하지 않았다.

"내가 맺은 계약은 아직 살아있어. 그 바람에 A반의 프라이빗 포인트가 아깝게 D반의 류엔에게로 넘어가고 있으니.

책임져야지."

"하, 하지만 그렇게 해서 반 포인트를 얻었잖아! 우리 반이 손해 본 것도 아니고! 게다가 D반에서 류엔이 퇴학생으로 뽑힐지도 모르는데! 그렇게 되면 카츠라기가 퇴학당하지 않아도 계약이 무효가 된다고!"

필사적으로 주장하는 토츠카.

"우리 반의 리더라고 해서 뭐든지 맘대로 해도 된다고 생각하지 마!"

"그만해, 야히코."

혼자 열 내는 토츠카를 카츠라기가 다시 한번 막았다.

조금 전보다 더 강한 어조로.

"카츠라기……!"

본인이 제일 괴로운 상황인데도 열심히 냉정함을 지키고 있었다.

그 모습에 가슴을 치면서, 고개를 푹 숙인 토츠카가 다시 자리에 앉았다.

"나야 계속 들어도 상관없는데? 흥미로운 연설이기도 했고."

"됐어. 내가 퇴학당하는 방침에 이의는 없어."

"그래? 그럼 카츠라기 군의 의향을 존중해서 그렇게 정하도록 해."

5분도 채 되지 않은 회의에서 A반은 추가 시험의 결론을 냈다.

마치 추가 시험 따위 존재하지 않는다는 듯, A반에는 평소와 같은 시간이 흘렀다.

카츠라기는 자리에서 일어나 혼자 있으려고 복도로 나왔다.

그를 뒤따라, 당연하다는 듯 토츠카가 달려 나왔다.

"카츠라기, 정말로 퇴학당할 생각이야?!"

"……어쩔 수 없는 일이야. 이 시험은 반에서 권력을 쥐고 있는 학생이 압도적으로 유리해. 내가 발버둥 쳐봤자 사카야나기 파의 비판표를 뒤집을 수는 없어."

"하, 하지만 사카야나기에게 불만 있는 학생도 있을 거라고! 그 녀석들을 모아서……."

"너는 지금까지 수없이 나를 도와주었지. 고맙게 생각해."

"카츠라기……!"

"하지만 내가 퇴학당하고 나면 너는 사카야나기 쪽에 붙어야 해. 괜히 눈 밖에 났다간 다음 차례는 네가 될 거야. 야히코."

그걸 잘 알고 있기에 사카야나기와 토츠카의 충돌이 일어나지 않게 했던 카츠라기.

"그게 내가 내리는 마지막 지시야."

"……으, 흐윽……."

분한 감정에 얼굴을 찌푸린 토츠카는 필사적으로 고개를 끄덕이는 것밖에 할 수 있는 일이 없었다.

그날 방과 후.

"돌아가자, 마스미."

"……그래."

사카야나기는 카무로에게 그렇게 말하고는 자리에서 일어났다.

"케야키 몰에 있는 카페에 신상 음료가 나왔대. 마시고 가지 않을래?"

주말이면 반에 퇴학생이 나온다.

그것도 자신이 지목한 학생이 퇴학당하는데도, 평소와 다르지 않은 모습이었다.

"너 말이야."

"왜?"

"……아무것도 아니야."

카무로는 물어봤자 헛수고라며 생각을 고쳤다.

사캬야나기의 냉철한 판단에는 피가 흐르지 않는다.

자신도 비슷한 부류의 인간이기에 그걸 지적하자니 웃음이 나왔다.

두 사람 사이에 흐르는 침묵을 깬 것은 한 통의 전화였다.

사카야나기가 주머니에서 스마트폰을 꺼냈다.

엷은 미소를 지으며, 기쁜 듯 전화를 받는 사카야나기.

"안녕, 야마우치. 슬슬 연락할 때가 됐다고 생각했어."

"유별나네……."

이렇게 사카야나기가 야마우치와 대화하는 모습은 최근 들어 그리 드물지 않은 모습이었다.

매일같이 서로 전화를 걸어 시답잖은 잡담을 꽃피우고 있었다.

"오늘? 응, 상관없어. 만나자. 그런데 지금 당장은 약속이 좀 있어서 힘드니까 이따가 만나."

전화 내용이 야마우치로부터의 러브콜이라는 것은 바로 알았다.

"지금 이동 중이어서, 나중에 다시 전화할게."

그렇게 말하고 몇 초 뒤 전화를 일단 끊은 사카야나기.

"밤에 야마우치와 만나기로 약속했어."

"너, 야마우치랑 자주 연락하는 것 같은데, 무슨 생각이야?"

"신경 쓰여서."

"신경 쓰이다니, 좋아한다는 뜻이야?"

"내가 그 애를 좋아하면 이상해?"

카무로는 야마우치의 모습을 떠올리고는 고개를 가로저었다.

"농담이지?"

"응. 농담이야."

"야……."

"C반의 스파이로 이용할 수 없을까 해서 조련 중일 뿐."

"조련 중이라니…… 그렇게 쉽게 될 리 없잖아."

"꼭 그렇지도 않아. 마침 흥미로운 시험이 생겼으니 한번 써 보려고."

사카야나기는 카무로에게 절반의 진실, 그리고 절반의 거짓을 알려주었다.

측근이라고는 하지만 완벽하게 믿는 상대가 아닌 이상, 감춰야 할 것은 감춰가며 이야기했다.

"우선은 오늘, 그 애를 만나자. 내 목적이 뭔지 조금은 알게 될 거야."

앞으로 있을 일을 떠올리며 사카야나기는 기쁜 듯이 웃었다.

6

밤.

사카야나기와 카무로는 케야키 몰에서 야마우치와 만났다.

그 광경을 남들이 보지 못하도록, 노래방을 약속 장소로 정해서.

"오늘도, 그러니까…… 카무로가 같이 왔구나."

"미안. 아직 둘만 있는 데이트는 좀 어색해서……."

"아, 아니, 괜찮아, 전혀! 이렇게 데이트를 할 수 있는 것만으로도 난 행복해!"

미움받고 싶지 않은 마음이 강한 야마우치가 필사적으로 미소 지었다.

사실은 사카야나기와 단둘이 있을 때, 고백.

그런 다음 정식 연인이 되고 싶다고 생각했지만, 꾹 참고 견뎠다.

"야마우치. 이번 추가 시험, 괜찮아?"

"뭐가?"

"아니. 괜찮으면 됐어, 다만······."

살짝 의도적으로 뜸을 들였다.

"만약에 야마우치가 퇴학당해버리면 이렇게 만날 수도 없으니까. 그건 싫어서."

내숭 떠는 사카야나기의 모습에 카무로는 토가 나올 것 같았지만 당연히 겉으로 티 내지는 않았다.

이건 그저 사카야나기의 놀이일 뿐.

일일이 생각하고 있다가는 몸이 견뎌내지 못할 것이다.

"나, 나도 그래!"

"똑같은 마음, 이라는 거네."

가슴을 쓸어내리는 사카야나기.

"만약에 무슨 난처한 일이 생기면 나한테 상의해."

"하지만──."

"물론 나와 야마우치는 적 관계지만 이번 시험은 별개야. 다른 반과 경쟁하는 시험도 아니잖아?"

"그건 그렇지만······."

"오히려 서로 도울 수 있을지도 몰라."

"돕는다고……?"

야마우치의 머릿속에도 스치고 지나간 것.

"이를테면 말인데…… 내가 가진 칭찬표를 야마우치에게 쓴다든지."

그 말을 듣고 야마우치는 침을 꿀꺽 삼켰다.

다른 반이 주는 칭찬표는 한 표라도 더 많을수록 좋다.

퇴학 위기에 있는 학생에게는 두말할 필요도 없다.

"지, 진짜로 들어줄 거야?"

"힘든 일이 생기면 내가 도와줄게."

다정한 그 말에 야마우치는 진심으로 기뻐하며 겉으로는 차분한 척했다.

여자애와 이렇게 가깝게 대화를 나눈 적이 살면서 단 한 번도 없었던 야마우치는 연애 경험이 없다는 것을 들키는 게 창피했기 때문이다.

"실은 반에서 질투 당하고 있는 것 같아. 그 녀석들이 나한테 비판표를 던질까 봐 조금 걱정이긴 한데……."

"질투?"

"이렇게 사카야나기랑 만날 수 있는 것도 나뿐이니까."

"그렇구나. 다른 남자애한테는 전혀 관심 없어."

성적이 나빠 퇴학 후보자가 되었다고는 입이 찢어져도 말할 수 없었다.

야마우치는 자신을 좋게 포장해 사카야나기가 호감을 느

255

끼게 만들고 싶었다.

"알았어. 그럼 야마우치가 무사하기 위한 비책을 알려 줄게."

"비, 비책?"

"응. 반에 절반 정도를 같은 편으로 끌어들여. 그리고 한 명을 타깃으로 삼아서 퇴학당하게 몰아붙이는 거야."

"아…… 하지만 그랬다가는 내가 표적이 될지도 모르는데……?!"

"그렇지. 다들 무서울 거야. 조심성 없이 친구를 공격하는 짓을 하면 오히려 자기한테 비판표가 몰릴지도 모르니까."

야마우치가 고개를 끄덕였다.

"그러니까 내가 돕겠다는 거야."

"어, 어떻게?"

"나를 따르는 A반 애들이 20명 정도니까 그 애들의 칭찬 표를 야마우치에게 줄게."

"뭐?!"

"야마우치에게 칭찬표를 친구들도 적지 않겠지? 다 합하면 가령 비판표가 30표 이상 모인다고 하더라도 대부분 상쇄할 수 있어. 퇴학은 피할 수 있을 거야."

"지, 진심으로 하는 말이야?"

"물론이지. 하지만 20표가 확보된다고 해도 완전히 안심할 수는 없어. 그러니까 네가 주도자가 되어서 학생 하나를 궁지로 내몰아야 하는 거야."

"누, 누구를?"

"으음…… 물론 C반에 도움 되는 학생을 배제할 수는 없으니까. 마스미, 좋은 생각 없어?"

"……아야노코지는 어때?"

"아야노코지? 이름은 들어본 기억이 있는데…….'"

"아, 으음, 존재감 없는 녀석이어서. 뭐라고 설명해야 좋을까…….'"

"자세한 건 됐어. 어쩌면 딱 좋은 상대일지도 몰라. 그 애랑 친한 건 아니지?"

"그야, 전혀! 그냥 같은 반!"

"그럼 그 애를 희생양으로 삼자."

"하지만…….'"

살고 싶은 감정과 같은 반 애를 희생시킬 수 없다는 감정이 서로 충돌했다.

하지만 자기부터 살고 싶은 마음이 드는 건 불 보듯 뻔한 이야기였다.

"어떤 관계든 반 친구를 내치는 건 마음 아픈 일이지. 그러니까 깊이 생각하지 않는 게 좋아. 우리가 대상을 적당히 정했으니까, 너는 거기에 따랐을 뿐이라고 생각하면 돼."

그렇게 하면 마음이 덜 아프겠지? 하고 미소 지었다.

"시험이 끝나고, 다음 주 월요일. 그때는 나랑 둘이서만 만날래? 그때 야마우치한테 하고 싶은 말이 있어. 아주 중요한 이야기가."

"읍!"

이것이 야마우치 농락의 결정타가 되었다.

혼자 망상을 펼치며 사카야나기의 사랑 고백이라고 믿었다.

그리고 무사히 월요일을 맞이하기 위해서라도 퇴학은 반드시 피해야 했다.

무엇보다 사카야나기가 제시한 작전을 잘 이행하지 않으면 미움을 살지도 모른다.

야마우치는 그런 생각에 사로잡혔다.

"그럼 먼저 아야노코지 쪽에 붙을 것 같은 인물부터 추려볼까. 그 애 모르게 조용히 퇴학시키는 게 제일 좋으니까."

"아, 알았어."

"그런데 미리 충고할 게 있어, 야마우치."

"충고……?"

"우리가 야마우치한테 칭찬표를 준다는 이야기는 아무한테도 하면 안 돼. 섣불리 이야기하면 너희 반 애들이 너를 싫어할지도 몰라."

"그렇겠지……."

야마우치만 세이프 존에 든다고 하면 질투나 반감을 살 게 불 보듯 뻔했다.

"알았어. 약속할게."

"고마워."

"다만…… 저, 저기 말이야."

"왜?"

"그게, 의심하는 건 절대 아닌데…… 정말로 나한테 칭찬 표를 주는 거지?"

"증거를 줬으면 해?"

"아무리 해도, 걱정돼서 말이야……."

구두 약속으로는 확신을 가질 수 없는 야마우치가 불안해하는 것도 사카야나기의 예상 안에 있었다.

"내가 야마우치를 배신할까 봐? 그래봐야 아무런 득도 없잖아? 하지만 그래도 믿지 못하겠다면…… 이 이야기는 없었던 거로 하자. 약속 하나도 못 믿는 사람이라니, 다음 주의 만남도 다시 생각해야겠네."

"자, 잠깐만! 믿어, 믿는다고!"

물러나려는 사카야나기를 열심히 만류하는 야마우치.

"미안, 의심해서……."

"괜찮아. 불안해하는 마음도 잘 아니까."

다정하게 미소 지은 사카야나기는 마지막 충고를 날렸다.

"그리고…… 만약 야마우치가 앞으로 나를 대상으로 도청이라든지 도촬 같은 행위를 한다면 그 순간 우리 사이는 끝이야. 나랑 야마우치는 적이 되는 거야."

"거, 걱정하지 마. 그런 건 절대 안 하니까!"

"좋아. 그럼 마스미, 몸수색을 부탁할게."

"뭐? 내가?"

"부탁할게."

"······알았어."

뚱한 표정으로 야마우치의 몸을 훑는 카무로.

"하, 점점 재밌어지네."

이것은 단순한 놀이.

사카야나기는 처음부터 결론을 내고 있었다.

야마우치가 돌아간 후에도 사카야나기는 카무로와 계속 노래방에 남았다.

"안 갈 거야?"

시간은 8시를 지나고 있었다.

학생들이 출입 가능한 시간은 9시까지이므로 곧 문 닫을 시간이다.

"이번 작전, 마스미는 어떻게 생각해?"

"어떻게라니······."

"아야노코지는 보통 인물이 아니야. 그건 알지?"

"뭐, 아야노코지에 대한 네 관심이 대단하니까."

"그게 전부는 아니잖아? 마스미도 그 애를 가까이서 보고 분명 느꼈을 거야."

자세한 것은 몰라도 어딘지 꺼림칙하고 비밀이 많은 듯한 학생.

그게 마스미가 품은 아야노코지에 대한 인상이었다.

"그 애는 강해."

"······그 정도로?"

"카츠라기나 류엔, 이치노세 따위는 상대도 안 돼."

"뭐? 그럼 너는?"

"글쎄. 어떨까?"

"……정말인가 보네. 네가 그런 식으로 말하는 걸 보니."

사카야나기가 바로 이긴다고 할 줄 알았던 카무로는 깜짝 놀랐다.

"물론 이길 거야. 하지만 그 애의 바닥이 보이지 않는 것도 사실. 아니…… 좀 다를까. 어쩌면 난 아야노코지가 나로서는 상대조차 안 될 만큼 강했으면 좋겠다고 생각하는 걸지도."

자기도 몰랐던 이상한 감정.

"내 손으로 퇴학시키기 전에 볼 수 있으면 좋겠어. 그 애의 진짜 모습을."

사카야나기는 진심으로 그리 빌었다.

7

그것이 화요일에 있었던 일.

그리고 다음 날부터도 계속해서 사카야나기는 야마우치의 보고를 받았다.

어떻게 처신해야 할지, 어떻게 버텨야 할지 친절하게 전수해주었다.

자기 방에 놓인 체스 말을 움직이면서.

"그렇구나. 그게 아아노코지에게 비판표를 줄 사람들이네?"

총 21명. 생각했던 것보다 찬동하는 사람이 많아 사카야나기는 감탄했다.

야마우치 단독으로는 아마 이 정도까지 좋은 전개를 이끌어내지 못했으리라.

"야마우치."

"왜, 왜?"

"역시 쿠시다한테 중개 역할을 부탁하는 게 정답이었네."

그녀는 반 친구를 위해 행동하는 스타일.

"뭐, 그렇지. 사카야나기의 말대로였어."

야마우치에게 부탁받으면 쉽사리 거절하지 못하리라고 판단하고 결정한 행동이었다.

무엇보다 쿠시다에 관해서 사카야나기도 몇 가지 마음에 걸리는 정보를 쥐고 있었다.

"부탁할 때 울면서 애원하기라도 한 거야?"

"서, 설마 그렇게 찌질한 짓은 안 한다고!"

울면서 애원했나 보네, 하고 사카야나기와 카무로는 눈으로 대화했다.

"그럼 교섭술이 완벽했던 모양이네."

"뭐, 그렇지……."

"그럼 내일, 누구를 끌어들일지는 내가 다시 연락할게."

"알았어."

중요한 것은 내일 목요일.

지금부터 어떻게 손을 써서 반 친구를 야마우치 진영으로 끌어들일지는 사카야나기가 판단했다.

통화를 마치자 카무로가 말했다.

"그 쿠시다가 누군가를 쳐내는 일에 협력하다니."

"울면서 애원하는데 도와주지 않을 수도 없지. 그나저나 이 많은 학생을 끌어들이려면 그만큼의 화술도 필요할 텐데, 쿠시다라는 학생은 상당한 달변가인 모양이네."

체스 말을 꽉 움켜쥔 사카야나기가 카무로를 쳐다보았다.

"앞으로 어떻게 될 것 같아?"

"이대로만 가면 아야노코지에게 비판표가 집중되어서 퇴학……이겠지만 네 말처럼 그가 강적이라면 뭔가 수를 쓰지 않을까?"

"자기가 타깃인 걸 몰라도 말이야?"

"방법은 모르겠지만."

"그 애는 늘 경계하고 있어. 지금은 자기가 타깃인 걸 몰라도, 이 시험의 본질을 생각하고 뭔가를 계기로 비판표가 모일 가능성을 배제하지 않을 거야. 그에 대비해 미리 대책을 생각해두겠지."

"……그 대책이란 건?"

"반에 방해가 되는 학생이 있다는 사실을 모두의 앞에서 증명하는 거야. 이유는 뭐든 상관없지만, 상대가 무능할수록 효과는 강할 거야."

가까운 미래. 사카야나기는 C반에서 일어날지도 모르는 풍경을 떠올렸다.

"이를테면 야마우치. 그는 나랑 협력해서 자기 반의 아야노코지를 퇴학시키려고 움직이고 있어. 이런 짓이 발각된다면 그야말로 이상적인 존재 아니겠어?"

"네 입장에서는 아야노코지든 야마우치든 상관없다는 얘기가."

사카야나기는 비어 있던 다른 한 손으로 킹을 쥐었다.

"아니. 킹은 끝까지 남겨둬야지."

끝까지, 모든 수를 사카야나기는 컨트롤하고 있었다.

8

시험 전날인 금요일 밤. 시험을 코앞에 앞둔 사카야나기는 노래방에 있었다.

"상황이 어떤데?"

멤버는 카무로와 하시모토. 그리고 키토까지 총 네 명.

"오늘 전부 들킨 모양이야. 호리키타가 냄새를 맡고, 내가 야마우치와 손잡은 사실을 폭로했다는 것 같아. 도대체 정보가 어디서 샌 걸까?"

감자튀김 하나를 집어 입으로 가져가는 사카야나기.

그 모습을 보며 한 멤버가 진언했다.

"사카야나기, 그 정보원은 카루이자와야. 내가 말했지. 아야노코지를 확실히 쓰러트리려면 카루이자와를 야마우치 그룹에 끌어들이지 않는 게 좋다고."

하시모토 마사요시. 사카야나기의 측근 중 하나로 아야노코지를 독단으로 마크한 인물.

그 과정에서 카루이자와와 긴밀히 만나는 아야노코지를 보았던 그는, 사카야나기에게 조언했다.

사카야나기는 일단 그 말대로 카루이자와를 끌어들이지 않았지만, 목요일이 되자 갑자기 방침을 바꾸었다.

그리고 그 결과가 오늘의 사태를 초래했다.

"이번 작전을 완벽히 수행하려면 시험 종료 때까지 아야노코지가 자신이 타깃이라는 걸 눈치채지 못하게 해야 했던 거 아닌가?"

"맞아. 네 충고는 똑똑히 기억하고 있어. 아야노코지와 카루이자와는 보통 사이가 아닐 가능성이 있다는 거. 그건 즉 그녀가 알면 필연적으로 아야노코지의 귀에 들어간다는 의미지."

그래서 사카야나기는 곧이곧대로 카루이자와를 끌어들이는 것을 보류했었다.

그렇게 화요일과 수요일을 날리고, 굳이 목요일에 움직였다.

그리고 금요일의 흐름을 봤을 때, 카루이자와가 아야노코지에게 정보를 흘린 건 거의 확실했다.

"실패했잖아, 사카야나기."

이야기를 들은 카무로에게서도 그런 말이 튀어나왔다.

하시모토는 사카야나기가 왜 실패했는지 분석에 들어갔다.

"여학생의 중심인 카루이자와를 끌어들이면 단숨에 비판표를 아야노코지에게로 집중시킬 수 있어. 20표라는 목표를 넘어서 30표 가까이까지도 가능했지. 욕심이 좀 과했나."

"그들이 반 재판을 할 거라는 건 알고 있었어. 늦든 빠르든 시간문제였지."

"하지만 들키지 않았으면 야마우치한테도 빠져나갈 구멍이 남아 있었을지도 몰라."

각자의 의견을 들은 사카야나기는 즐거워서 참을 수 없었다.

"자기가 먹잇감이 된다는 걸 알면 초식동물이라도 최후의 발악을 하는 법. 하지만 그렇기에 재미있는 거라고 나는 생각해. 남은 시간 동안 그가 무엇을 할지, 어떻게 발버둥 칠지 보고 싶지 않아?"

"그게 보고 싶어서 일부러 카루이자와한테 정보를 흘렸다고?"

"네 조언이 진짜인지 확인할 수도 있었고."

"하지만 아야노코지가 호리키타한테 의논했고, 그 흐름으로 반 아이들에게도 폭로했어. 이제 상황이 어떻게 될지 몰라. 야마우치는 우리의 칭찬표를 받을 테니 퇴학당하지는 않겠지만, 아야노코지의 퇴학도 불분명해졌다고. 이제 누가 퇴학당할지 예상할 수가 없어."

"아야노코지에게 비판표를 주기로 한 걸 입으로만 약속한 것도 실수 아니야? 오늘 폭로로 몇 명이 아야노코지에게 주려던 표를 거둘지……."

아야노코지에게 갈 비판표가 격감하고, 야마우치 쪽의 비판표는 늘어날 것이다.

하지만 야마우치는 A반으로부터 20표를 받아 궁지에서 벗어날 것이다.

그렇게 되면 최후에 누가 가장 많은 비판표를 받을지 알 수 없다.

그러한 하시모토와 카무로의 분석을 듣고 사카야나기가 웃었다.

사카야나기의 눈에는 이미 보이는 결과.

아직 카무로나 하시모토, 야마우치에게는 보이지 않는 결과.

그것을 머릿속으로 그렸다.

사카야나기는 전원 꺼진 스마트폰을 꺼냈다.

전원을 켜두면 야마우치로부터 집요하게 전화와 메시지가 날아오기 때문이다.

A반이 가진 많은 칭찬표의 행방.

정말로 야마우치에게 갈지, 그게 불안해서 견딜 수 없겠지.

"모두에게 깜박하고 전하지 못한 게 있어. 야마우치에게 관한 아주 중요한 이야기야."

사카야나기는 그렇게 말하며 기죽지도 않고 전하지 못한
이야기를 꺼냈다.

○퇴학생들

마침내 시험 당일, 토요일 아침이 밝았다.

거의 모든 반의 상황이 정리되었으리라.

A반은 카츠라기, 그리고 D반은 류엔 카케루.

B반은 퇴학생을 아무도 내지 않을 거라는 생각을 바탕으로 움직이고 있다.

물론 이 중 아무도 퇴학당하지 않을 가능성도 있고, 모두 퇴학당할 가능성도 있다.

그건 뚜껑을 열 때까지 아무도 모르겠지.

누군가를 배제하려고 해도 다른 반의 칭찬표가 모이면 계획이 꼬인다.

중요한 것은 지금 이 순간부터다.

나도 100% 안전권에 있는 게 아니다.

이 시험에 절대적 보장 따위는 없다.

교실에 모이는 시간은 여느 때와 같았지만, 시험 시작은 9시부터였다.

지금 시각은 8시 30분.

조금의 유예 시간을 준 것은 학교 측의 배려, 아니 노림수인가.

최후의 순간까지 학생들이 서로 의심하게 만들기 위한 수작.

"너는 결국, 아무 짓도 안 했어?"

"뭐를?"

"네가 위기에 빠졌는데도 진짜 아무것도 안 했냐고 묻고 있는 거야."

"무슨 짓을 한 것처럼 보여?"

"……아니."

"그게 정답이야. 나는 이번에 아무것도 하지 않았어. 오히려 네 도움을 받았지."

"그러다 퇴학당하면 웃지도 못할 텐데."

"너처럼 저항하다가 퇴학당해도 못 웃는 건 마찬가진데 뭘."

이것이 옆자리 사람들끼리 나누는 마지막 대화가 될지도 모른다.

"하긴."

호리키타가 짧게 대답했다.

이대로 얌전히 시험을 맞이할 것이다.

그렇게 생각했는데…… 최후의 순간까지 와서 또 상황이 바뀌었다.

"다들 들어주기 바라."

히라타였다. 어제 호리키타와 설전을 벌였지만 사실 뭔가 방법이 있었던 것은 아니다.

그저 막연히 호리키타한테 투표하겠다고 말했을 뿐.

물론 히라타를 숭배하는 학생들의 표는 일부 그리로 갈지도 모른다.

하지만 결정타가 되지는 못한다.

C반에서 호리키타에 대한 평가는 비교적 높다.

과감한 말투는 가시이기도 하지만, 동시에 믿음직스러운 구석도 있다.

"나도 어제 호리키타의 이야기, 그리고 다른 모두의 이야기까지 듣고 하나의 결론에 도달했어. 이번 시험은…… 비판표를 누구에게 줄 건지가 가장 중요하지."

히라타는 차분하고 냉정해보였다.

"쟤, 아직도 뭔가 할 말이 남았나 보네."

"그런 것 같군."

그렇지 않다면 이렇게 막판에 와서 말하려고 하지 않을 것이다.

"헛수고야. 저 애는 대책도 없으면서, 그저 결론을 뒤로 미루는 말밖에 못 해."

아니, 어떨까.

히라타의 눈에는 일종의 결의가 깃들어 있는 것처럼 보였다.

"우선 내가 어제 호리키타에게 비판표를 주겠다고 한 말, 그걸 사과하고 싶어."

무슨 말을 하려나 했더니, 히라타는 호리키타에게 고개 숙여 사과했다.

"사과할 필요 없을 텐데. 도대체 무슨 생각이야?"

"넌 우리 반에 필요한 학생이야, 그렇게 판단했을 뿐이야."

"그럼 너는 누가 필요 없는지 지금은 알아?"

"응. 알게 됐어."

히라타가 딱 잘라 말하자 호리키타가 하려던 말을 삼켰다.

"……그게 누군데?"

"지금부터 그걸 말할 거야."

히라타는 천천히 자기 자리에서 이동해 교단 앞에 섰다.

어제 호리키타가 그랬듯이.

"나는, 우리 반을 아주 좋아해. 모두가 필요한 존재라고 생각해. 누가 뭐라고 해도, 그 결론은 변함없어. 하지만 이래서는 해결이 나지 않는다는 것도, 이제는 알아."

고민을 거듭한 끝에, 히라타가 도달한 대답.

어제 들은 것과 아무것도 달라지지 않았겠지.

"내 이름을── 비판표에 써줬으면 해."

어쩌면, 하고 생각했던 발언이 히라타의 입에서 나왔다.

"그, 그게 가능할 리 없잖아!"

그렇게 외치는 미짱. 이어서 다른 여자애들도 소리쳤다.

"나는 퇴학당해도 괜찮아. 난 이미 각오했어."

"무슨 말을 하려나 했더니…… 너, 제정신이야?"

이대로 히라타가 하고 싶은 대로 계속 말하게 둬도 되건만, 호리키타가 무심코 거친 소리를 쏟아냈다.

"아무리 퇴학생을 못 고르겠다고 해도 그렇지, 자기를 희생하겠다는 거야?"

"호리키타가 말했지. 퇴학을 희망하는 학생이 있다면 이야기는 빠를 거라고."

"그건——."

"그래서 내가 입후보하는 거야."

"네 퇴학을 진심으로 바라는 학생 따위, 우리 반에 아무도 없어. 싸움을 가라앉히기 위해 반을 통합하는 역할을 맡은 네가 빠지다니. 너무 바보 같은 이야기잖아."

"그래도 나는 상관없어."

이제 C반은 엉망진창이 되었다고 말해도 좋을 것이다.

누가 누구의 등을 밀어도 이상하지 않았기 때문이다. 열쇠는 누구에게 비판표를 줄 것인가라는 점에서, 누가 칭찬표를 받을 것인가로 이동하기 시작했다.

히라타가 빠지면 이후의 시험부터는 그 허들의 높이가 쑥 올라가겠지.

반의 중심인물을 잃을 위기.

"줄 수 있을 리가 없어. 히라타한테 비판표라니."

시노하라 그리고 여자애들이 입을 모아 그렇게 말하며 히라타를 감쌌다.

그때마다 히라타는 마음에 상처가 쌓이고 있겠지.

"나를 감싸봐야 얻을 거 하나도 없어. 이제 너희 다 싫어졌어."

목소리 톤은 평소와 다름없었지만, 나오는 말은 독했다.

"그러니까 나를 편하게 해줬으면 좋겠어."

"나는…… 나는 히라타한테 줄 거야!"

그렇게 소리친 사람은 야마우치였다.

"히라타를 위해서라도, 나는 그렇게 해야 한다고 생각해!"

그렇게, 계속해서 소리쳤다.

"그렇군. 야마우치 그게 네 최후의 발악이냐……."

야마우치는 아마도 어제 히라타와 만났을 것이다.

그리고 퇴학당하고 싶지 않다며 애원하고 매달렸으리라.

그것도 히라타가 퇴학을 결심한 이유 중 하나일지도 모른다.

긴 침묵이 지나가고, 차바시라가 교실에 들어왔다.

"그럼 지금부터 반 내부 투표를 시작한다. 호명된 학생부터 순서대로 투표실로 이동해라."

교실에서 일제히 투표하는 것은 아닌 모양이었다.

훔쳐보는 것도 가능하니까 말이지. 철저한 익명 투표라는 것이리라.

자, 과연 어떤 결과가 나올까…….

1

A반. 결과가 발표되는 토요일, 모두 냉정하게 그때를 기

다리고 있었다.

그들은 추가 시험이 발표되자마자 퇴학생을 정했다.

거기에 이의를 제기하는 사람은 아무도 없었다.

시험 결과를 알리는 벨 소리와 함께 마시마가 교실에 들어왔다.

늘 냉정한 그 남자는 오늘이라는 날을 맞이하고도 아무 생각이 없었다.

아니, 생각하지 않으려고 하고 있었다.

고도 육성 고등학교에 교사로 부임한 지 4년.

그동안 수도 없이 퇴학당하는 학생들을 봐왔다.

"지금부터, 추가 특별시험 결과를 발표하겠다. 먼저 칭찬 표를 가장 많이 받은 사람은…… 1위 사카야나기, 너야. 총 36표를 얻었어."

"설마 제가 뽑힐 줄은 꿈에도 몰랐어요, 감사합니다."

그저 인사치레로 대답했다. 반의 거의 모든 아이에게 받은 칭찬표.

"이어서…… 반에서 비판표를 가장 많이 받은 사람을 발표하겠다. 알고 있겠지만, 여기서 호명된 사람은 퇴학이야. 이후에 짐을 챙겨서 나와 함께 교무실로 갈 예정이다."

웅성거리거나 소란한 소리는 들리지 않았다.

그저 조용히, 퇴학생의 이름이 불리기를 기다리는 A반 학생들.

"──최하위는, 비판표 36표를 받은 학생."

순간의 침묵.

그리고——.

"토츠카 야히코."

이름이 발표되었다.

고요한 교실에 울려 퍼진 한 학생의 이름.

"말도 안 돼, 이게 어떻게 된 일이야!"

결과가 발표된 직후, 카츠라기가 소리치며 자리를 박차고 일어섰다.

"카, 카츠라기…… 앗, 어째서, 아아……?"

토츠카도 믿을 수 없다는 듯 카츠라기의 얼굴을 쳐다보았다.

압도적으로 토츠카에게 비판표가 쏠리면서 총 36표를 획득하여 퇴학 결정.

그리고 모든 학생의 칭찬표와 비판표 결과가 일제히 발표되었다.

카츠라기의 결과는 토츠카보다 한 순위 위인 비판표 30표였다.

"어떻게 된 일입니까, 선생님! 퇴학당해야 할 사람은 제가 아닌지——."

"결과는 틀림없어."

카츠라기의 질문에 조용히 대답하는 마시마.

혼란에 빠진 그들에게 힌트를 주듯 한 소녀가 입을 열었다.

"카츠라기는 너한테 칭찬표를 준 모양이네. 다행이야."

그리하여 사태를 파악했다.

이것은 뭔가 착오가 생겨서 빚어진 상황이 아니라 처음부터 계획된 것이었다고.

"기다려, 사카야나기! 내가 퇴학당해야 하는 것 아니었나!"

"카츠라기가 퇴학을? 너는 처음부터 타깃이 아니었는데."

사카야나기가 딱 잘라 말했다.

"농담하지 마라! 너는 분명 그렇게 말했어, 나를 떨어뜨릴 거라고!"

"그러고 보니 그랬네. 내가 너를 떨어뜨리겠다고 말했지…… 근데 그건 거짓말이야."

부드럽게 미소 짓는 사카야나기에게서 부끄러움은 조금도 찾아볼 수 없었다.

"이유가 뭐야…… 이유가 뭐냐고!"

"답은 간단해. 토츠카는 A반에 아무런 메리트도 없기 때문이야. 반면에 카츠라기, 너는 머리 회전도 빠르고 운동 신경도 결코 나쁘지 않지. 냉정함도 겸비한 너는 나름대로 도움이 돼. 불필요한 인간을 처리하려고 치는 시험인데 우수한 사람을 쳐낼 바보가 어딨겠어."

"윽!"

물론 사카야나기의 노림수는 그게 전부가 아니었다.

카츠라기 편에 선 학생은 원래 토츠카만이 아니었다. 배신자에게는 가차 없이 벌을 주겠다는 본보기의 의미로도 토츠카의 퇴학은 A반에 큰 영향을 미쳤으리라.

카스라기에게 협력하면 제일 먼저 처벌된다는 사실을 깊이 심었다.

"그럼 왜 그렇게 에둘러서 했어……."

"최대한 리스크를 피하는 건 당연하지 않아? 이 시험에서 숫자만 놓고 보면 가장 많은 칭찬표는 나머지 세 반의 표. 만약 토츠카가 자력으로 다른 반에서 칭찬표를 모으면 A반이 아무리 퇴학시키려고 해도 안 되니까."

다른 반에서 어쩌다가 토츠카를 도우려는 움직임이 꼭 일어나지 않는다는 보장은 없다.

하지만 카스라기가 퇴학 대상인 것처럼 해두면 아무도 토츠카에게 칭찬표를 주려고 하지 않을 것이다.

"고생 많았어, 토츠카. 이 학교를 떠나도 건강하기를."

"으, 으, 윽……! 젠장, 젠자앙……!"

무너지듯 몸을 웅크리는 토츠카에게 카스라기는 아무런 말도 걸 수 없었다.

원래라면 토츠카는 카스라기가 퇴학당하지 않았다는 사실에 몹시 기뻐했으리라.

하지만 자신이 퇴학당해버리고 난 지금, 이제 그런 건 아무래도 좋을 것이다.

아니 오히려, 왜 카스라기가 아니라 자신이냐고 원망할 정도니.

카츠라기가 퇴학당했다면 토츠카 야히코는 A반에 남을 수 있었다. 내키지 않아 하면서도 사카야나기를 따라 졸업. 그리하여 성공한 그룹에 들 수 있었다.

미안하다고는 생각하면서도 어렴풋이 그리기 시작했던 자신의 미래.

그 모든 것을 갑작스레 잃었다.

"2,000만 포인트로의 구제는—— 안 되겠지."

"그래. 우리가 가진 포인트를 전부 더해도, 안타깝지만 모자라."

"토츠카, 이 결정을 뒤집는 방법은—— 이제 존재하지 않아."

담임인 마시마도 마음속 고통을 감추며 그렇게 알렸다.

"……."

토츠카는 할 말을 잃고 그저 느릿느릿 고개를 끄덕이는 것밖에 할 수 없었다.

"일단 토츠카는 나를 따라 교무실로 가자. 짐은 나중에 내가 정리해두마."

최소한의 배려로, 마시마가 그렇게 말하며 토츠카에게 퇴실을 요구했다.

퇴학이 결정된 상황에서 교실에 계속 남아봐야 마음만 아플 뿐이기 때문이었다.

"그런데 마시마 선생님——. 하나만 질문해도 될까요."

"뭐지? 사카야나기."

토츠카를 데리고 교실을 나가려 하는 마시마를 불러세우는 사카야나기.

마시마는 토츠카를 복도로 먼저 내보냈다.

"이번 시험에서는 슬프게도 토츠카가 희생되고 말았는데……. 다른 반 학생도 누가 퇴학당하게 됐는지 다 결정되었겠죠?"

"잠정적으로는 그렇지. 확정되는 대로 1층 게시판에 결과가 붙을 거다."

"그 결과에 따라 카츠라기에게 영향이 미칠 염려는 없나요?"

"무슨 소리지, 사카야나기."

"참고하려고 여쭤보는 것뿐이에요."

마시마도 카츠라기와 마찬가지로 순간 사카야나기가 무슨 말을 하는지 이해하지 못한 듯했다.

혹시라는 가능성을 고려하지 않았다.

하지만 사카야나기의 뻔뻔한 미소를 보고 마시마는 생각을 고쳤다.

"……누가 퇴학당하든 영향은 없어. 『그것』은 그런 게 아니야. 만약 영향이 있다면 너도 누군가를 쉽사리 퇴학으로 밀어붙이진 못했겠지."

"하긴 그러네요, 감사합니다."

마시마가 교실을 나가자 카츠라기가 조용히 사카야나기에게 다가갔다.

허둥지둥 자리에서 일어난 하시모토와 키토가 그를 막아섰다.

만에 하나 폭력행위가 일어나는 것을 막기 위해서였다.

하지만 카츠라기가 입을 여는 것보다 사카야나기가 먼저 움직였다.

"나를 원망하는 건 당치 않아, 카츠라기. 이번엔 반드시 누군가가 퇴학당해야만 하는 시험이었어. 너든 토츠카든, 결과는 진지하게 받아들여야지. 투표한 건 다른 사람도 아니고 여기 있는 A반 애들이니까."

"……알고 있어."

폭력 따위, 처음부터 휘두를 생각도 없었지만, 그래도 카츠라기는 사카야나기에게 불만을 토로할 작정이었다.

하지만 그러기도 전에 사카야나기에게 꺾이고 말았다.

"그렇다면 다행이고. 앞으로 자포자기해서 A반의 발목을 잡는 걸 바라지는 않으니까. 하지만 만에 하나…… 네가 A반에 해가 되는 짓을 한다면……."

"알고 있다고 말했잖아. 더는 다른 애를 노리는 짓 하지 마라."

"이해가 빠르니 좋네."

만약 카츠라기가 토츠카를 퇴학시켰다는 원망에 사로잡혀 사카야나기에게 적의를 드러낸다면 다음에 또 다른 누군가를 A반에서 배제하겠다는 협박. 순순히 따르기만 한다면 카츠라기는 A반에서도 상위에 공헌할 수 있는 존재라는 것을 사카야나기는 잘 알고 있었다.

이제 카츠라기는 완전히 굴복했다. 사카야나기에게 어쩔 도리 없이 백기를 든 셈이었다.

"자——— 다른 반은 지금쯤, 어떻게 되었으려나."

물론 사카야나기에게 B반이나 D반 따위는 중요하지 않았다.

어디까지나 아야노코지가 소속된 C반의 결과만 기대가 되어 참을 수 없었다.

2

C반.

야마우치가 불안하게 다리를 달달 떠는 소리가 귀에 거슬렸다.

"야…… 좀 조용히 해, 하루키."

이케가 작은 목소리로 말했다.

"시, 시끄러워. 나도 안다고."

"후후후. 어차피 네 패배는 떼 놓은 당상 아닌가? 내 말이 틀려?"

"뭐야. 무슨 소리야, 코엔지. 나는 퇴학당하지 않을 거야."

야마우치가 뒤를 휙 돌아보며 기분 나쁘게 웃었다.

"아마 상당수의 학생이 네 이름을 썼을 텐데."

야마우치는 계속 코엔지에게 도발 당했지만 이케와 스도는 도와주지 않았다.

"그렇지 않아. 이번에 퇴학당하는 사람은 나야."

"또 그 소리인가, 너는. 정말 아무것도 못 보는군."

"……그게 무슨 말이야?"

코엔지가 뻔뻔하게 웃으며 스마트폰을 꺼냈다.

"나한테 우리 반 여자애 몇 명이 메시지를 보냈어. 내용은 이래. 『내일 히라타는 자신을 희생해 퇴학당하려고 할 거야. 모두한테 나쁜 말을 하거나 독하게 굴지도 모르지만 그건 진심이 아니야. 믿고 칭찬표만 주길 바라』라고. 너랑 야마우치만 빼고 모두에게 돌렸을걸?"

히라타가 코엔지에게 다가가 스마트폰 화면을 확인했다.

"이런 메시지를 보면 다들 동정하지. 네가 우리 반을 위해 행동한 1년은 환상이 아니니까 말이야. 오히려 칭찬표가 더 늘어나지 않았을까?"

"그런……."

히라타가 비판표로 상위를 차지할 일은 없어졌다.

그래서 당황한 사람은 당연히 퇴학 위기를 맞은 학생이다.

"너는 참 냉정하네. 마치 뭐랄까, 결과를 이미 다 아는 것처럼."

"너도 알잖아."

"그렇다고 해도 그렇게까지 당당하기는 못 기다리겠어. 웬만한 확신이 없는 한 불안이 남아 있는걸."

"떨면서 기다리는 사람은 저 애뿐이야."

거의 모든 학생의 시선이 야마우치의 등에 꽂혔다.

그 시선을 받은 야마우치는 뭐라고 대답할까.

그때 야마우치가 느릿느릿 일어나더니 코엔지 쪽을 돌아보았다.

야마우치의 얼굴에서 승리를 확신하는 빛이 엿보였다.

"……헤헷."

그리고는 코엔지를 향해 비웃었다.

"이제 말해도 괜찮으려나……. 퇴학당하는 사람은 내가 아니야."

"호오? 이유를 들어볼까?"

"좋아, 알려줄게."

아이들이 멋대로 지껄이는 걸, 더는 참을 수 없었던 모양이다.

"이 중에서 몇 명은 나에게 비판표를 줬겠지. 20명? 30명이려나? 내가 딱히 너희를 배신한 것도 아닌데 너무 심하다고, 진짜! 그래도 괜찮아, 용서해줄게."

실실 웃으며 가까이에 있는 이케의 어깨를 두드렸다.

"미안했다, 칸지. 걱정 많이 끼쳐서."

"어? 어어……."

뭐가 어떻게 돌아가는 건지 몰라서, 이케는 고개를 끄덕이는 것밖에 할 수 없었다.

"우리 반에서 퇴학 후보는 몇 명이 있잖아? 나나 칸지나 스도, 코엔지에 아야노코지. 그런데 말이야, 저 녀석들은 칭찬표를 몇 표나 받을까. 걱정이네, 나는."

"꼭 너는 칭찬표가 잔뜩 들어온다는 것처럼 말하네."

"그래. 실제로 그렇고."

"친한 친구가 동정해서 너한테 칭찬표를 준다고 해도 기껏해야 네다섯 표야. 그런데 세이프 존에 들어갔다고 말할 수 있을까?"

"괜찮아. 그거면 충분하거든. 하, 하하…… 그래, 쓸모, 쓸모없다고."

야마우치가 과장되게 팔을 위로 쳐들었다.

"나 말이야, 사카야나기한테 칭찬표를 20표나 받기로 약속했거든! 즉 반의 대다수가 나한테 비판표를 줘도 난 절대 퇴학당하지 않을 거란 말씀!"

이제 숨겨봐야 소용없다는 사실을 깨달은 야마우치는 자신이 진 패를 전부 까기로 한 것 같았다.

"그러니까 몇 명이 내 이름을 쓰든 상관없다고…… 난 A반의 보호를 받고 있어!"

투표는 이미 끝났다.

야마우치와 사카야나기 사이에 그런 이야기가 있었던 건 사실이리라.

C반에서 5표, A반에서 20표를 받는다고 가정하면 야마우치의 최종 결과는 아무리 나빠도 비판표 9표가 최대다.

만약 그렇다면 야마우치의 퇴학은 사실상 불가능하다.

그리고 나나 코엔지. 아니면 다음 순위로 예상되는 스도나 이케가 위태로워지겠지.

"그럼 그렇게까지 불안해할 필요가 있어?"

몸을 덜덜 떨며, 차분하게 있지 못하는 야마우치.

그것이 그가 아직도 불안에 떨고 있음을 증명하고 있었다.

"그건⋯⋯."

"적이랑 약속했다면 계약서는 꼼꼼히 썼겠지? 그건 교섭이 기본인데?"

"아, 아니, 그게 그러니까⋯⋯."

"구두 약속 따위는 깨지는 게 당연한 결말. 리틀걸은 그렇게 친절하지 않지."

"나도 그 정도는 알아! 하지만 걱정 없다고!"

코엔지의 말 따위 야마우치의 귀에 들어올 리도 없었다.

이제는 칭찬표를 받았다고 믿는 것밖에 야마우치가 할 수 있는 일은 없었다.

어젯밤, 분명 사카야나기에게 몇 번이나 확인받았으리라.

"이거 이거, 그렇다면 안심이네. 내가 너한테 던진 비판표는 무의미했으려나?"

"그래, 무의미하다고, 무의미!"

"조용히 해라, 야마우치. 네 목소리가 복도까지 다 들리잖아."

그 타이밍에 차바시라가 C반에 들어왔다.

"많이 기다렸나. 그럼 지금부터 C반의 결과를 발표하마.

전부 자리에 앉도록."

마침내 심판의 순간이 왔다.

이제 곧 이 반에서 한 학생이 퇴학당한다.

괜찮다고 자기 암시를 거는 야마우치.

차순위로 퇴학 후보 선고를 받은 스도와 이케.

냉정하게 때를 기다리는 히라타.

평소와 다름없는 코엔지.

그리고 조용히 상황을 지켜보는 나와 호리키타.

또는 그 밖의 다른 누군가.

"그럼 우선 칭찬표 상위 세 명부터 발표하겠다. 3위는——
쿠시다 키쿄."

상위에 이름을 불린 쿠시다는 마음이 놓인 듯 숨을 푹 내
쉬었다.

어제 야마우치에게 지목당한 것이 오히려 칭찬표를 모은
것일까.

반 친구들이 그녀를 따르는 것을 생각하면 당연한 결과다.

"이어서…… 2위인데……."

조금 천천히 읽는 차바시라.

나로서도 결과가 어떻게 될지 예측하기 어려웠다.

"히라타 요스케, 너다."

"윽!"

자신의 이름이 호명된 순간, 히라타는 눈을 질끈 감으며
천장을 올려다보았다.

반 친구들 앞에서 보인 추태도 큰 마이너스로 이어지지는
않았다.

그만큼 히라타는 지난 1년간 몸이 가루가 되도록 노력해
왔다.

특히 여학생들의 신뢰가 대단하리라.

내가 미리 케이에게 메시지를 돌리게 하지 않았더라도 결
과는 아마 같았겠지.

"그, 그런데, 히라타가 2위라니…… 그럼 1위는 누구야?"

사실은 나도 히라타와 쿠시다가 1, 2위를 차지할 것으로
예상했었다.

3위와 2위로도 충분히 예상대로의 활약이었지만, 그 두
사람을 넘은 인물이 있었다.

"——1위는……."

이름을 읽기 전, 한 번 웃은 차바시라.

나는 눈을 감았다.

"아야노코지 키요타카. 너다."

역시 그런 결과가 되었나.

"어, 어째서?!"

제일 먼저 반응한 사람은 꼴찌를 다투는 야마우치.

"비판표 1위인데 잘못 보신 거 아녜요, 선생님?!"

"아니야. 틀림없이 칭찬표 1위야. 총 42표라는 훌륭한 결

과를 얻었다."

C반 총원을 훌쩍 넘은 칭찬표 수에 아이들 모두가 놀랐다.

"너, 무슨 짓을 한 거야……."

옆에 있던 호리키타도 놀라움을 감추지 못했다.

"말했잖아. 나는 가만히 있었다고."

뭔가를 한 건 사카야나기다.

"그리고 비판표 1위는 총 33표를 얻은 학생. 유감이지만 너다, 야마우치 하루키."

다시, 벼랑 아래로 내던져졌다.

사태를 이해하기도 전에 먼저 퇴학 선고를 받았다.

"서, 서른세 표?!"

이렇게 해서 A반이 칭찬표를 주지 않았다는 사실이 증명되었군.

2위는 스도, 21표. 3위는 이케, 20표.

그 친구들도 결코 안전권은 아니었다는 사실이 드러났다.

"싫어! 왜, 왜 내가 퇴학당해야 하는데!!"

야마우치는 다가온 차바시라의 팔을 뿌리쳤다.

"……하루키……."

친구 이케와 스도는 시선을 내리깔 수밖에 없었다.

어떻게든 남았으면 좋겠다고 생각하면서도 결과의 순간을 기다렸으리라.

그리고 동시에 통감했을 것이다.

야마우치가 떨어지지 않았으면 자신들이 어떻게 됐을지

모른다고.

"왜, 왜왜! 왜!! 이런 장난 같은 시험, 장난 같은 시험 때문에!"

"어떻게 생각하든 네 자유지만, 이 결정은 번복되지 않아, 야마우치."

"시끄러워어어어~~~~~~!!"

단전에서 힘을 모아 소리쳤다.

받아들이기 힘든 현실에 포효했다.

"그렇지. 사카야나기, 사카야나기한테 물어보세요! 저한테 칭찬표를 주겠다고 말했단 말이에요! 약속을 지키지 않다니, 용납이 되냐고요!"

"그 약속을 명확하게 증명하는 걸 가지고 있나?"

차바시라가 물었다.

"약속했다니까요! 노래방에서! 제가 들었어요!"

"믿어주고 싶은 마음은 굴뚝같지만, 그걸로는 아무것도 증명되지 않아."

"너무해, 너무해요……!"

"퇴실해라, 야마우치."

그 선고를 받고도 몸이 움직이지 않았다.

"빨리 나가버려. 네 존재는 이제 딜리트 되었어."

"인정 못 해, 나는!"

"끝까지 이렇게 비참하고 추한 모습이라니, 구제 불능인 불량품인 건가."

코엔지의 집요한 도발에 야마우치가 붙잡고 있던 이성의 끈이 뚝 끊겼다.

"아아아아아아아아아아!"

앉아 있던 의자를 잡아 들고 코엔지 쪽으로 달려갔다.

그러더니 양팔을 힘껏 들어 코엔지의 머리를 향해 내려쳤다.

그대로 맞으면 그냥 아픈 것으로 끝나지 않겠지만, 단조로운 공격이 먹힐 만큼 코엔지는 만만한 상대가 아니었다.

식은 죽 먹기라는 듯 의자 발을 붙잡아 막은 다음, 야마우치를 강제로 끌어당겼다.

"나한테 살의를 드러냈네. 이제 무슨 짓을 당해도 불만 없겠지?"

야마우치의 표정이 굳었다.

"거기까지 해."

코엔지의 위험한 기색을 감지하고, 차바시라가 막았다.

그 말에 코엔지는 의자에서 손을 재빨리 뗐다.

"그만해라, 야마우치. 너를 위해서야."

반 아이들의 비통한 시선.

불쌍하게 쳐다보는 시선.

야마우치의 안에서 뭔가가 무너져 내렸다.

"우, 우아아아아!"

그 자리에 주저앉아 통곡이라고도 비명이라고도 할 수 있는 소리를 질렀다.

"……나가."

차바시라가 다시 말하자 야마우치는 마지막 저항을 멈추었다.

3

한 명이 빠진 교실.

그것은 평소의 교실과는 역시 큰 차이가 있었다.

무거운 공기. 어두운 마음.

누가 퇴학당해도 그건 분명 다르지 않으리라.

그래도 누군가가 사라져야만 한다면 당연히 우열을 정할 필요가 있다.

반에 필요한 학생은 누구인가.

반에 필요 없는 학생은 누구인가.

그것을 정해야만 한다.

한 사람이 자리에서 일어섰다.

그것을 계기로 모두 아무 말 없이 돌아갈 준비를 시작했다.

하루 쉬고 다시 월요일이 찾아오면 이 교실에 얼굴을 비쳐야 한다.

그때 야마우치는 없다.

"생각한 것보다도 중증이네, 저 애."

저 애, 라는 건 물론 히라타를 가리킨다.

히라타는 멍하니 자리에 앉은 채 움직이려고 하지 않았다.

야마우치가 사라진 후로 줄곧 히라타는 반쯤 혼이 나간 상태였다.

"히라타…… 저기……."

그를 걱정한 미짱이 주뼛주뼛 말을 걸었다.

하지만 히라타는 가볍게 쳐다볼 뿐, 아무 말도 하지 않았다.

이 반에 대해 지금 히라타는 무슨 생각을 하고 있을까.

그건 본인밖에 모르겠지만, 그래도 계속 앞을 향할 수밖에 없다.

그런 히라타의 모습을 차마 보기 힘들었던 학생들은 천천히 돌아갈 채비에 들어갔다.

스도와 이케 역시 조용히 교실을 빠져나갔다.

'오늘은 우리도 조용히 보낼까.'

하루카가 그런 내용의 채팅을 날리자 모두 동의했다.

"이만 돌아갈까."

가방을 챙겨 교실을 나가려다가 아직 교실에 남아 있는 코엔지 앞에서 일단 걸음을 멈췄다.

"뭐지, 아야노코지 보이."

"네가 반을 위해 행동할 줄은 몰랐어."

"그건 그렇지. 나도 퇴학을 면하려면 호리키타 걸한테 협력해야 하니까."

"그게 아니라. 야마우치를 집요하게 도발해서 녀석의 원망을 한 몸에 받았잖아."

퇴학이 결정되면, 야마우치는 반 아이들을 원망하게 된다.

그런데 코엔지가 처음부터 끝까지, 누구보다도 적극적으로 야마우치를 계속 건드려 그 대상을 자신에게로 좁혔다.

퇴학을 통보받고 노골적으로 이성을 잃은 야마우치를 자기 손으로 처리했다.

주변 사람의 눈에는 그저 단순히 기분 나쁜 녀석으로만 보일지도 모르지만.

"글쎄, 기억 안 나는데. 추하게 구는 녀석을 제일 가까이에서 보고 싶었을 뿐이야."

"그래? 그럼 그랬다고 치자."

교실을 나가자 호리키타가 바로 내 뒤를 쫓아와 팔을 잡았다.

"아야노코지! 너…… 어디부터 어디까지 꿰고 있었던 거야?"

이번 시험에서 나는 사카야나기가 정전을 제안한 시점에 이미 9할 이상은 퇴학 위험이 없다고 판단했다. 녀석이 무의미한 거짓말로 나를 이기고 싶어 하지 않는다는 것은 분명했다. 정전이라는 거짓말을 써서 나를 퇴학으로 밀어붙인들 기쁠 리가 없다.

한편으로는 야마우치를 이용해 나를 퇴학시키려고 움직였다.

약속 위반으로 봐도 이상하지 않은 상황. 즉 모순이다.

그 모순을 없애려면 비판표를 무효화시켜야 했다.

요컨대 A반이 다른 반에 줄 수 있는 칭찬표를 몽땅 내게 던지는 것이다.

이렇게 하면 C반의 비판표가 나에게 20표 30표 몰려도, 나는 단숨에 플러스 영역으로 돌입할 수 있다. 절대 안전권. 그렇다면 대체 무엇 때문에 사카야나기는 이런 짓을 했는가. 아마 야마우치 하루키를 퇴학시키기 위해서였을 거다. 악역으로 내세워 C반 내의 평가를 떨어트렸다. 물론 이건 100%라고 말할 수 없다. 사카야나기가 내 뒤통수를 쳐서 퇴학당하게 만들려는 노선을 완전히 없앨 수는 없다.

그래서 나는 호리키타를 부추겨 야마우치를 매장하기 위한 수단으로 삼았다. 또 주위에 무해한 내가 퇴학 위기에 있음을 알림으로써, 동정과 보호의 칭찬표가 모이게 했다. 1위가 된 것은 좀 너무 나갔지만.

"말 안 했나? 나는 이번 시험에, 분명히 참가하지 않는다고."

"······하지만······."

"그럼 간다."

"아야노코지!!"

그 자리에 남은 호리키타의 외침.

"너 아니야······? 오빠한테, 야마우치랑 사카야나기의 관계를 알린 사람."

그 말에 대답하지 않고, 나는 계단을 내려갔다.

그리고 1층에 있는 게시판을 들여다보았다.

이번 시험 결과, 다른 반이 어떻게 되었는지 나와 있었다.

반 내부 투표 결과

퇴학생
A반 토츠카 야히코
B반 없음
C반 야마우치 하루키
D반 마나베 시호

이상 세 명.
이 시험으로 인한 반 포인트 변동은 없음.

"야히코가 되었나…… 녀석이 카츠라기의 이름을 말한 건 역시 페이크였나보군."

한편 칭찬표 1위는 A반은 사카야나기, B반은 이치노세, D반은 카네다였다. 카네다가 칭찬표 27표로 최저 득점 1위인 반면 이치노세는 압도적인 98표. A반 대부분이 나에게 칭찬표를 준 결과를 봤을 때, 얼마나 많은 학생이 이치노세를 좋게 평가하고 있는지 알 수 있었다.

그때 이 시험 결과를 확인하기 위해서인지 어떤 학생이 이쪽으로 다가왔다.

카츠라기 그리고 류엔이 거의 동시에 등장했다.

"너도 퇴학당하지 않았군, 카츠라기."

"……그건 내가 할 말이다. 너야말로 사라질 줄 알았는데."

"크큭. 아무래도 사신이 내 편을 들어주고 있는 모양이어서 말이지."

"사신이라고?"

"몰라도 돼. 네 눈에는 보이지 않는 사신이니까."

류엔은 웃으며 결과지를 보았다.

"그나저나 사카야나기 녀석도 흥미로운 수를 썼군. 네 유일한 편을 굳이 베어내다니 말이야."

유쾌한 듯 말하는 류엔의 옆에서 카츠라기는 분한 표정을 지었다.

"마음이 완전히 꺾인 건가."

"더 이상 내가 무모하게 움직여봐야 얻을 거 하나 없어."

"졸업 때까지 얌전히 사카야나기를 따르겠다는 거야? 재밌는 농담이로군."

"…………."

잠깐의 침묵.

하지만 카츠라기의 얼굴 어딘가에 무시무시한 기운이 서려 있었다.

카츠라기를 줄곧 따라온 야히코의 탈락.

그것은 동시에 카츠라기에게 있어서 지켜야 할 존재의 상실이었다.

"뭐야, 카츠라기. 너도 그런 표정을 지을 줄 알아?"

그 모습을 본 류엔도 나와 비슷한 느낌을 받았는지도 모른다.

"지금의 너라면 사카야나기에게 한 방 먹이는 것도 가능할 듯한데."

"……농담은 그만둬. 그것보다도 네놈이야말로 어쩔 셈이야. 사신이 구해준 목숨이잖아. 또 사카야나기나 이치노세, 호리키타한테 도전할 건가?"

"나는 흥미 없어."

곧바로 그런 말을 내뱉었다.

"너희 A반과의 계약은 아직 살아 있어. 난 수수하게 착취나 계속하면서 당분간 적당히 놀 거야. 오늘은 그 감사 인사를 하려고 왔다."

아무래도 그 때문에 이 자리를 만든 모양이었다.

류엔 입장에서는 카츠라기가 퇴학하면 계약 파기가 되었을 테니 말이지.

카츠라기는 먼저 돌아가고 남은 사람은 나와 류엔.

"잠깐만 시간 좀 내라."

나는 거절하지 않고 류엔을 따라 교정 뒤로 향했다.

"언제부터 착해진 거냐? 아야노코지."

"난 아무것도 관여하지 않았어——라고 해도 통하지 않을 것 같군."

내가 뭘 했는지. 류엔은 이미 다 눈치챘을 것이다.

"내가 뭘 했다기보다 너를 따르는 애들이 움직인 것일 뿐인데."

며칠 전 일을 떠올리듯이 나는 하늘을 올려다보았다.

4

이번 결과, B반에서 퇴학생은 나오지 않았다. 그리고 류엔의 잔류.

나는 이 두 가지 큰 사건을, 뒤에서 관여했다.

그 일은 히요리와 도서관에서 만나고 이치노세를 방에 불러들인 날 밤으로 거슬러 올라간다.

밤 10시로 접어들었을 무렵, 초인종이 울렸다.

내 방을 찾아올 친구는 그리 많지 않다.

호리키타나 쿠시다, 아니면 아야노코지 그룹의 누군가.

하지만 대체로 미리 문자로 연락을 하고 오는데.

스마트폰에는 아무런 연락도 들어와 있지 않았다. 즉 그런 손님이 아니라는 뜻.

도대체 누가 온 것일까.

"……처음 오는 손님이군."

인터폰에 비친 얼굴은 생각지도 못한 이인조.

추워하면서 내가 문을 열어주기를 기다리고 있었다.

"통금……은 윗층만이었나."

오후 8시 이후로 여학생 구역은 원칙적으로 출입 금지다.

뭐, 규칙을 깨더라도 들키지만 않으면 큰 문제는 삼지 않고, 들키더라도 한두 번쯤은 봐주긴 하지만. 어쨌든 여학생이 찾아오는 것은 규칙상 문제가 없다.

"누구세요."

나로서는 환영하긴 힘들었지만, 평소대로 대응하기로 했다.

"……잠시 할 얘기가 있어."

남자 쪽이 그렇게 먼저 말을 꺼냈다. 카메라를 내려다보고 있어, 눈동자가 위에서 비쳤다.

과연 인터폰으로 말할 분위기는 아니군.

"잠시만 기다려."

나는 현관으로 가서 잠금을 해제했다. 그러자 문이 활짝 열리며…… D반의 이시자키가 들어왔다.

잘못하면 한 대 칠 기세였다.

"실례 좀 하자. 너도 빨리 들어와, 춥단 말이다."

"아니 그러니까 왜 나까지……."

그렇게 불평하며 모습을 드러낸 것은 같은 D반의 이부키.

"됐으니까 빨리 들어오라고."

"아, 진짜."

이시자키에게 등 떠밀리듯 현관으로 들어왔다.

정말 차가운 바람이 들어와서, 서둘러 문을 닫았다.

현관에서 말하려니 외풍 때문에 추울 것 같아 방으로 안내했다.

"그런데 이런 밤중에 무슨 일이야?"

내가 먼저 묻자 이시자키가 갑자기 두 손을 힘껏 모았다.

"부탁이야, 아야노코지! 류엔 씨가 퇴학당하지 않는 방법을 알려줘!"

"……뭐라고?"

밤에 두 사람이 갑자기 왜 밀어닥쳤나 했더니, 말도 안 되는 부탁을 해왔다.

"내가 잘못 들었나? 다시 한번 말해줄래?"

"아니 그러니까! 류엔 씨가 퇴학당하지 않는 방법을 알려달라고!"

아무래도 내가 잘못 들은 게 아닌 모양이다.

"하지 말라니까, 이시자키. 아야노코지가 도와줄 리 없잖아."

이부키는 이시자키와 달리 나한테 부탁하러 온 게 아닌 듯했다.

"그야, 그렇지만. 그래도 아야노코지밖에 떠오르는 사람이 없었단 말이야."

"그건 내 알 바 아니고. 아, 난 이시자키한테 억지로 끌려온 것뿐이니까. 하도 집요하게 전화를 걸어대서……."

이부키는 한숨을 푹 내쉬며, 질렸다는 듯 스마트폰 화면을 내게 보여주었다.

이시자키가 전화한 이력이 무려 50통을 넘었다.

"나 혼자 어떻게 부탁하러 오냐고. 적인데, 적!"

"그건 내가 있어도 똑같잖아. 진짜 바보네."

"시끄러……."

이시자키와 이부키가 서로를 향해 투덜거렸다.

"류엔이 보낸 자객 같은 건 아니겠지."

이게 만약 연기라면 대단하지만, 그런 건 아니리라.

"그럴 리 없잖아. 류엔 씨가…… 그런 걸 우리한테 부탁할 리 없다는 건 너도 잘 알 텐데."

"그렇지."

이미 류엔은 이시자키에게 졌다는 식으로 이야기를 마무리 지었다.

실제로 퇴학당하기로 의사를 굳힌 듯했다.

그리고 설령 퇴학당할 생각이 없다고 하더라도 그가 나에게 부탁하지는 않을 것이다.

또 한 번의 수치를 류엔이 기뻐하며 받아들일 리 없다.

"너 정말로 류엔이 퇴학당하는 걸 바라지 않는 거야? 이런저런 일이 있었잖아?"

"……그야…… 그랬지. 하지만 지금은 달라."

"뭐가."

"응? 뭐가라니 뭐가?"

"아니, 지금은 뭐가 다르다는 건데?"

"류엔 씨가 D반에 필요한 존재라는 건 너도 알잖아."

"난 모르겠는데. 그 녀석 때문에 우리가 얼마나 많이 고생했는지."

정말 아무 정리도 없이 나를 찾아온 모양이군.

서로 의견 통일이 안 되어 있다고 할까, 뭐랄까.

"일단 싸움은 나중에 해주라."

두 사람이 서로 노려보는 것을 말렸다.

"아~ 돌아가고 싶다."

의견이 맞지 않는 두 사람. 특히 이부키는 험악한 표정을 짓고 있었다.

"돌아가고 싶다니, 그런 말을 할 때가 아니라고. 너도 아야노코지를 설득하란 말이야."

"싫은데."

"싸울 거면 딴 데 가서 해라."

이래서는 조금도 진척이 없을 것 같아, 나는 먼저 상황을 물어보기로 했다.

"류엔은 반의 미움을 받고 있다. 외부에서 보면 그렇게 보이는데, 그건 틀림없겠지?"

"뭐, 그렇지…… 꽤 많이 미움받고 있을지도 몰라."

"꽤가 아니라 거의 전부겠지. 그걸 거짓말해봐야 무슨 소용 있어?"

"시끄럽네! 그 부분은 꽤로 넘어가라고!"

"아, 시끄러워, 시끄러워. 아니, 그리고 침 튀니까 소리 지르지 말아 줄래?"

"싸움은 나중에 하라니까."

좁은 방에서 소란 피우면 옆방에까지 들릴지도 모른다.

살짝 화난 투로 말하자 두 사람도 겨우 차분해졌다.

내가 초대한 게 아님을 이해해준 건가.

이제 이야기를 진행시킬 수 있겠군.

"류엔의 퇴학을 막는 건 힘들어."

포장하지 않고 직설적으로 말했다.

그게 이 두 사람에게 더 잘 전달될 것 같아서였다.

"그렇지?"

이부키는 이해했다는 듯 고개를 끄덕였다.

하지만 이시자키는 그리 쉽게 받아들일 수 없는 모양이었다.

"그걸, 좀 어떻게 해줄 수 없느냐고!"

기세만은 진짜군. 류엔을 구해주고 싶은 마음만은 틀림없는 듯했다.

"진심으로 류엔의 퇴학을 막고 싶은 모양이군."

"……그래."

나와 이부키, 소수를 제외한 많은 학생이 이시자키가 류엔을 싫어한다고 알고 있다.

물론 그건 나나 류엔과의 사건 때문이지만, 그래도 이시자키는 지금까지 류엔에게 많은 괴롭힘을 당해왔다. 그런데도 고개 숙이고 싶지 않은 나에게 부탁하면서까지 구해주고 싶다고 생각하다니.

이것 역시 1년이라는 시간 속에서 자라난 감정이겠지.

다만 감정만으로 어떻게 할 수 있는 시험이라면 아무도 고생하지 않을 것이다.

왜 어려운지, 이시자키에게 이해하기 쉽게 설명할 필요가 있을 듯하다.

"힘들다고 말한 이유는 크게 두 가지. 이번 추가 시험은 반 내에서 행사하는 비판표의 숫자로 결정돼. 너와 이부키, 그리고 설령 두세 사람이 더 류엔에게 비판표를 주지 않고 칭찬표를 준다고 해도 비판표는 30표를 넘을 가능성이 높아. 다른 사람들도 자기가 퇴학당하긴 싫을 테니까."

"하, 하지만, 류엔 씨의 힘 없이 위로 올라갈 수 있다고 생각하는 녀석들은 별로 없는데?"

과연 D반에는 류엔의 힘을 인정하는 학생도 있겠지.

하지만 그것만으로는 아직 약하다.

자신이 퇴학당할지도 모른다는 공포 앞에는 미약하다.

"모두가 기피하는 류엔을 표적으로 삼는 게 제일 마음이 덜 아프니까."

이부키의 지적대로였다.

"최악의 경우 윗반에는 못 올라가더라도 다들 안전하게 졸업하고 싶지 않겠어? 누구나 고등학교 중퇴라는 꼬리표를 다는 것만은 피하고 싶을 테고."

아마 반에서는 이미 그런 논의도 나왔을 터다.

이시자키의 얼굴에 그렇게 쓰여 있었다.

"류엔에게 반기를 든 대표인 너라면 이미 들었겠지?"

고개를 끄덕이는 이시자키. 겉으로는 이시자키도 찬성하는 척했을 테니까.

"이부키랑 알베르트, 그리고 시이나. 그 세 명 빼고는 전원 류엔 씨의 퇴학에 찬성한다고 봐."

"아무리 봐도 솟아날 구멍이 없지?"

"그래, 없어."

그것도 완전히.

"그러니까 너한테 부탁하러 온 거잖아. 류엔 씨를 이긴, 너한테……."

"퇴학을 피할 방법이 있는지 없는지 말하기 전에 묻고 싶은 게 있어."

"뭔데……."

"류엔을 구한다는 건, 대신 반의 다른 누군가가 퇴학당한 다는 뜻이야. 그건 알고 있지?"

이 시험의 중요한 부분. 그걸 물어둬야만 한다.

"그건, 그렇지만……."

"혹시 반에서 쳐내고 싶은 후보가 있어?"

"어, 없어. 반 친구를 쳐내고 싶다고는, 생각 안 한다고."

"그럼 이미 모순이야. 이번 시험은 희생자가 반드시 따라 오는 시스템이니까."

누구를 구하고 싶다고 가볍게 말해도 되는 시험이 아니다.

"아야노코지의 말이 맞지 않아? 만약에 진심으로 류엔을 구하고 싶다면 네가 솔선해서 퇴학당하든지? 모두 너한테 비판표를 달라고 호소하면 혹시 모르지, 그 녀석을 구할 수 있을지도?"

몹시 냉혹한 의견이지만 사실은 그게 가장 확률 높은 방법이다.

류엔은 반 아이들에게 많은 비호감을 사고 있다. 일반인이 가지기 힘든 담력과 기발한 방책을 생각해내는 인재라고 할지라도 지금까지 반이 꼴찌로 전락한 것을 생각하면 버리는 것은 당연.

"아무도…… 퇴학당하지 않고 끝나는 방법 같은 건 없는 거야?"

"당연히 모두 생각하지. 그리고 포기한 거야."

"……그렇겠지."

그러자 어이가 없었는지 이부키가 짧게 한숨을 토했다.

내가 별로 도움이 안 된다기보다도 처음부터 무모한 이야기였다는 걸 이부키는 잘 알고 있다.

"완전히 시간 낭비라니까. 류엔의 퇴학은 달라지지 않아."

"젠장……!"

이시자키는 분하다는 듯 벽을 주먹으로 때렸다.

"류엔은 아무것도 하지 않고 3년을 보낼 생각이었을 거야. 하지만 이번 추가 시험 내용을 들은 순간 곧바로 생각을 바꿨지. 자기가 퇴학당한다면 그건 어쩔 수 없는 일이라고. 그래서 아무 말 없이, 추가 시험이 끝날 때까지 조용히 지내려고 하는 거 아닐까?"

자기희생 같은 숭고한 생각은 아니리라.

그저, 저항하지 않을 뿐.

"그걸 알아주는 것 또한, 류엔을 따르는 사람이 할 도리야."

"나는, 나는……."

분한지 주먹을 꽉 쥐는 이시자키.

그렇게도 류엔을 구하고 싶은 건가.

적이 아무리 많아도, 자신을 따르는 자기편이 있는 건 나쁜 일이 아니다.

그 녀석은 인정하지 않을지도 모르지만 좋은 친구를 가졌구나, 류엔.

머릿속에 한 가지 길이 떠올랐다.

하지만 그걸 행하기에는 몇 가지 부족한 요소가 있다.

"뭔가 내가 조언해줄 수 있는 게 있다고 한다면……."

"뭐야, 뭐든 좋으니까 말해주라!"

앞으로 고꾸라질 것 같은 이시자키. 지푸라기라도 잡고 싶은 심정이겠지.

하지만 안타깝게도 그 희망, 지푸라기를 베어내게 될 것이다.

"류엔의 프라이빗 포인트를 이대로 버리기는 아까워. A반의 보상을 계속 받고 있다면 이미 류엔은 수백만에 달하는 포인트를 모았을 거야. 안 그래?"

"그래, 그 정도는 돼. 쓰지 않았다면 말이지."

"만약 그대로 가진 채 퇴학 처분을 받았을 때 프라이빗 포인트가 이동 혹은 분배될 수 있다는 보장은 어디에도 없어. 그렇다면 퇴학이 확정되기 전에 전부 옮겨둬야 하잖아. 훗날 D반에 도움이 될 테니."

분배되어 줄어들어 버린다면 차라리 자신이 전부 가지는 편이 낫다.

류엔도 그 정도는 응해줄 것이다.

"내, 내가 원하는 건 그런 게 아니야! 류엔 씨를 구하는 방법이라고!"

"그만해, 이시자키. 더는 무의미하니까."

이부키가 이시자키를 가볍게 발로 차며 나무랐다.

"하지만 아야노코지. 나는 류엔이 모은 포인트를 가질 생각 없어."

부탁해서 받을 바에야 그냥 버리는 편이 낫다고 딱 잘라 말했다.

"그래? 이시자키는?"

"나도 없어!"

아무래도 사고방식은 다르지만 방향성은 같은 모양이었다.

류엔이 퇴학당한다면 프라이빗 포인트도 버릴 것이다.

그러한 각오.

아니, 각오 따위로는 충분하지 않다.

"미안하지만 너희는 류엔을 못 구해."

"윽!"

화난 건지 분한 건지 판단이 서지 않는 표정으로 나를 쳐다보는 이시자키.

"알겠어? 너희가 할 수 있는 건 프라이빗 포인트를 회수하는 것뿐. 이건 그저 도와주고 싶다는 말로 누군가를 구할 수 있을 만큼 만만한 시험이 아니야."

"웃기지 마! 류엔 씨한테 포인트 받고 바이바이 하라고? 그걸 어떻게 해!"

이시자키가 주먹을 치켜들었다. 그 주먹을 바로 붙잡아 막은 사람은 이부키였다.

"괜한 짓 하지 마. 이 녀석, 평범한 사람 같은 얼굴을 하고 있지만, 지독한 괴물이니까."

"못 이긴대도 한 방 정도는 때려줘야!"

"무리일 텐데."

머리를 탁 맞은 이시자키.

"아니, 그리고 우리가 말도 안 되는 부탁을 하러 온 것일 뿐이잖아. 아야노코지의 말은 틀리지 않았으니까, 네가 화내는 게 적반하장이라고. 한심하니까 그만해줄래?"

"윽……."

얼굴에 피가 쏠린 이시자키.

류엔이 엮이면 냉정을 잃는 건가.

아무래도 두 사람 모두 행동을 일으킬 생각은 없어 보였다. 공중에 뜬 수백만 포인트가 사라져버리는 건 D반의 미래를 생각했을 때도 좋은 일이 아니다. 꼭 거둬야 할 텐데 말이지.

같은 편인 이부키와 이시자키가 그걸 원하지 않는다면 별수 없지만…….

"사실은 좀 더, 너희의 각오를 보고 싶었는데."

"……뭐? 뭐야, 각오라니."

"류엔한테 프라이빗 포인트를 회수하는 것조차 못하는 너희와는 상관없는 이야기야."

그렇게 말한 나는 이야기를 매듭지었다. 하지만 나는 반쯤 확신했다. 이부키 일행은 반드시 류엔에게 프라이빗 포인트를 받아올 거라고.

5

시험 전날 밤. 10시가 넘었을 때 내 스마트폰이 울렸다.

"나야. 류엔의 프라이빗 포인트를 전부 회수했어."

이부키는 사실만 전했다.

"내 전화번호는 어떻게 알았어?"

그렇게 물어보았지만 이부키는 아무런 대답도 하지 않았다.

하긴, 시이나에게 번호를 알려주긴 했지. 그쪽에서 알아낸 걸까.

"그래. 회수했군."

움직일 거라고 생각은 했지만, 꽤 아슬아슬했다.

"지금 이시자키 데리고 내 방에 올 수 있어?"

"뭐? 지금?"

"문제 있어? 회수한 프라이빗 포인트로 얘기가 있는데."

"상관없지만…… 알았어."

이부키는 짧게 승낙한 후 바로 이시자키에게 연락하겠다
며 전화를 끊었다.

뭔가를 예감했는지, 10분도 채 되지 않아 두 사람이 곧 모
습을 드러냈다.

그리고 바로 내 방 안으로 들어왔다.

"류엔이 얼마 가지고 있었어?"

"500만 조금 더 돼."

"다행히 충분하군. 부족했으면 나도 급하게 마련해야 했
는데."

역시 한 푼도 쓰질 않았나.

"무슨 말이야? 뭘 어떻게 하겠다는 건데?"

앞이 조금도 보이지 않는 이시자키.

이부키는 이미 각오했기에 헤매지 않았다.

"네가 이걸로 뭘 하려고 하는 거지?"

"정답이야."

"뭘 한다니⋯⋯?"

"프라이빗 포인트를 써서 하는 건 단 하나뿐이야. 그 돈으
로 류엔을 구하는 것."

"아, 아니, 잠깐만. 그 말은 예의 2,000만 포인트 얘기 아
니야?"

절대 채울 수 없을 포인트.

"그전에 물어볼 게 있어. 이시자키. 넌 감당할 각오가 되
어 있어?"

"뭐, 뭐야, 갑자기. 감당할 각오라니⋯⋯?"

"류엔을 남기는 건 다른 누군가를 베어낸다는 뜻이야. 내가 말했잖아?"

"⋯⋯어어."

당황하면서도 고개를 끄덕이는 이시자키.

"각오는 되어 있어."

"그래? 그렇다면 좋아. 그런데 누구를 떨어트릴 거지?"

"누구를 떨어트릴 거냐고⋯⋯?"

누구를 떨어트릴지까지는 아직 정하지 못한 모양이다.

"네가 못 정하겠으면 내가 해도 돼. 그렇게 해서 죄책감이 덜어진다면 간단한 이야기잖아. 물론 내가 아무렇게나 주요인물을 떨어트릴 것 같다는 걱정이 든다면 거기에 따를 필요도 없고."

"자, 잠깐만. 잠시 생각할 시간을 좀 주라⋯⋯."

"시간이 없어."

"바로, 바로 결론을 낼게."

말은 그렇게 하지만, 그렇게 해서 결정될 일이면 고생도 안 한다.

"잠깐만. 누구를 베어낼지는 그렇다고 치고, 제일 중요한 전략은? 돈으로 구한다고 하기에는 1,500만 포인트나 모자라는데?"

이부키가 초조해하는 것도 무리는 아니다.

그렇다곤 하지만 나에게도 사정은 있다.

"먼저, 류엔을 남기기 위해 누구를 타깃으로 삼을지 정해."

세밀한 전략을 알려주는 것은 그 이후다.

"예를 들어서 반의 문제아는?"

불만을 가진 이부키에게는 미안하지만 나는 억지로 이야기를 진행했다.

"문제아라면 음…… 뭐, 나나 코미야도 그렇고, 여자애 중에는 니시노 아니면 마나베, 정도려나?"

"류엔을 잔류시킨다고 할 때 너처럼 류엔에 대한 이해도가 있는 녀석을 베어내는 건 솔직히 좋은 방책이 아니야. 비슷한 시험이 하나만 더 있어도 다음에 또 류엔이 남는다는 보장도 없고."

이 말에 이시자키가 떠올린 학생이 있었으리라.

"그렇다면 니시노나 마나베……."

그렇게 말했다.

둘 다 낯익은 이름이었다. 특히 마나베는 내가 생각했던 후보였다.

그래도 주도권은 이시자키 일행에게 있다.

떨어트리기로 정한 학생의 이름을 듣고 나면 그에 따를 작정이었다.

"그중 한 사람, 아니면 다른 제삼자 중에 누굴 떨어트릴지. 그건 네가 정하면 돼."

이시자키도 마나베와 케이가 선상시험 때 충돌이 있었다는 건 알고 있다. 그 일이 생각하는 데 1%라도 영향을 미친다면 이시자키가 잘라낼 상대는 십중팔구 '마나베'가 되리라.

배제할 상대의 흠을 찾는 것. 이러이러한 이유가 있으니 배제되어도 어쩔 수 없다, 하는 마음의 도피처를 찾는 것이다. 케이에게 손대서 긁어 부스럼을 만든 마나베를 퇴학시켜도 어쩔 수 없는 일.

그런 생각이 이시자키의 마음에 생겨났다.

그 문제는 이미 정리되었지만, 케이의 입장에서 마나베의 존재가 걸린다는 건 틀림없는 사실. 그것이 하나 줄어드는 것만으로도 케이의 마음에 여유가 생길 것이다. 그와 동시에 내가 제거했다는 사실을 케이가 알게 하면 나에 대한 신뢰도도 조금 더 올라간다.

하지만 의외의 부분에서 목소리가 날아들었다.

"내가 정해도 돼?"

"응? 네가, 말이야?"

"그래. 나, 퇴학시키고 싶은 녀석이 있어서."

"누군데?"

이시자키가 대답하기 전에 내가 먼저 물었다.

"마나베를 떨어트리고 싶어. 개인적인 호불호, 단지 그 이유뿐이지만."

"그런 거로 정해도 되냐고."

이부키의 눈에 망설임은 없어 보였다. 나는 그 사실을 바로 이해했다.

"이시자키에게 다른 의견이 없다면 마나베로 정하자. 단,

이건 아직 보장이 없어. 류엔이 퇴학당하지 않는 것뿐이고 비판표를 제일 많이 얻는 녀석이 퇴학당하지. 이건 너나 이부키가 그 대상이 될 가능성을 낮추기 위한 방침이야. 남은 시간이 얼마 없어."

"알았어……. 남자들한테는 표 조정을 좀 해야겠다고 하면서 마나베한테 투표하도록 유도할게. 어차피 류엔 다음으로 비판표가 많았으니까 조마조마하게 만드는 게 목적이라고 말하면 응해줄 거라고 봐."

"나쁘지 않은 아이디어야."

나는 이시자키의 아이디어를 받아들였다.

류엔에게 주는 비판표가 절대적일 테니 다른 학생에게 표가 좀 오간다고 한들 다들 별 차이 없다고 생각하리라.

"……뭐, 내가 걸릴지도 모르지만."

"뭐? 무슨 소리야, 이부키."

"분명 마나베 무리는 류엔이랑 내 이름을 같이 쓸걸? 나도 썩 안전한 상황은 아냐."

"자, 잠깐만. 그게 진짜야?"

"너, 나랑 마나베의 사이가 나쁜 것 정도는 알고 있잖아?"

"그야, 뭐 그렇지만……."

생각이 미치지 못했던 이시자키가 동요했다.

"이부키도 각오했다는 거야."

물론 마나베가 아닌 다른 사람이 뽑혔을 때는 포기하는 수밖에 없다.

"여자 쪽은 히요리에게 부탁하면 돼."

"시이나?"

"이 계획에 협조해줄지도 몰라. 류엔을 구하기 위해 마나베한테 비판표를 몰아주고 싶다고 연락해두면 돼."

"……알았어."

이부키는 고개를 끄덕인 후 히요리에게 메시지를 보냈다.

"너, 시이나랑 연락해? 그 애는 마나베를 내치는 전략에 찬성할 것 같지 않은데."

"이번 시험에 대해 가볍게 물어봤지."

그 녀석도 평화주의자지만, 그래도 반을 존중하려는 의지가 강하다.

"반을 위한 일이라면 협력하겠다고 말했어. 류엔이 남는 게 D반을 위한 일이라고 판단하고 있으니까 분명 도움을 줄 거야."

남자와 여자의 표를 최대한 컨트롤해야 한다.

마나베에게 가는 칭찬표를 줄이고 비판표를 늘리는 것.

그리고 이부키에게 가는 칭찬표를 늘리고 비판표를 줄이는 것.

이렇게만 해도 류엔과 표 차이를 단숨에 좁힐 수 있다.

"그럼 이제 네 전략을 가르쳐줘. 500만 포인트로 뭘 어떻게 할 거야?"

이부키의 재촉하는 시선.

나는 스마트폰을 쥐고 어떤 인물에게 메시지를 보냈다.

그러자 곧 읽음 표시가 뜨더니 내 방으로 오겠다는 답이 왔다.

제한 시간까지 앞으로 두 시간밖에 남았으니.

용케 참고 기다려주었다.

"뭐 하는 거야?"

"곧 누가 이리로 올 거야. 그 녀석이 류엔의 퇴학을 막는 비장의 카드다."

"퇴학을 막는…… 비장의 카드?"

바로는 믿기 힘들겠지.

그로부터 몇 분 후, 초인종이 울렸다.

이부키와 이시자키가 살짝 긴장했다.

"우리가 네 방에 있는 걸 봐도 괜찮아?"

"그건 신경 쓰지 마. 다만 말은 좀 맞춰줘."

나는 두 사람에게 어떤 식으로 말할지 일러두었다.

6

"실례합니다~."

우리 앞에 모습을 드러낸 손님을 보자 두 사람은 놀라움을 감추지 못했다.

상상도 못 했을 테니 당연하다만.

"이거 실화……?"

"우오……."

"와. 누가 있을지도 모르겠네, 생각은 했지만…… 안녕."

"아, 안녕."

왠지 살짝 수줍어하는 이시자키.

그렇다, 내 방을 찾은 사람은 이치노세 호나미였다.

이렇게 내 방에는 네 사람이 모이게 되었다.

이부키는 이치노세를 보더니 곧 계획이 뭔지를 이해했다.

"……이해의 일치인가."

"뭐야. 그게 무슨 소린데?"

아직 영문을 모르는 이시자키가 고개를 갸우뚱거렸다.

"그런 것 같네, 이부키."

"류엔을 도와줄 별종은 없지. 가령 칭찬표를 주겠다고 말하는 녀석이 등장하더라도 그게 진짠지 거짓인지 알 도리가 없어. 하지만 예외가 있었군."

"그, 그런가! 이치노세가 B반에서 칭찬표를 모으면 되는구나……!"

마침내 이시자키도 이해한 듯 보였다.

"응. 내가 B반이 가진 칭찬표 40표를 전부 류엔에게 던져 달라고 모두에게 부탁할게. 그 대신 이부키는 우리한테 부족한 프라이빗 포인트를 채워주는 거지."

조건이 갖춰져야만 쓸 수 있는 단 한 번뿐인 전략.

입학 초기부터 친구들에게 프라이빗 포인트를 받아 모으는 작전을 생각했던 이치노세와 A반과 계약을 맺고 프라이빗 포인트를 계속해서 모아왔던 류엔.

그 두 사람이기에 할 수 있는 파워 플레이다.

"두 사람이 손을 잡으면 B반은 퇴학생을 지킬 수 있고, D반은 류엔을 살릴 수 있어."

류엔이 아무리 많이 비판표를 받아봐야 최대 39표.

B반의 지원을 받는다면 류엔의 마이너스를 전부 메꾸고 플러스로 바꿀 수 있다.

이부키와 이치노세가 서로를 쳐다보았다.

평소에 얽힐 일 없는 두 사람 사이에 이렇다 할 신뢰는 없다.

하지만 상대의 눈을 보면 믿어도 될지 어떨지 어느 정도는 알 수 있다.

이부키를 바라보던 이치노세는 시선을 돌려 나에게 향했다.

"나는 2,000만 포인트를 써서 퇴학이 결정된 학생을 구하면 된다는…… 거지."

그리고 다시 이부키에게로 시선을 돌렸다.

"어떻게 할래? 받아들일지 말지 정할 사람은 바로 너야, 이치노세."

선택권은 이치노세에게 있다.

이부키 일행의 제안을 뿌리치고 나구모의 손을 빌릴 수도 있으니까.

"내 대답은 정해졌어. 이부키와 이시자키만 괜찮다면 협력할게."

"정말로 그래도 되겠어?"

"응. 두 사람의 감정을 확인했으니까."

"너 바보네, 이치노세."

"응?"

"이런저런 소문까지 들어가며 다 함께 모은 포인트를 이런 데 써버리다니."

"프라이빗 포인트야 또 모으면 되니까. 1년이면 2,000만 포인트 가까이 모으는 것도 불가능하지 않다는 걸 알기도 하고. 그러는 이부키야말로 나한테 그런 말 못 하지 않아? 500만 포인트를 독식할 기회인데 류엔을 구하는 데 쓴다니."

이부키는 대답 없이 시선을 피했다.

"너랑 나는 다르지. ······그리고 우리 반은 류엔 대신 눈물 흘릴 녀석이 나온다고. 그게 나일 가능성도 충분히 있고."

"그래도 도울 거잖아? 류엔을?"

"그 녀석한테······ 이상한 빚을 진 채로 끝내는 게 마음에 안 들 뿐이야."

다른 아이들의 원망을 살 것을 각오하고 결정한 구제.

이부키는 지정된 액수의 프라이빗 포인트를 이치노세의 스마트폰으로 보냈다.

"확인해."

"응."

이치노세는 바로 스마트폰을 열고 포인트 잔액이 2,000만이 되었는지 확인했다.

"고마워. 딱 맞네."

이치노세가 스마트폰으로 2,000만 포인트를 보여줬다.

"여기서 한 거래는 내가 증인이야. 대화 내용도 기록했어."

나는 스마트폰을 꺼내 공평성을 드러냈다.

"이부키는 약 400만 포인트를 제공. 이치노세는 그 대가로 40명 모두 류엔에게 칭찬표를 던질 것. 만약 계약을 불이행한 경우에는……."

"그런다고 모든 책임을 다 질 수 있는 건 아니겠지만, 내가 자진 퇴학할게."

물론 그런 일은 없다는 건 나도 이부키도, 이시자키도 알고 있었다.

어차피 대량의 포인트 이동은 내가 기록을 남기지 않아도 학교 기록에 남으니까.

거기에 사기라고 생각해도 이상할 것 없는 거래지만 상대가 이치노세 호나미이기 때문에 이부키가 안심하고 응한 것도 있으리라.

이것이 나와 이치노세 그리고 이부키와 이시자키의 사이에 있었던 이야기.

7

교정 뒤편은 조용했다.

"네가 진심으로 임하면 퇴학당하지 않는다고 단언했던 건, 이 방법이 있었기 때문이지?"

"그래. 이치노세 녀석이 포인트를 모으고 있다는 건 알고 있었으니까. 게다가 그 애가 사람이 좀 좋아야지. 나를 싫어하더라도 거래할 여지는 있었을 거다. 하지만 이부키한테는 프라이빗 포인트를 써서 거래할 만한 화술과 지혜가 없어. 그래서 안심하고 포인트를 맡겼는데…… 설마 네가 얽혀 있을 줄이야."

"부탁받은 김에 이부키 일행을 이용했지. 나야 이치노세와 신뢰 관계를 쌓을 좋은 기회였으니까. 만약 내가 너한테 직접 갔으면 작전을 읽고 포인트를 내놓지 않았을 거잖아?"

"크큭, 이부키에게 포인트를 받아오라 시키면서 아무 설명도 하지 않은 건 정답이었다."

그랬다간 류엔이 눈치챘을 것이다. 배후에 내가 있다는 사실도 꿰뚫어 보았겠지.

"마나베 녀석을 타깃으로 삼은 사람은 넌가?"

케이가 마나베의 괴롭힘 대상이 된 적 있으니 그렇게 생각하는 것은 당연했다.

"아니, 그건 단순한 우연이었어. 마나베가 이부키와 사이가 나빴다는 건 알고 있지?"

"그렇군, 그 녀석치고는 대담했네. 마나베 녀석, 아비규환이던데."

교실에서 어떤 반응을 보였을지는 왠지 상상이 간다.

"이시자키와 이부키 덕에 산 건가. 달갑지 않은 친절이군."

"그럴지도 모르지."

나는 굳이 더 파고들지 않았다. 어차피 이부키 일행이 그 날 내 방을 찾아오지 않았더라도 히요리에게 이 제안을 할 생각이었으니까.

그리고 프라이빗 포인트를 회수시켜 똑같이 행동했을 것 이다.

이치노세에게 빚을 만들기 위해서였지만, 왠지 류엔을 퇴 학당하게 두고 싶지 않은 마음도 있었다.

그런 마음이 교차했던 이번 시험.

"다음에도 같은 시험이 있으면 그땐 어떻게 할래."

"크크, 글쎄."

아무것도 하지 않겠다, 라고는 말하지 않았다.

류엔의 내면에도 이부키와 이시자키에 대한 감정이 있다 는 뜻이리라.

멀지 않은 날에 류엔이 전선으로 돌아와주면 재미있을지 도 모르겠군.

물론 그렇게 될지 어떨지는 류엔이 하기 나름이지만.

그때 내 스마트폰이 울렸다. 이치노세였다.

누군가의 호출임을 알아차린 류엔은 아무 말도 없이 뒤돌 아 교내로 돌아갔다.

"B반은 퇴학생 없이 끝난 모양이네."

"응. 비판표 타깃 역할을 맡은 칸자키에게 표를 몰아줘서 퇴학을 결정. 그런 다음 2,000만 포인트를 내고 그 퇴학을 취소. 아슬아슬하긴 했지만 B반 모두 무사해."

"그런가. 하지만 이번 일의 대가는 값싸지 않을 거야."

이제 일시적이라고는 해도 B반은 D반보다 가난해졌다.

4월에 포인트가 한 번 입금되겠지만 그때까지 상당히 힘든 생활이 기다리고 있다.

어쩌면 2학년이 되자마자 프라이빗 포인트가 필요하게 될지도 모른다.

하긴, 이런 위험성이야 굳이 말할 것도 없나.

"프라이빗 포인트는 잃었지만 그건 얼마든지 다시 만회할 수 있어. 하지만 소중한 친구는 한 번 잃어버리면 되돌릴 수 없잖아."

아무래도 괜한 소릴 한 듯하다.

이치노세에게는 망설임이 없었다.

B반 멤버 전원과 함께 졸업하겠다는 의지가 강하게 느껴졌다.

"류엔은 이 결과가 마음에 들지 않을지도 모르겠지만. 결국 마나베가 퇴학당한 모양이고."

조금 전에 그와 만난 참이라는 이야기는 하지 않았으므로 그 말은 흘려들었다.

"이치노세는 마나베와 친했어?"

"난 그다지. 몇 번인가 얘기해 본 적 있는 게 전부랄까. 그래도 마음이 안 좋네. A반에서는 토츠카, C반에서는 야마우치가 나가게 되었고…….”

아직도 실감 나지 않는 건지도 모르겠다.

“또 이런 식으로 어딘가에서 누군가가 사라지게 되는 걸까?”

이치노세의 불안.

“그럴지도 모르지.”

당연하다는 듯 함께했던 학생이 돌연 사라진다.

“너는 그래도 계속해서 맞서 싸울 거지?”

“응. 난 지금 있는 친구 모두와 A반에 올라가서 졸업할 거야.”

어쩌면 이때까지 이치노세를 위선자라고 생각하던 사람이 있었을지도 모른다.

하지만 이걸로 이치노세는 위선자 딱지를 완전히 떼어 냈다.

무슨 일이 있어도 이치노세는 반을 지키기 위해 끝까지 싸울 거라고.

“……정말 고마워, 아야노코지. 나, 만약 아야노코지가 없었더라면…….”

“나구모와 사귀었을, 거라고?”

“……응.”

이치노세가 곧바로 대답했다.

“바보 같다는 거 알지만. 그렇게 해서 친구를 구할 수 있다면 값싼 대가가 아닐까 하고 나 자신에게 계속 되뇌었어. 하지만—— 이렇게, 그게 아니더라도 해결할 수 있다는 사실을 알자 나도 모르게 마음이 놓이더라."

가슴을 쓸어내리듯 숨을 토하는 것이 스마트폰 너머로 느껴졌다.

"분명 언젠가 후회했을 테니까."

그렇게 말한 이치노세가 다시 웃었다.

"만약 나와 학생회장이 없었더라면 너는 이 시험, 어떻게 쳤을까?"

"아, 여기까지 와서 굳이 그걸 물어보다니."

"궁금해서. 아무 생각도 없었던 건 아니잖아?"

"그래, 계획은 두 가지가 있었어. 하나는 내가 그만두는 것."

역시 이치노세는 자신이 물러나는 것까지 염두에 두고 있었나.

"하지만 그건 왠지 좀 아닌 것 같다는 생각이 들었어. 나도 이 학교의 학생이고 끝까지 싸워서 살아남고 싶은 의지가 있으니까."

그럼 또 다른 계획이 진짜였다는 건가.

"또 다른 하나는 말이야⋯⋯ 제비뽑기, 였어."

"그렇군⋯⋯."

누구나 떠올릴 수 있는 간단한 방법이지만, 모두의 동의 없이는 성립하지 않는 방법이다.

"B반 애들 모두, 제비뽑기할 각오가 되어 있었어?"

"응. 만약 시험 당일까지 퇴학을 피할 방법을 내놓지 못하면, 그때는 제비뽑기로 꽝을 뽑은 세 사람의 이름을 쓰자고

같이 정했거든. 칭찬표를 누구에게 줄지는 미리 의논하지
않고 당일에 바로 투표하는 느낌으로."

학생의 우열 따위가 아니라 공평하게 정하려면 그 방법밖
에 없나.

만약 이치노세가 꽝을 뽑아 칭찬표로 상쇄되었더라도 모
두 받아들였으리라.

"그나마 가장 평등한 방법인가. 하지만 다른 반에서는 절
대 불가능하겠군."

우수한 학생일수록 당연히 거부할 것이다.

"다들 퇴학당하고 싶지 않겠지만 친구가 사라지는 것도
내키지 않잖아. 잘 설명했더니 다들 이해해주었어."

그것은 이치노세라는 절대적 리더가 있기에 가능한 일이
리라.

"그저 놀라울 따름이다."

전화 너머였으므로 전해지지는 않겠지만, 나는 머리 숙여
이치노세에게 경의를 표했다.

전략 자체는 대단하지 않다.

하지만 그 전략을 실행할 수 있다는 게 대단하다.

"그럼 이만 끊을게. 정말 고마웠어, 아야노코지."

"나는 중간에서 전달만 했을 뿐이야. 네가 감사해야 할 사
람은 류엔과 그 친구들, 이겠지."

내게 메일 한 통이 와 있었다.

"사카야나기인가."

내 어드레스는 또 어디서 알았는지 모르겠지만 일단 얼굴을 비쳐 볼까.

결과를 보러 게시판으로 올 줄 알았는데…….

특별동에서 기다리겠다는 연락이 받은 나는 사카야나기가 있는 곳으로 향했다.

약속 시각은 이미 지나버렸지만 아직 만날 수 있으리라.

곧바로 특별동, 지난번에 둘이서 이야기를 나누었던 장소에 도착했다.

"와주었네."

"메일 주소를 알아냈으면 전화번호도 아는 것 아니야?"

"못 만나면 그건 그것대로 상관없다고 생각해서."

"할 얘기가 뭐지?"

"우선 설명을 좀 하고 싶어서."

그렇게 말한 사카야나기는 지팡이를 짚으며 나와의 거리를 조금 좁혔다.

"괜한 혼란을 줘서 좀 불안해하고 있으면 어쩌나 싶었는데 괜한 걱정이었던 모양이야."

'혼란'이란 야마우치를 이용해 내게 비판표가 쏠리게 했던 짓을 말하는 거다.

"승부를 다음으로 미루자고 네가 직접 말했을 때부터 90% 정도는 믿고 있었어. 다만 완전히 믿을 수는 없는 노릇이니, 일단 나도 손은 써두었지."

"알아. 하지만 내가 약속을 어긴 건 아니었지?"

"나에게 마이너스를 일절 주지 않았다는 건 틀림없으니까."

덕분에 쓸데없는 부담이 있긴 했지만 결과만 놓고 보면 나는 압도적인 칭찬표 보유자.

내가 사카야나기를 비난할 요소를 조금도 찾을 수 없다.

"고마워."

가볍게 고개 숙여 감사를 표하는 사카야나기.

"그런데…… 토츠카가 비판표를 36표 받았는데, 그 애는 원래 비판표가 총 38표였어야 해. 네가 준 거지?"

"확신은 없었어. 다만 카츠라기를 퇴학시키겠다고 말한 게 허풍이라는 생각이 들어서."

그렇다면 카츠라기의 추종자였던 토츠카가 타깃이 될 가능성이 크다.

내가 한 표 던진다고 뭔가가 달라지는 것도 아니지만.

"굉장해. 역시 너는 내가 쓰러트려야 할 상대야."

"그래서? 이번 일은 단순히 나를 놀리려던 거였나?"

"그것도…… 아니라고 말하면 거짓말이지. 하지만 이번 시험에서 승부를 뒤로 미루자고 말한 이유는 따로 있어. 얼마 전에도 비슷한 이야기를 했는데, 이 추가 시험은 분명 누군가가 너를 퇴학시키기 위해 준비한 거야. 실제로 나한테 메시지를 보낸 인물은 너를 퇴학시키라고 했었으니까."

"메시지?"

"그래. 아버지를 정직으로 내몬 학교 측 인간이 보낸 거겠지. 원래 추가 시험은 다른 반이 칭찬표가 아닌 비판표를 주는 거였으니까, 틀림없다고 봐도 될 거야. 너무 불합리한 시험이지."

"만약 그런 메시지가 버젓이 돌아다닌다면 어떤 학생이든 간에 결탁해서 퇴학시킬 수 있겠군."

사카야나기도 이치노세도, 쓰러트리려고 마음만 먹으면 얼마든지 쓰러트릴 수 있는 어마어마한 시험이다.

"그래. 현 직원들의 맹렬한 반대로 그 사태만은 피할 수 있었지만. 그런 시험으로 너를 퇴학시켜봤자 하나도 재미없잖아? 그래서 무슨 일이 있어도 너를 지키려고 A반이 가진 칭찬표를 전부 너한테 던지기로 했어. 이렇게 하면 설령 누군가가 뒤에서 수작을 부리더라도 절대 퇴학당하지 않을 테니까."

"그럼 어째서 야마우치였지? 어쩌다 우연히 너한테 이용당했을 뿐인가?"

"기억하니? 예전 합숙 때, 그 애가 나랑 부딪치는 실례를 저질렀던 일을."

그러고 보니 그런 일도 있었지.

"그 '보복'이야."

고작 그런 일로 타깃이 되었다는 말인가.

아니, 그것만으로도 사카야나기에게는 충분한 이유였을지도 모르겠군.

"하지만 나는 계기를 만들었을 뿐. 결국은 그 애가 반에 불필요한 학생이었으니까 배제된 거 아니겠어?"

"그렇지."

이번 시험에 사카야나기가 관여하지 않았어도 결과는 거의 같았으리라.

"그게 이번 시험에서 대결을 피한 가장 큰 이유야. 이제 한시라도 빨리 아버지가 복귀해서 정당하게 학교 운영을 할 수 있으면 좋겠는데——."

그때.

아무도 없는 특별동.

둘만 있는 공간에, 갑자기 그림자가 드리워졌다.

"이야~ 안녕."

슈트를 걸친 한 남자가 우리 앞에 모습을 드러냈다.

"이 학교에 오는 건 처음이라서 말이지. 교무실이 어디야?"

"교무실이요? 여기까지 와서 참 엉뚱한 장소를 찾으시는군요. 실례지만 누구신가요?"

"나는 이번에 이사 대행을 맡게 된 츠키시로라고 한다."

정중하게 손을 흔들며 다정해 보이는 미소를 지었다.

나이는 40대일까, 사카야나기의 아버지처럼 젊은 이사였다.

"후후, 그러시군요. 하지만 우연이 길을 헤매서 여길 오시다니, 이사 대행은 상당한 길치이신가 봐요. 아니면……
감시 카메라로 저희를 발견하고 상황을 엿보러 오셨나요.
이곳은 시험 기간 중, 저와 아야노코지가 몰래 만날 때 썼
던 장소. 늘 감시하고 있었다면 여기를 찾아와도 이상하지
않으니."

그 말을 들으니, 예전에 사카야나기가 보였던 부자연스러
운 시선의 행방이 떠올랐다.

여기서 나와 만난 것을 누군가가 보고 있다면 유인할 수
있을지도 모른다.

그리고 상대는 거기에 보란 듯 걸려들었다는 이야기다.

츠키시로 이사 대행은 그런 사카야나기의 말을 미소로 받
아넘겼다.

"재미있는 말을 하는 아이네. 이야, 무척 유쾌한 학교라
고 들었는데, 모두 너 같은 학생들인 거니? 나는 이만 실례
하지."

우리 사이를 통과하듯 걸어가는 남자.

"교무실을 찾으시면 그쪽과 반대 방향이에요. 교정이 달
라요."

사카야나기가 정중하게 가르쳐주자, 츠키시로는 미소를
유지한 채 갑자기 그녀의 지팡이를 발로 차버렸다.

그 의외의 행동에 사카야나기는 대응하지 못하고 몸의 중
심을 잃었다.

"앗."

내가 급하게 그녀를 받아 안자, 직후 커다란 팔이 나를 향해 날아들었다.

사카야나기를 안는 바람에 대처할 수 없었던 나는 그대로 공격을 받았지만, 최대한 충격을 죽이며 사카야나기를 바닥에 앉혔다. 직후 날아든 팔이 내 목을 잡고 무서운 힘으로 벽에 밀어붙였다.

"소문으로 들은 것만큼 대단하지도 않네, 아야노코지 키요타카."

목을 강하게 짓눌려, 소리를 낼 수 없었다.

겉모습으로는 상상할 수 없는 엄청난 괴력이었다. 쉽사리 뿌리치기는 어려울 것 같았다.

"……굉장한 짓을 벌이셨네요, 이사 대행."

"너한테 지령이 갔을 텐데. 그를 퇴학시키라고."

"그 메시지는 당신 쪽 사람이 보낸 거였나요. 학교 관계자가 노골적으로 학생을 퇴학시킬 수 없는 이상 저 같은 사람한테 의지하고 싶어지는 것도 무리는 아니지만."

천천히 일어서며 사카야나기가 웃었다.

"도와줘서 고마워, 아야노코지."

몸이 불편한 사카야나기에게 그 공격을 피하라고 하는 것부터가 말이 안 된다.

어쩌면 넘어지는 거로 끝나지 않았을 수도 있다.

"이사 대행이 학생에게 폭력을 휘두르다니, 대사건이라 생각하지 않으시나요?"

"그런 걱정은 필요 없어. 저 감시 카메라는 가짜 영상으로 바뀌뒀으니까."

즉 무슨 일이 일어나도 기록이 남지 않는다는 뜻이다.

"자, 아버님의 전언이다. 『더 이상 애들 놀이에 응해줄 생각은 없다. 당장 돌아오도록』. 알았으면 눈을 두 번 깜박여."

목소리도 낼 수 없었고, 거절한다는 선택지는 있지도 않았다.

정말 그 남자다운 방식이다.

"제 발로 나올 생각은 없다는 거군."

아무 대답도 없이 내가 침묵으로 일관하자, 이사 대행은 지루하다는 듯 중얼거렸다.

"한 번이라도 저항해주지 않겠나? 평범한 아이가 아니라는 걸 보여줬으면 좋겠는데."

목을 쥐는 힘이 강해졌다.

평범한 학생이 어떻게 해볼 수 있는 기량이 아니다. 굉장한 실력의 소유자다.

"눈빛 하나는 끝내주는군. 나는 네 힘을 보고 싶다만."

또 한 번의 도발.

하지만 나는 아무런 저항도 하지 않았다.

이윽고 내게 반격할 생각이 없다는 걸 알아챈 츠키시로가 먼저 손을 뗐다.

"정식으로 내가 이 학교에서 활동을 시작하는 건 4월부터다. 다들 기대하도록."

남자는 그 말을 남기고 특별동을 떠났다.

"현명한 선택이었어, 아야노코지."

내가 조금의 저항, 반격을 보이지 않은 걸 사카야나기가 칭찬했다.

"상대는 이사 대행. 내가 경솔하게 반격했다가 그 행동이 어떤 식으로 이용될지 모르니까."

감시 카메라를 가짜 영상으로 바꿔치기했다고 말했지만, 이 대화를 녹음하지 않는다는 보장은 없었다. 거기에 만약 이사 대행에게 폭력을 휘두른 영상만 편집한다면 나는 체크메이트 신세가 된다.

"몸은 괜찮아?"

"걱정하지 마, 이 정도는 익숙하니까. 그것보다도 사카야나기."

"응, 왜?"

"다음 시험, 정식으로 나와 승부를 겨룰래?"

그러자 놀란 사카야나기가 눈을 크게 떴다

"네가 먼저 직접 이야기를 꺼낼 줄은 생각도 못 했는데."

"그 남자가 직접 관여한다면 네 상대를 길게 해줄 여유는 없을 것 같다. 확실히 담판 짓고, 그걸로 끝내고 싶어."

"상관없어. 두 번, 세 번은 필요 없으니까, 기꺼이 상대해줄게."

이제 곧 시작될 1학년 마지막 시험.

나는 거기서 사카야나기가 바라는 대결을 끝내기로 했다.

9

월요일.

등교 행렬의 틈에 야마우치가 섞여 등교하지는 않았을까.

그 시험으로 퇴학당한다는 것은 단순한 협박이 아니었을까.

그런, 일말의 기대를 품은 학생도 있으리라.

하지만 현실은 비정했다.

교실에 늘어서 있던 책상 중 하나가 사라졌다.

야마우치 하루키가 있던 곳은 이제 어디에도 남아 있지 않았다.

히라타는 미소를 잃었다.

쿠시다의 얼굴에도 미소는 없었다.

스도와 이케 무리 역시 활기가 전혀 없었다.

"——그럼 지금부터 1학년 마지막 시험 발표에 들어가겠다."

우리 1학년 C반은 1학년 최후의 특별시험으로 장기 말을 옮겨 놓았다.

　야호, 여러분, 건강하게 잘 지내셨나요?! 아무 의미도 없이 한밤중에 후기를 쓰는, 절묘하게 하이 텐션인 키누가사입니다~.

　그래요. 나이를 한 살 한 살 먹을수록 새벽까지 깨어 있는 게 힘들어지네요. 십 대 때는 이틀 연속(48시간)으로 안 잘 수도 있었다고요! 이렇게 별로 대단하지도 않은 자랑을 하고 있는 게 마치 거짓처럼 느껴집니다. 오히려 이렇게 오래 자지 않고 있어(20시간) 죽을 것 같게 된 것은 언제부터였을까요.

　수면은 매일, 최소 6시간 이상은 취합시다!

　네. 으음, 이번에 드디어 1학년 편이 끝……

　……은 아니었습니다!

　지난 작가 후기 때 다음 편에서 끝날지도 모른다는 말을 했는데, 끝이 아니었습니다!

　사실 이번 10권에서는 당초 '추가 시험', '1학년 최종 시험'을 모두 담을 계획이었습니다만, 추가 시험만으로 분량을 다 채워버려서 말이죠. 억지로 다 담을 수도 없는 노릇이라

결국 이렇게 되어버렸습니다.

예상 밖으로 꽉 찬 한 권이 되어버렸는데, 다음 권에서는 틀림없이 1학년 편이 끝납니다. 그리고 1권 인터벌(잘 아시는 .5권)을 거친 후 2학년으로 올라갈 예정입니다.

뭔가를 후기에 쓰기만 하면 예정이 틀어져 살짝 불안합니다만.

……그 생각은 하지 않기로 할게요.

작품과 달리 현실에서의 1년은, 어쨌든 빨랐어요! 바로 얼마 전에 2018년이 된 것만 같은데 벌써 2019년이라니 믿어지지 않습니다.

4개월에 1권에서 3개월에 1권으로 줄이고 싶은데 몇 년 동안 실행하지 못했던 것이 아쉽습니다. 그래도 늘 3개월 주기를 노리고는 있답니다?

2018년 한 해는 일러스트레이터인 토모세 씨께도, 편집자님께도 늘 그렇듯 많은 신세를 졌습니다. 2019년에도 계속해서 신세 많이 질 테니 부디 귀엽게 봐주세요!

좌우지간 2019년도 모쪼록 잘 부탁드립니다.

YOUKOSO JITSURYOKUSIJYOUSYUGI NO KYOUSITSU E 10
©Syougo Kinugasa 2019
First published in Japan in 2019 by KADOKAWA CORPORATION, Tokyo.
Korean translation rights arranged with KADOKAWA CORPORATION, Tokyo.

어서 오세요 실력지상주의 교실에 10

2019년 7월 1일 1판 1쇄 발행
2024년 3월 15일 1판 5쇄 발행

저 자	키누가사 쇼고
일 러 스 트	토모세 슌사쿠
옮 긴 이	조민정
발 행 인	유재옥
이 사	조병권
출판본부장	박광운
편 집 1 팀	최서영
편 집 2 팀	정영길 박치우 정지원 조찬희
편 집 3 팀	오준영 권진영 이소의
디자인랩팀	김보라 박민솔
디지털사업팀	박상섭 김지연 윤희진
라이츠사업팀	김정미 맹미영 이윤서
영업마케팅팀	최원석 박수진 이다은
물 류 팀	허석용 백철기
경영지원팀	최정연
인쇄제작처	㈜코리아피엔피
발 행 처	㈜소미미디어
등 록	제2015-000008호
주 소	서울시 마포구 토정로222, 403호 (신수동, 한국출판콘텐츠센터)
판매 및 마케팅	(070) 8822-2301

ISBN 979-11-6389-051-5 04830
ISBN 979-11-5710-286-0 (세트)